玩转 iPhone 4S

王 鹏 编著

中国电力出版社
CHINA ELECTRIC POWER PRESS

内 容 提 要

本书从一个新手的角度，由浅入深地介绍了 iPhone 4S 的新特性、选购指南、使用前的准备工作、触控操作快速上手，完整解析了 iPhone 4S 的各种特点和功能，特别针对打电话、发短信、个性化设置、3 步学会使用 App Store、听音乐、看电影、拍照与编修照片、用 Safari 浏览器浏览网页、收发电子邮件、网络聊天和微博应用、电子书的下载与阅读、地图与导航、备忘录与提醒事项、语音控制 Siri、玩转 iTunes、iOS 系统备份与升级、iPhone 4S 完美越狱，以及酷玩游戏等各项应用一一举例说明，即使您是第一次接触 iPhone 4S 手机，也可以轻松上手。

通过本书的学习，会让您真正变身苹果手机应用达人，享受苹果手机带给您的全新体验。

图书在版编目（CIP）数据

玩转 iPhone 4S / 王鹏编著 . —北京：中国电力出版社，2012.3
ISBN 978-7-5123-2771-9

Ⅰ . ①玩…　Ⅱ . ①王…　Ⅲ . ①移动电话机 – 基本知识　Ⅳ .
① TN929.53

中国版本图书馆 CIP 数据核字（2012）第 035418 号

中国电力出版社出版、发行
（北京市东城区北京站西街 19 号　100005　http://www.cepp.sgcc.com.cn）
北京博图彩色印刷有限公司印刷
各地新华书店经售

*

2012 年 3 月第一版　　2012 年 3 月北京第一次印刷
880 毫米 ×1230 毫米　24 开本　13 印张　389 千字
印数 0001—4000 册　　定价 **48.00** 元

敬 告 读 者

本书封面贴有防伪标签，加热后中心图案消失
本书如有印装质量问题，我社发行部负责退换

版 权 专 有　翻 印 必 究

Preface 前　言

iPhone 4S，第五代苹果 iPhone 手机，拥有傲视同行的硬件配置和软件应用，它再次冲击人们对智能手机的理解和认识，就让我们一起来体验 iPhone 4S 的魅力吧!

1 套完美越狱方案

越狱优劣分析、越狱实战图解、安装 Cydia、添加 / 管理源、安装 / 变更软件、备份基带 SHSH、iOS 系统还原，一套最完美越狱方案详解。

5 项硬件全面升级

全新 A5 双核处理器，2 倍处理速度，7 倍图像性能；800 万像素高清摄像头，录制 1080P HD 视频；首款支持 GSM、CDMA 双模手机，世界通行无阻；天线重新设计升级，彻底杜绝信号门；Siri 语音助理，超乎想象的人工智能体验。

7 个全新功能体验

全新升级 iOS 5 系统、前所未有的通知中心、免费短信 iMessage、iCloud 云服务、Wi-Fi 无线同步、手势操作、Siri 的人工智能，让你第一时间体验精彩的 iPhone 4S。

9 招操控快速上手

剪卡与手机激活、手机基础操作、认识 iPhone 4S 屏幕、与 iPhone 4S 交互、桌面管理、个性化设置、重启与复位、输入法详解、打电话与发短信 9 招经典应用让你的 iPhone 4S 快速上手。

11 个高级应用指南

应用程序下载购买、听音乐、看电影、照片拍摄与编辑、上网与收发邮件、社交网络应用、地图与导航、提醒与备忘、iPhone 4S 同步、iPhone 4S 升级、iPhone 4S 备份与还原共 11 个高级应用让你的 iPhone 4S 用起来更游刃有余。

15 款经典游戏与软件推荐

星巴克中国、我查查、团购大全、东方财富通、POCO 美人相机、手机铃音（随意换）、凯立德移动导航系统、经典随身魔术，让你的 iPhone 4S 更好用；狂野飙车 6、Dark Meadow、生死 9 毫米、现代战争 2、太鼓达人、魔物猎人、水果忍者：穿靴子的猫，让你的 iPhone 4S 更好玩。

编　者

Contents 目录

前　言

Chapter 01 iPhone 4S 新特性

1.1　为什么叫 iPhone 4S 2
1.2　iPhone 4S 外观变化 2
1.3　系统 17 点改进 3
1.4　iPhone 4S 与 iPhone4 详细对比 22
1.5　苹果 iPhone 4S 不引人注意的 5 个小细节 22

Chapter 02 iPhone 4S 选购指南

2.1　购买 iPhone 4S 4 种渠道 26
2.2　购买 iPhone 4S 时 5 个注意事项 37

Chapter 03 与 iPhone 4S 的第一次接触

3.1　iPhone 4S 使用前必须做的 3 件事 44
3.2　iPhone 的 2 个重要配件 51
3.3　手把手教你贴膜 57

Chapter 04 iPhone 4S 触控操作快速上手

4.1　iPhone 4S 的 4 个重要按键 60
4.2　必须学会的 7 种操控方法 63
4.3　iPhone 4S 屏幕 67
4.4　与 iPhone 4S 交互的 3 种类型 71
4.5　桌面管理 74
4.6　个性墙纸 76
4.7　通知和数字提醒标记 78
4.8　重新启动 iPhone 4S 或复位 79
4.9　输入法 80

Chapter 05 用 iPhone 4S 打电话

5.1 拨打与接听电话常规 6 项操作 84
5.2 3 招搞定通讯录管理 89
5.3 玩转可视电话 FaceTime 96

Chapter 06 用 iPhone 4S 发短信

6.1 手机短信常规 6 项操作 100
6.2 免费短信功能 iMessage 103
6.3 6 条必会短信技巧 108

Chapter 07 iPhone 4S 的个性化设置

7.1 网络设置 112
7.2 多媒体设置 118
7.3 通用设置 119
7.4 辅助功能设置 129

Chapter 08 如何使用 App Store

8.1 注册 Apple ID 132
8.2 进入 App Store 135
8.3 应用程序的下载与删除 137

Chapter 09 用 iPhone 4S 听音乐

9.1 播放音乐 5 个操作 140
9.2 2 步学会导入 iPhone 4S 144
9.3 QQ 音乐 146

Chapter 10 用 iPhone 4S 看电影

10.1 如何播放视频 148
10.2 2 步学会将视频导入 iPhone 4S 149
10.3 在线播放视频软件 2 款 153
10.4 AirVideo 播放技巧 155

Chapter 11 用 iPhone 4S 拍照与编修照片

11.1 拍摄照片 160

11.2 照片编辑 163
11.3 美图秀秀 164

Chapter 12 用 Safari 浏览器浏览网页

12.1 网络设置 168
12.2 Safari 上网必会 7 种操作 170

Chapter 13 用 iPhone 4S 收发电子邮件

13.1 邮件帐户设置 182
13.2 3 步搞定收发电子邮件 185
13.3 邮件推送设置 190

Chapter 14 网络聊天与微博应用

14.1 QQ 192
14.2 新浪微博 194
14.3 微信 197
14.4 其他社交软件 200

Chapter 15 电子书的下载与阅读

15.1 同步书籍和 PDF 204
15.2 使用 iBookstore 205
15.3 阅读书籍 206
15.4 更改书籍的外观 209
15.5 搜索图书和 PDF 211
15.6 整理书架 212
15.7 书签和注释同步 214

Chapter 16 地图与导航

16.1 搜索位置 216
16.2 查找你当前的位置 217
16.3 通过放置大头针来标示位置 218
16.4 卫星视图和街景 218
16.5 获得路线 219
16.6 显示交通状况 222

Chapter 17 备忘录与提醒事项

17.1 文字备忘录 224
17.2 语音备忘录 226
17.3 提醒事项 227

Chapter 18 语音控制 Siri

18.1 Siri 和语音命令的区别 230
18.2 Siri 的 5 个应用实战 231

Chapter 19 轻松玩转 iTunes

19.1 电脑上的 iTunes Store 238
19.2 iPhone 4S 上的 iTunes、App Store 和 iBooks 242
19.3 Apple ID 244
19.4 应用程序的下载与购买 244
19.5 iPhone 4S 的同步 249

Chapter 20 iOS 系统备份与升级

20.1 升级 iPhone 固件 256
20.2 备份与恢复 iPhone 4S 256
20.3 iCloud 260

Chapter 21 iPhone 4S 越狱完全攻略

21.1 越狱的基础知识 270
21.2 2 步完美越狱 iPhone 4S 272
21.3 Cydia 275
21.4 iFunbox 282
21.5 备份 SHSH 285

Chapter 22 经典软件及游戏推荐

22.1 经典软件应用 290
22.2 精彩游戏推荐 298

第 1 章

iPhone 4S 新特性

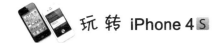

美国太平洋时间 2011 年 10 月 4 日上午 10 点，在“Let’s talk iPhone”的新产品发布会，苹果公司新任 CEO 蒂姆·库克发布了 iPhone 4S。

1.1 为什么叫 iPhone 4S

从 iPhone、iPhone 3G、iPhone 3GS、iPhone 4，再到 iPhone 4S，已经是苹果公司发布的第 5 代手机，这次发布的手机并没有称为 iPhone 5，而是叫 iPhone 4S，iPhone 4S 的命名中，“S”的含义同“iPhone 3GS”，指的是 Speed 速度。而又适逢苹果公司创始人史蒂夫·乔布斯的逝世，非官方的版本认为加一个 S 是为了纪念 Steve Jobs，于是将其称为“iPhone for Steve”。

1.2 iPhone 4S 外观变化

第一次拿到 iPhone 4S，从外观上很难将 iPhone 4 和 iPhone 4S 区分开来，iPhone 4 的外形已经是一个很经典的设计，将坚固的金属天线当作中壳，这种方式既加强了机身强度，又让厚度降低很多，可谓一举两得。当然，由此对信号会产生一些影响。在 iPhone 4S 上，这种结构得以延续。

变化 1： 机身顶部的分割线

变化 2： 音量键往下移了 2 毫米左右

正是因为对 iPhone 4S 重新设计了天线，从而避免了再次出现 iPhone4 发布之初的“信号门”、“死亡之握”的尴尬事件。

也许 iPhone 4S 的亮相有些让人失望，因为它的外形与 iPhone 4 一致，而人们期待一款全新设计的 iPhone。事实上，苹果公司从未打算赋予过 iPhone 4S 新的外形。

> **提示**
>
> iPhone 3G 和 iPhone 3GS 同样保持了相同的外观，苹果公司同样也不是每年都会改变 iMac 或 MacBook 的外观。

即使 iPhone 4S 依旧保持了 iPhone 4 的外观，但它依然是目前市面上设计最好的手机，坚固、优雅、华丽。

1.3 系统 17 点改进

第 1 点改进：全新 A5 双核处理器

双核，让 A5 芯片双倍强大，拿到 iPhone 4S 便能亲自感受到畅快非凡的速度。iPhone 4S 速度快、反应敏捷，在开启应用程序、上网、打游戏甚至其他所有事情上，都将与众不同。

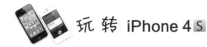

iPhone 4S 就是游戏玩家的乐园。A5 芯片将图像处理速度提升至快达 7 倍，因此能让游戏画面更流畅，看来更逼真。运行需要大量图像处理的应用程序，效果则更为理想。

双核心 A5 芯片能带来快达 2 倍的强大效能，令 iPhone 4S 反应更敏捷，页面载入速度更快，游戏体验更佳，总之，一切都是那么流畅。

另外，更具能量效率的 A5 芯片及 iOS 5，能带来更出色的电池续航力，全天都可以尽情地打电话、查看电邮，以及浏览网站。对于 iPhone 4S，苹果公司官方给出了 3G 通话 8 个小时、游戏 6 个小时、Wi-Fi 浏览 9 ～ 10 个小时，以及 40 个小时音乐播放的能力。

3G Talk Time	8
2G Talk Time	14
3G Browsing	6
Wi-Fi Browsing	9
Video	10
Music	40

第 2 点改进：800 万像素摄像头

iPhone 4S 拥有 800 万像素，以及 *f*/2.4 更大光圈的定制镜头，这可能是目前最出色的手机摄像头。配备了全新光学技术，还有更先进的背部照度传感器、出色的自动白平衡功能、更理想的色彩保真度和面部检测，图像模糊的情况也会减少。这一切都意味着，无论有多少人，多少光线，每张照片都会呈现其真实本色。

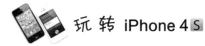

提示

iPhone 4S 摄像头的像素比 iPhone 4 多出 60%，改进了设计，让它能透入更多光线。由于有了更高像素、更多光线，你会发现照片在分辨率和图像细节上，会呈现显著提升。

定制镜头使用 5 个精密元件对射入的光线进行校正，使整个图像更加清晰。先进的混合型红外线滤镜阻隔有害的红外光，呈现更准确的色彩。

另外，无需借助电脑中的照片编辑软件，在 iPhone 4S 上轻触几下就可以修饰照片。你可以任意裁切和旋转照片，增强图像的整体效果，甚至可以消除红眼。

第 3 点改进：1080p HD 影片摄录

无论你走到哪里，都可拍摄精彩夺目的 1080p HD 高清视频，加上全新光学技术，光线永远最适中，色彩永远最生动。一切都比记忆中的更好看。

iPhone 4S 的镜头内经过重新设计，能让镜头外所拍到的影像更为完美。

以每秒 30 帧拍摄精彩夺目的 1080p HD 影片。

先进的背置式光线感应器及更大的光圈，令感光效果更强。

经改良的白平衡效果，令色彩更精准。

噪点消除功能，即使在昏暗环境下，都能拍摄出精彩的影片。

影片防震功能，可自动稳定摇晃的镜头。如果拍摄的画面前景和背景均有主体，镜头更可对焦到你所想要的位置。只要点按屏幕上你想对焦的位置，它便会调整曝光以配合光源。当想对焦画面上的其他部分，只要再次点按即可。

在 iPhone 4S 上直接就可剪辑 HD 影片。只要在片段上拖曳选取起始和结束点，即可进行剪辑。可以在 iMovie 中利用 Apple 公司设计的主题、标题、过场效果甚至配乐，来制作你的个人迷你电影。

第 4 点改进：双模网络，世界通行

iPhone 4S 是首部以智能方法同时支持 GSM 和 CDMA 制式的电话。可以同时在 GSM 和 CDMA 之间来传输和接收通话讯号，令通话质量提升。最高 HSDPA 数据速度也倍增至 14.4 Mb/s，

令联机、载入，以及下载的速度都变得更快。iPhone 4S 是一部全球通行的电话，差不多在什么地方都能用到。无论是 GSM 或 CDMA 客户，都可以漫游全球二百多个国家的 GSM 网络。

第 5 点改进：iOS 5 系统

北京时间 2011 年 10 月 13 日凌晨，苹果移动操作系统 iOS 5 正式在全球范围内推出。第一款搭载 iOS 5 系统的设备就是 iPhone 4S，下面来看看 iOS 5 的重点升级。

- ❑ 通知中心。整合短信、邮件、通话等多种原生程序通知为一体，同时支持第三方程序的通知。
- ❑ iBook 内支持杂志购买。
- ❑ Twitter 嵌入 iOS 5 系统，用户可以随时将照片等内容直接上传至 Twitter，例如在联系人中可以找到 Twitter 好友信息。
- ❑ Safari 浏览器优化。书签里加入了阅读列表功能和标签功能，多个标签之间的切换更方便。
- ❑ Reminders 提醒功能。可以在多个设备上同步。
- ❑ 相机功能提升。用户可以在不解锁的情况下调用相机，并且可以使用音量键作为相机快门，同时可以在手机上直接处理图片，如消除红眼、调整图片大小等。
- ❑ Mail。新的邮件功能提供了字典等功能，邮件分类更明确。
- ❑ PC Free 无线传输。用户可以摆脱数据线，通过 Wi-Fi 与 iTunes 同步。
- ❑ Game Center 更新。用户可以在 Game Center 帐号上使用自己的头像，并可以在 Game Center 中购买应用程序。
- ❑ iMessage。用户通过 3G 或者 Wi-Fi 进行“短信交流”，俨然一个文字版的“Face Time”。
- ❑ 可分离式键盘。可将显示屏上的虚拟键盘在显示屏左下方和右下方分为两部分，更方便于双手打字。
- ❑ Siri 语音系统。通过语音控制实现天气、短信、地图查找等功能的交互，设备甚至可以根据你的问话用流利的语音与复杂的句子来回答你的问题。

注意

支持 iOS 5 的有 iPhone3GS、iPhone4、iPhone4S、iPad/iPad2，以及第三、四代 iPod Touch，而更早期的苹果公司产品则没办法升级到 iOS 5。

第 6 点改进：前所未有的通知中心

iOS 5 带来广受用户好评的用户体验之一就是全新的通知中心，在旧版本的 iOS 里，只能显示最近的一个通知（短信、邮件、未接来电、App 的推送信息等），看完就没了，而且经常在使用其他应用过程中，屏幕中心会突然弹出一个对话框来……很不爽。

iOS 5 里提醒会在顶部出现，而且无论在桌面还是应用中，拉一下屏幕边缘就会出现推送提醒汇总，点击即可直接进入查看详情。

可以在 iOS 装置上获得各类通知，包括新邮件、文本、好友请求等。通知中心可让你从一个地方就能方便地跟踪管理全部通知。只要用手指从任意屏幕上向下轻扫，即可进入通知中心。选择想要查看的通知类型，即便是关注股市行情和天气预报，新的通知都会短暂出现在屏幕上方，不会干扰正在进行的操作。锁定屏幕也会显示通知，只要用手指轻扫，即可查看。

通知中心是让你随时掌握最新生活资讯的绝佳途径，它让全部提示信息都归整一处。

01 依次进入“设置”→“通知”。

02 在“通知”中可以设置按时间先后来推送信息或是手动排列顺序。并且可以分别设置哪些程序在通知中心，哪些程序不在通知中心。

03 在屏幕顶部从上向下划过，即可打开通知消息。

第 7 点改进：iMessage

iMessage 是继 FaceTime 之后苹果公司推出的又一项重要网络通信技术，也是 iPhone 4S 的一大重要特色。

提示

FaceTime 是免费视频通话，iMessage 是免费短信和彩信。

第 8 点改进：快速拍摄

双击 iPhone 4S 的 Home 键，除了旧有的音乐播放控制，还会看到解锁滑块区右侧多出了拍照按钮。点击即可直接打开相机进行拍照。

之前抓拍时的操作相对麻烦："解锁" → "输密码" → "进入桌面" → "划动切屏" → "点击相机按钮" → "拍照"，现在一键就搞定了。

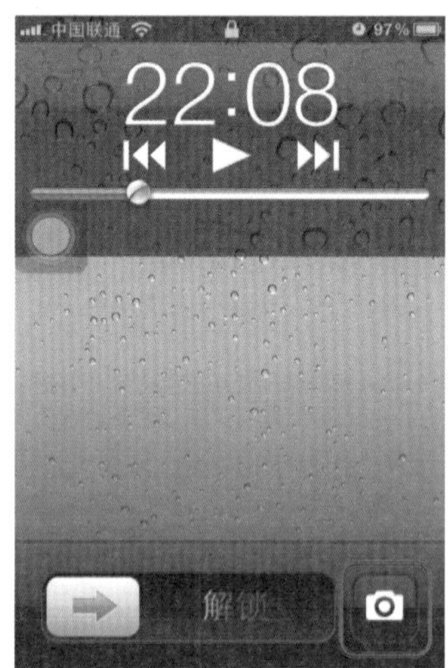

注意

不用担心别人不输密码就进入你的 iPhone 4S，使用快速拍照时只能用到拍照功能和查看自己拍摄的照片，其他什么都不能做，这既保证了安全，又方便抓拍。

第 9 点改进：拍照辅助功能

iPhone 4S 在拍照时新增了 2 个功能：打开网格线辅助构图和简单处理功能。当你拍摄照片时，屏幕上方中部多了一个选项，点击选项，就可以打开辅助构图网格和开启 HDR。

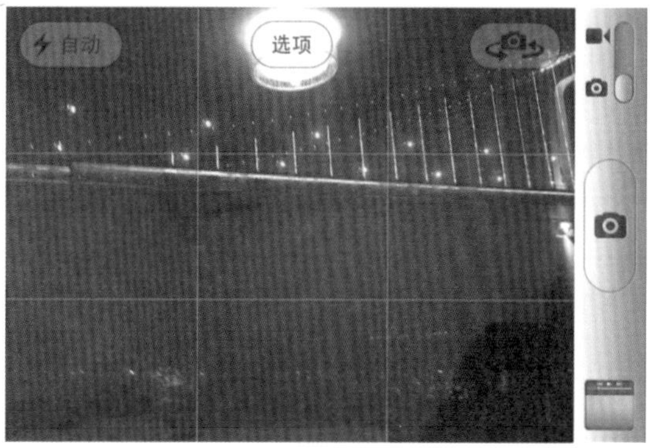

另外，除了屏幕中间的传统拍摄键外，还可以按下“音量+”键来充当快门，当你横拿iPhone 4S时会觉得更加方便实用。

第10点改进：照片美化编辑系统

在拍照完成后可以立刻在手机上做一些美化修改，或是加入一些特效和模板。

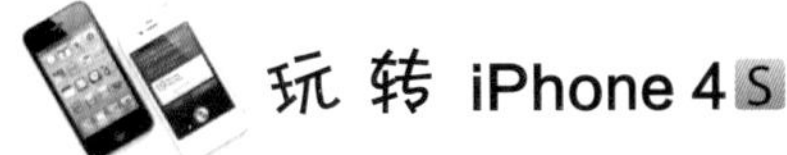

第 11 点改进：iColud 云服务

云计算服务（即 iCloud）可以存放照片、文档等内容，以无线方式将它们推送到你所有的设备上。自动执行、轻松自如、运作流畅，它就是这么管用。

当你注册完毕 iCloud 时，会自动获得 5GB 的免费存储空间。鉴于 iCloud 的内容存储方式，这些空间已足够使用。你购买的应用软件、下载的电子书，还有照片流，都不会计入你的免费存储空间。因此，你的电子邮件、文档、相机胶卷、帐户信息、设置和其他应用软件数据不会占用太多空间，5GB 的空间已经足够了。如果你需要更多存储空间，可以直接从你的设备上轻松购买存储升级。

iCloud 让你能在日常使用的设备上，轻松快速地取用一切。可以存放你的内容，一切自动执行、安全可靠。因此，它们能随时出现在你的 iPhone、iPad、iPod touch、Mac 或 PC 上。它让你在正在使用的任何设备上读取应用软件、最新照片等内容，让你所有设备上的电子邮件、通讯录和日历随时更新。无需同步，无需管理。

第 12 点改进：Wi-Fi 无线同步

苹果终于使用户们能够不通过一根电缆就将他们移动设备内的数据同步到计算机上。这就是无线同步功能。只要你的 iPhone 4S 与电脑在同一个无线局域网内。

Wi-Fi 无线同步是一个非常方便和实用的功能，同步歌曲、同步照片、同步应用程序都可以无线传输，以后 iPhone 4S 的配件 USB 电缆估计就只在充电时使用。

提示

满足无线同步的要求很简单。一个是 iOS 5 系统，另一个是位于同一无线局域网内，还有就是电脑上 iTunes 的版本需要在 10.5 以上。

第 13 点改进：Safari 浏览器

Safari 浏览器里增加了类似 Instapaper 的阅读列表功能，用户可以将感兴趣但暂时没时间阅读的网页收集起来（注意，这和收藏夹不一样），随时拿出来查看。另外你可以看到 Twitter 分享选项，设置里登录一次，今后就可以在浏览器、地图等很多地方一键发 Twitter 分享网址、位置等信息。

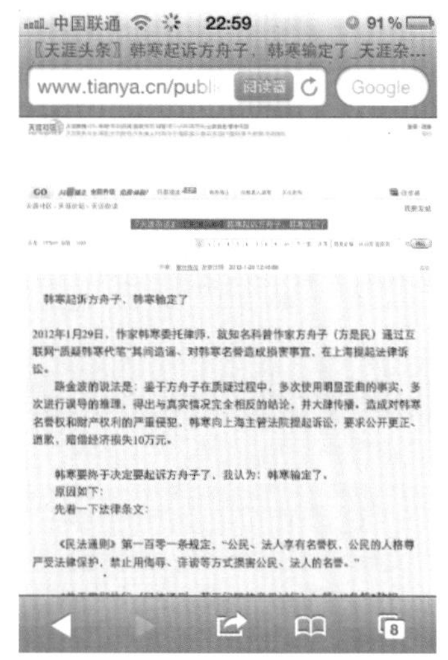

iPhone 4S 中的 Safari 和电脑版 Safari 一样增加了阅读器功能，点击这个按钮就能去掉网页上的繁杂信息，专心阅读正文。

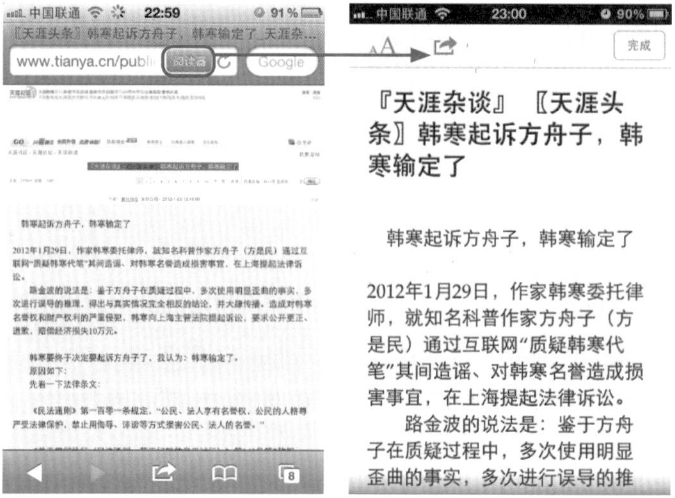

第 14 点改进：GTD 应用

iPhone 4S 内置了一个 GTD 应用：Reminders。添加和管理待办事项比以前的日历方便多了。点击可查看该条待办事项的详情，在前面方框打钩则是标记为已完成。总之各种用法和其他日程管理类应用都一样。优先级、有效期、分类等常见功能也都有。

注意

该应用的亮点在于不仅可以设置待办事项的提醒时间，还能以地点触发提醒。比如设置接近小区旁的超市时响铃提醒自己买剃须刀片，或离开公司时别忘了办某事等。

第 15 点改进：PC Free

无论是激活新买的 iPhone 4S，还是从 iCloud 云备份恢复，都可以用无线的方式进行。

第 16 点改进：手势操作

在 iPhone 4S 的主界面下，有一个黑色圆圈出现在屏幕的一侧，轻触以后会出现手势操作的菜单。

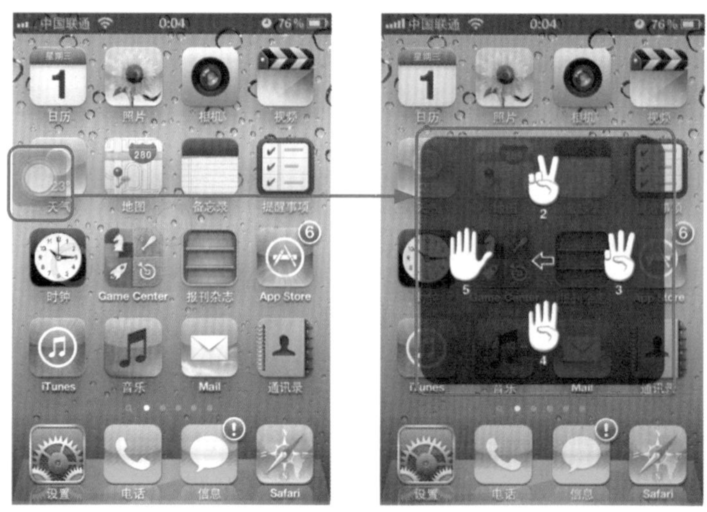

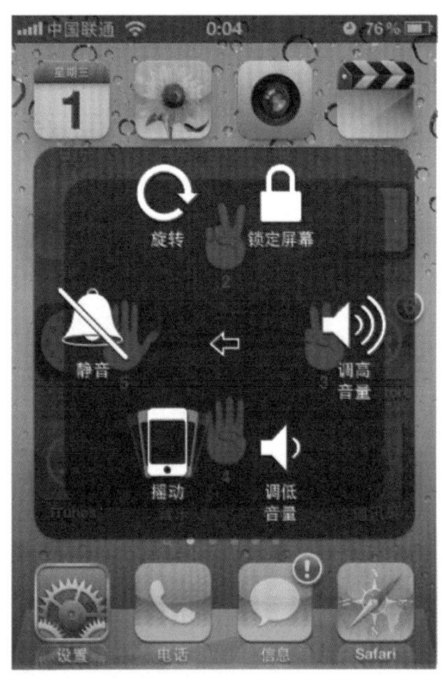

⇦主屏幕：这个按钮完全相当于 Home 键，点一次“主屏幕”就等于按一次 Home 键，点两下就等于按两次，可以呼唤出最近程序列表。

因此，这个“主屏幕”按钮就完全取代了 Home 键，如果你的 Home 键失灵或不想使用 Home 键，就试试主屏幕按钮吧！

这六个按钮很好理解：

“旋转”按钮等于你把手机选择了 90°。

“锁定屏幕”按钮相当于你执行锁定屏幕命令，手机屏幕不会随手机的旋转而跟着旋转。

“调高音量”、“调低音量”、“静音”等于手机侧面的那三个按键的作用。

这里重点强调一下“摇动”按钮，点击该按钮就相当于你晃动了一次手机，例如一些需要晃动机器的程序如摇动换歌、摇动找朋友等。该按钮就等于晃动一次机身。

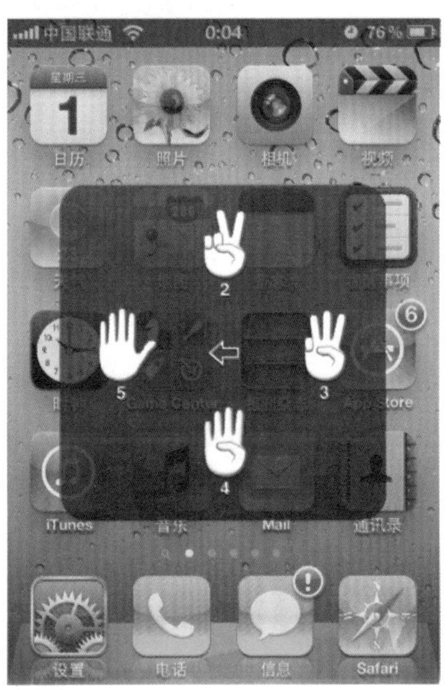

接下来介绍“手势”命令，手势里面有很多个指头（2、3、4、5）。

其实很简单，就是你选一个数字之后屏幕上会出现相对应数字的圆圈，例如选择了 3，屏幕上就会出现 3 个圆圈，这时候你在屏幕上的任意地方点一下，这 3 个圆圈也会相应在对应的地方每个点一下（相当于同时点 3 下），这种应用在某些需要多点同时触摸的应用程序时，例如玩“水果忍者”时特别实用。

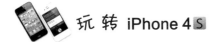

“个人收藏”与手势是同样的道理，只不过个人收藏里面可以自己录制手势。当你录制一个手指画圆圈的手势，保存之后，在个人收藏里就可以看到自己录制的手势，这时候选中，点一下屏幕，就会在相应的位置画个圆圈！

提示

一些复杂的手势操作可以事先录制下来，这样点一下就可以实现复杂的手势了！

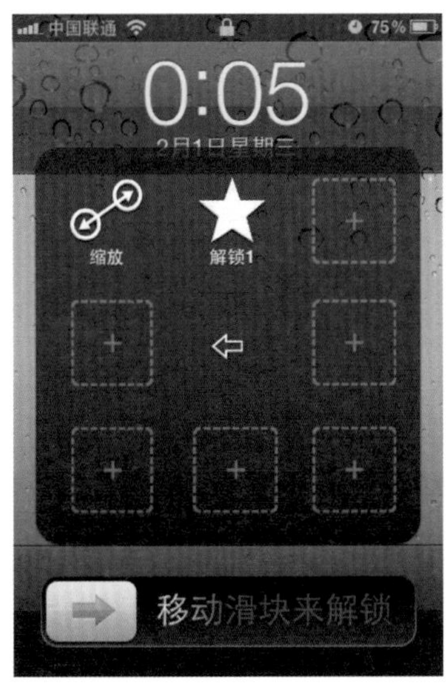

第 17 点改进：Siri 语音助理 

iPhone 4S 上的 Siri 功能可以让你通过语音来发送短信、预约会面、拨打电话等，每一位用户都能够过一把使唤私人助理的瘾。

注意

很多人认为 Siri 就是语音控制，不过苹果公司更愿意称它为“人工智能”。目前 Siri 采用的是 Nuance 技术，语音识别在 Siri 中所占的份额非常少，最主要的特点就是可以理解自然语序并做出相应的改变。

Siri 跟普通的语音搜索可不一样，它能明白你所说的，了解你的意思，甚至还能回答你的问题。那感觉就像真正拥有私人助理似的，而且是一位善解人意的私人助理。无论你用何种方式提问，它都能以人的思维去思考和反应，而不是以预设的程序导致经常答非所问。

最简单的，Siri 可以解放我们的双手，只要动动嘴，就可以使用 Siri 直接设置闹钟，或查看时间、天气。Siri 会直接调用系统中相应的功能来实现。

注意

Siri 很具有诱惑力，但目前只支持英、法、德语。不过将来苹果肯定会加入中文支持，让我们一起期待吧！

1.4 iPhone 4S 与 iPhone4 详细对比

现在大家一起来看看 iPhone 4S 和 iPhone 4 的详细参数对比，了解它们的差别在哪。

	iPhone 4S	iPhone 4
外形	115.2×58.6×9.3（mm）140g	115.2×58.6×9.3（mm）137g
处理器 / 内存	Apple A5（双核）/512MB RAM	Apple A4（双核）/512MB RAM
存储空间	16GB/32GB/64GB	8GB/16GB/32GB
系统	iOS 5	可升级至 iOS 5
摄像头	800 万像素	500 万像素
视频拍摄	采光超越上一代 73%，1080P 视频录制	每秒 30 帧 720P 视频录制
通话时间	8 小时（3G 通话） 14 小时（2G 通话） 6 小时（3G 网络） 9 小时（Wi-Fi 网络） 10 小时（播放视频） 40 小时（播放音乐）	7 小时（3G 通话） 14 小时（2G 通话） 6 小时（3G 网络） 10 小时（Wi-Fi 网络） 10 小时（播放视频） 40 小时（播放音乐）
无线网络	802.11b/g/n Wi-Fi Bluetooth 4.0	802.11b/g/n Wi-Fi Bluetooth 2.1+EDR
蜂窝网络	同时兼容 GSM/CDMA 最大 14.4Mb/s 下行速率	分 GSM 版和 CDMA 版 最大 7.2Mb/s 下行速率
感应器	三轴陀螺仪、方向感应器、距离感应器、环境光线感应器	三轴陀螺仪、方向感应器、距离感应器、环境光线感应器

1.5 苹果 iPhone 4S 不引人注意的 5 个小细节

细节 1：天线改进

不过在实际使用之前谁也无法对 iPhone 4S 的天线改进产生直观感受。很显然，“死亡之握”已经不会在 iPhone 4S 上演。实际上，要挡住 iPhone 4S 的信号，则要双手将手机的四个侧面全部挡住。

提示

之前关于 iPhone 4 广为流传的一个缺陷是所谓“死亡之握”，即以某种方式握住手机时，天线将无法接收到任何信号。这也被称作“天线门”。直到苹果通过发放免费的 iPhone 4 外套才算解决了这个问题。

天线方面的改进同时也带来 3G 速度的提升、通话质量的提高，以及 Wi-Fi 信号搜索速度的提升。有时在 iPhone 4 上碰到的混沌不清的通话语音在 iPhone 4S 上也不再出现，这个进步十分明显。

细节 2：震动电动机的噪声更低

苹果将 GSM 版 iPhone 4 的旧款震动电动机换下，给 iPhone 4S 用上了和 CDMA 版 iPhone 4 中类似的震动电动机。新电动机的震动感更柔和，不会让手机乱跳。并且噪声更小，放在桌上的话，几米远的地方你就听不到震动的声音了。或者握在手里时，它也只会让你感觉到震动，而不是“听”到震动。

虽然 iPhone 4S 的电动机震动更加安静，并不意味着震动强度也一同减弱。把 iPhone 4S 和 iPhone 4 放在一起的对比，大体上可以感觉到震动的强度是相同的，只不过 iPhone 4 会一直发出 BZZZZZZT 的声音。

细节 3：音频改进

iPhone 4S 上的扬声器与 iPhone 4 的相比明显音量大许多。在安静的场合就不得不将音量调小些。但是反过来，在环境十分嘈杂的场合，将响铃音量稍微提高一些就十分有用处了。

除了提高整体音量之外，iPhone 4S 还进一步提升了声音的清晰度。曾经在 iPhone 4 上听起来有些粗糙的声音，现在在 iPhone 4S 上有了比较明显的改善。例如有些游戏音效和音乐。

提示

在使用较低质量的音频文件制作的铃声时，iPhone 4S 的表现效果恐怕就不如 iPhone 4 了，因为 iPhone 4S 将压缩过高的失真部分也清晰地“表现”出来。

使用 iPhone 4S 的扬声器或耳机播放音乐时，即便使用苹果自带的耳机也能感受到音质的改善，不会像 iPhone 4 那样出现过多的高频声。

细节 4：蓝牙 4.0

iPhone 4S 是苹果第一款支持蓝牙 4.0 的手机，它能够在手机进行蓝牙数据传输时消耗极少的电能。不过低能耗版的蓝牙不支持头戴式蓝牙耳机，目前只能支持数据传输，比如从心率监测仪、手表或蓝牙键盘及游戏手柄上接收数据等。

目前已有的第三方配件都需要特定的接收装置才能向 iPhone 发送数据，或者使用旧版本的较高能耗的蓝牙通信。若是使用蓝牙 4.0，这些第三方设备将可以直接和 iPhone 4S 交换数据，无需再使用特制的底座或连接器，同时电池续航能力也能极大地增强。

另一个蓝牙 4.0 的应用就是手表，通过蓝牙手表可以显示出由 iPhone 4S 发出来的一些信息（例如通知消息），以及向 iPhone 4S 发送一些基本操作命令（比如控制音乐播放）。这对于不少极客们来说是个大好消息，当 iPod nano 出现时，不少人将其改装成了一块手表，并思考如何利用 iPod nano 来控制别的设备，或者和别的设备传送数据。

目前市场上的蓝牙 4.0 设备还不是很多，不过这个新标准普及之后，相信产品也会越来越丰富。

细节 5：视频镜像

iPhone 4S 首次支持 iPhone 通过 AirPlay 向 Apple TV 传送视频镜像，最高可达到 720p 解析度。如果用 Apple Digital AV Adapter 或者 VGA Adapter 这类有线适配器，解析度可以达到 1080p，这一点与 iPad 2 无异。与 Apple TV 进行视频镜像可以更加便捷地与周围的人分享视频，甚至一同进行游戏。

提示

以上这些新特性虽然不如 Siri 语音助理那么抢眼，不过正是因为这些可能人们都不会注意到的细节，才使得苹果的产品如此出色。iPhone 4S 正是如此。

第 2 章
iPhone 4S 选购指南

如果决定了去买一台 iPhone 4S，但我们该去哪里购买呢？选购时应该注意些什么问题？这些问题你都可以在本章找到满意答案，选择最经济、最适合你的购买方案。

2.1 购买 iPhone 4S 4 种渠道

在 iPhone 4S 的发布会上，苹果官方公布了苹果 iPhone 4S 第一批上市的 7 个国家，分别是美国、加拿大、澳大利亚、英国、法国、德国和日本。接下来苹果又宣布了 2011 年 11 月 11 日在包括香港在内的 13 个国家和地区发售 iPhone 4S。在 2012 年 1 月 13 日，苹果宣布了在包括中国大陆在内的 25 个国家和地区发售 iPhone 4S。

渠道 1：国外版的 iPhone 4S 选购

由于 iPhone 4S 发布时公布了第一批发售 iPhone 4S 的 7 个国家，因此市场上最早流通的 iPhone 4S 一般也就是美国版、加拿大版、英国版、法国版、新加坡版、澳大利亚版。

1. 美国版

先别为如此低的价格而感到吃惊，很明显美国版的 iPhone 4S 是以合约机的形式进行销售，即绑定了美国的移动运营商。这些机器都是有网络锁的。

注意

网络锁：有锁版，苹果公司在很多地方都采取与当地移动运营商联合销售 iPhone 4S 的策略，用户只要和运营商签订一定年限的使用合约，就能以低价购买或者免费获赠 iPhone 4S，但这种 iPhone 4S 只能使用该运营商的服务。

这种机器拿到国内是无法直接使用的，需要进行解锁。有锁的机型采取的普遍方式是卡贴解锁，即在 SIM 卡上加上一个小的贴片，绕过机身的限制达到解锁的目的，但是这样的解锁方式非常不稳定，容易造成 iPhone 4S 死机。

目前常说的美版无锁版，实则是运营商解锁版，确实是可以插国内的 SIM 卡，但是以后升级了还不知道会不会被锁上。

建议

美版的 iPhone 4S 看似便宜，实际上是不推荐购买的。

2. 加拿大版

加拿大版是目前水货市场上的无锁版的主要版本，按当前汇率算下来最便宜加上税费后还是比其他版本便宜。在加拿大官网预订需要加 12% 左右的税费，含税后换算成 RMB 分别为：4553 元、5192 元、5818 元。

3. 英国版

英国版因为按当前汇率算下来稍贵些，所以一般很少卖英国版。换算成 RMB 分别为：5065 元、6080 元、7095 元。

4. 法国版

法国版一般在市面上也是很少见到，按当前欧元的汇率算下来比英国版还贵，换算成 RMB 分别为：5522 元、6488 元、7454 元。

5. 澳大利亚版

澳大利亚版按当前换算汇率后同样不如加拿大版划算。换算成 RMB 分别为：5263 元、5921 元、6580 元。

6. 新加坡版

新加坡是第二批发售 iPhone 4S 的国家，价格比较便宜，换算成 RMB 分别为：4747 元、5448 元、6199 元。

建议

通过以上的对比，可以看到最便宜的是美国版，但是有锁，DIY 能力强的读者朋友可以考虑选购。而普通读者最值得购买的则是加拿大版。在无锁版中是最便宜的。

渠道 2：香港 iPhone 4S 订购流程

随着 iPhone 4S 在中国香港的正式发售，去中国香港购买 iPhone 4S 也许会是更好的选择，共有 3 点优势。

（1）价格便宜。

将港币换算成 RMB 分别为：4153 元、4806 元、5459 元。这可是非常便宜的价格，甚至比国内的行货价格还会便宜。

（2）保修相对容易。

如果你在香港有朋友，保修也不是问题，这可以比购买美国版、英国版方便多了。

（3）购买更为方便。

在中国香港购买 iPhone 4S，可以在苹果的中国香港官网上订购，也可以亲赴中国香港的苹果专卖店进行购买。

1. 网站订购

在 Apple 香港官网订购 iPhone 4S 要首先注意以下几点：

- ❑ 在 Apple 香港官网订购 iPhone 4S 是免费送货的，但仅限香港地区，所以你必须要有一个香港的收货地址和收货人（最好是在香港上学或者居住的信的过的亲戚或者朋友帮忙代收）。
- ❑ 要有一张信用卡，且需支持美国运通卡、MasterCard（万事达）或 Visa。
- ❑ 受货源的影响，订购 iPhone 4 可能需要等待几天或数周后才会送货。

Apple 香港官网的地址是：http://www.apple.com/hk/iphone/

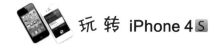

01 进入官网以后，可以先不用管注册帐户，直接进入界面购买即可，等进入到付帐流程时会自动提示注册。进入到网站后点击窗口中的“购买 iPhone”按钮，可以根据自己的需求进行选择。

提示

iPhone 4S 分为黑白两种颜色，16GB/32GB/64GB 三种容量。因此一共有 6 个不同的型号。

02 在点击购买键之后，会进入 iPhone 4S 配件选择界面。在这里你可以为你的 iPhone 4S 选购官方的插头、USB 转换线、座充及后续保修计划。

03 之后会要求你输入运送信息，付款信息，所有资料填写完毕后会生成一个订单详细资料的页面，对各项资料进行核对，如果出现有误的地方可以重新编辑。如果无误就可以提交订单了。

04 提交后系统会处理你的订单，订单生成后会给出一个感谢订购的提示页面。到这里就已经订购成功了，你的信用卡所绑定的手机号上都会收到一条“已扣除 1 港币”的提示信息，因为苹果公司在付运你的货件前会得到你的授权从帐号扣除款项，然而款项只会在货件送递后才会扣除，也就是说现在订购只会扣除 1 港币的预订费，剩下的钱会在产品送出后才会扣除。

提示

在 iPhone 4S 订购成功后，会自动往你填写的电子邮箱发送一封邮件确认，在 iPhone 4S 产品送出前会再次发邮件确认。

至此，整个 iPhone4 香港官网的订购流程就已经结束了。

2. 香港苹果官方零售店

可以直接在中国香港苹果官方零售实体店里面购机。不过去香港购买 iPhone 4S 还得注意通过海关的问题。

注意

去香港买 iPhone 4S 虽然兑换汇率后更便宜，但是一旦被征税则得不偿失。这里有 2 条“合理避税攻略”，希望对大家有所帮助。

1. “机箱分离”。顾名思义，就是机器本身最好和发票、包装盒分离，一旦被海关拦住，可以证明机器买来是自用的。例如许多旅客在香港买了 Macbook Air 直接装进自己的背包，不带走漂亮的包装盒，也就是这个道理。

2. X 光机。考虑到 iPhone 4S 的体积不大，完全可以将它放在口袋里，这样就无需通过 X 光机的检查了。

渠道 3：淘宝购买 iPhone 4S

如果既没有国外的亲戚朋友，又没有在香港的官网上抢到 iPhone 4S，并且还没有去香港的时间，但又想第一时间拥有 iPhone 4S，那该怎么办呢？别着急，我们还可以通过万能的淘宝来购买！

如今网购商家鱼龙混杂，素质参差不齐，用户若想选择淘宝代购 iPhone 4S 的方式，切记要货比三家，务必擦亮眼睛，避免“竹篮打水一场空”。淘宝上有大量销售 iPhone 4S 的卖家。下面给出几条建议来帮助大家尽快买到心仪的 iPhone 4S。

1．小心低价诱惑。不良卖家首先在淘宝网上发布低价产品，在咨询沟通并且得到买方同意进行淘宝交易后，当你下单时，他会将产品下架，说被人拍下或者到期下架。然后重新发送一个和淘宝页面完全一致的钓鱼网站让你购买，当你兴奋的输入帐号密码后自然也成了受害者。

2．小心卖给你翻新机、山寨机。

注意

天上不会掉馅饼，过低的价格一定是陷阱。

3. 不能提前支付定金。不良卖家以定金方式进行欺骗，要求预付多少定金后对方发货给你。到货确认后再付余款。

注意

要求支付定金，并且不通过支付宝交易的一定是骗局。

4. 查看卖家动态评分。动态评分主要分为“宝贝与描述相符”、“卖家的服务态度”以及“卖家发货速度”这三大项，并且标明了全行业平均分值以作参考。

建议

买家朋友选择动态评分高于全行业得分平均值的店铺，因为此项内容做手脚的难度较大，因此尚能比较客观地反映出卖家真实的货品质量和服务水平。

5. 仔细查看“店铺30天内服务情况”。此项内容极为关键，因为这将直接体现出卖家销售成功的几率，将鼠标移至“近30天退款率”一栏处，右边会显示出该卖家一个月内退款总次数以及退款原因。

注意

如果商家的退款次数较多，那么就要多个心眼，若退货原因多为“未收到货”，那么则表示该卖家经常因为买代购成功而给买家退款，因此对 iPhone 4S 抱有急切期待的粉丝们最好移步别家；而倘若退货原因多为“质量问题”，那说明该卖家的产品质量差强人意，买家更要三思而后行。

6. 查看信用度及具体内容。在选择卖家时，不仅仅要看卖家的信用等级，更要看评价的内容。因为其他买家通常会在评价中真实客观地描述自己的购物体验。

建议

过多的“系统默认好评”则有刷信用的嫌疑，若有多位买家都对商品本身提出了质疑，即使该卖家信用再高，也最好放弃该店铺，另选他家。

渠道4：国内行货 iPhone 4S 的选购

随着 iPhone 4S 在国内的发售，我们选购 iPhone 4S 就更加方便了，在国内购买行货 iPhone 4S 主要可以通过四种方式。

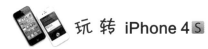

- ❑ 苹果直营店。
- ❑ 苹果网上商店。
- ❑ 苏宁易购、京东等网上商店。
- ❑ 合约计划购机。

1. 苹果直营店

目前苹果在中国共有五家直营店，分别是北京三里屯店、北京大悦城店、上海南京东路店、上海香港广场店和上海浦东店。

iPhone 4S 国内行货版的官方价格为：

16GB[1]	32GB[1]	64GB[1]
RMB 4,988	RMB 5,888	RMB 6,788
预计发货时间: 暂无供应	预计发货时间: 暂无供应	预计发货时间: 暂无供应

iPhone 订购限制：每位顾客只能订购 2 部。

2. 苹果网上商店

中国苹果公司的官网为：http://www.apple.com.cn/iphone/

在国内官网订购 iPhone 4S 的过程是非常轻松和容易的，只需要在官网通过简单的几步操作，苹果公司就会将 iPhone 4S 给你快递到家里。

3. 其他网上商店购买

除了苹果官网外，在京东商城（www.360buy.com）和苏宁易购（www.suning.com）等网上商城还可以购买到 iPhone 4S，并且这些地方购买的 iPhone 4S 都有正规发票，可以享受全国联保，都是可以放心购买的。

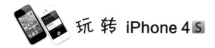

4. 合约计划购机

除了购买裸机，还可以选择合约计划购机。

提示

所谓合约机，就是用户必须和运营商签订一定年限的使用合约，到期后才能解约。即便你未到期前不想用这部手机了，也必须把剩下期限的钱交完。

因此，不介意换号的朋友还可以选择联通的合约计划购机。相对来说，合约机较为充足，价格也相对合理。

联通的合约机分一年、两年和三年的套餐。

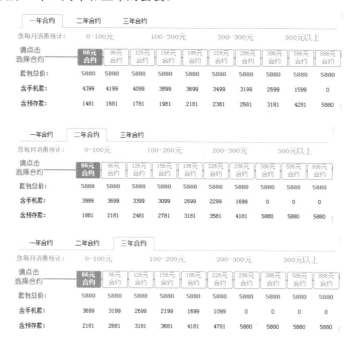

一年合约　二年合约　三年合约

您每月消费预计：	0-100元		100-200元			200-300元		300元以上		
请点击选择合约	66元合约	96元合约	126元合约	156元合约	186元合约	226元合约	286元合约	386元合约	586元合约	886元合约
套包总价：	5880	5880	5880	5880	5880	5880	5880	5880	5880	5880
含手机款：	4399	4199	4099	3899	3699	3499	3199	2699	1599	0
含预存款：	1481	1681	1781	1981	2181	2381	2681	3181	4281	5880

一年合约　二年合约　三年合约

您每月消费预计：	0-100元		100-200元			200-300元		300元以上		
请点击选择合约	66元合约	96元合约	126元合约	156元合约	186元合约	226元合约	286元合约	386元合约	586元合约	886元合约
套包总价：	5880	5880	5880	5880	5880	5880	5880	5880	5880	5880
含手机款：	3999	3699	3399	3099	2699	2299	1699	0	0	0
含预存款：	1881	2181	2481	2781	3181	3581	4181	5880	5880	5880

一年合约　二年合约　三年合约

您每月消费预计：	0-100元		100-200元			200-300元		300元以上		
请点击选择合约	66元合约	96元合约	126元合约	156元合约	186元合约	226元合约	286元合约	386元合约	586元合约	886元合约
套包总价：	5880	5880	5880	5880	5880	5880	5880	5880	5880	5880
含手机款：	3699	3199	2699	2199	1699	1099	0	0	0	0
含预存款：	2181	2681	3181	3681	4181	4781	5880	5880	5880	5880

注意

以上合约均已 iPhone 4S 16GB 版本进行介绍，更多套餐资费请参见联通的官网 http://www.10010.com/iPhone4S/。

中国电信 iPhone 4S 已过 3C 认证，至此，iPhone 4S 电信版本的发售手续已全部齐全，电信版 iPhone 4S 会在 2012 年第一季度发售。

2.2 购买 iPhone 4S 时 5 个注意事项

第 1 个注意事项：谨防配件掉包

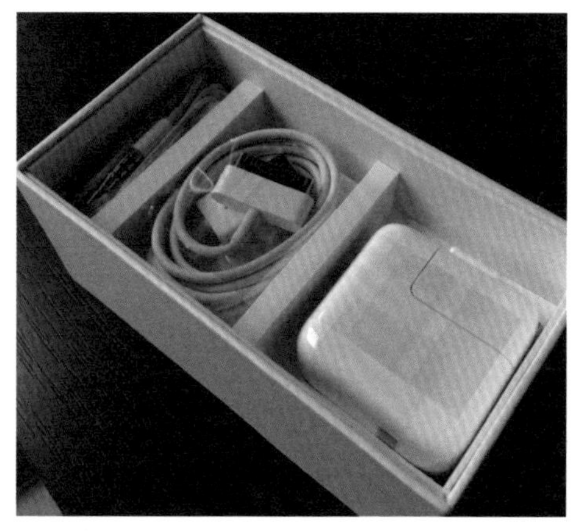

iPhone 4S 并没有采取一次性包装或者一次性的封条。因此拆开 iPhone 4S 的包装并再次封装是比较容易的。国外的 iPhone 4S 入关时机器和包装一般是分开走。再加上原装配件和组装配件的价格差价很大，在利益的驱使下，掉包的可能性就更大了。

因此在选购 iPhone 4S 时，一定要仔细检查随机配件。另外，检查包装盒，SIM 托卡以及机器的三码合一也是非常重要的。

iPhone 4S 随机携带了以下配件：带麦克风和遥控的耳机、USB 电缆、USB 电源适配器、SIM 卡推出工具。

配　件	功　能
耳机	欣赏音乐、视频及拨打电话
基座接口转 USB 电缆	该电缆能连接 iPhone 4S 到电脑进行同步，也可以连接到电源适配器进行充电
USB 电源适配器	配合标准电源插座和 USB 电缆给 iPhone 4S 充电
SIM 卡推出工具	推出 SIM 卡托架

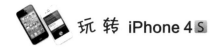

第 2 个注意事项：识别 iPhone 4S 的产地以及有锁机

iPhone 4S 在全球各地都有销售，美国、加拿大 + 部分亚太国度地区 + 大部分欧洲国度地区 + 拉丁美洲和加勒比几近所有国度地区的合约机都是有锁的机身，部分亚太国度地区 + 小部分欧洲国度地区的合约机是无锁的机身。

在 iPhone 4S 上依次点击“设置”→“通用”→“关于本机”，就可以查看到机器的“型号”了，然后对照以下的编号就能够了解到 iPhone 4S 的产地，以及判断是否有锁。

有锁版

美国

AT&T	Sprint	Verizon
MC918LL/A - 16GB Black	MD377LL/A - 16GB Black	MD276LL/A - 16GB Black
MC919LL/A - 32GB Black	MD379LL/A - 32GB Black	MD278LL/A - 32GB Black
MD269LL/A - 64GB Black	MD381LL/A - 64GB Black	MD280LL/A - 64GB Black
MC920LL/A - 16GB White	MD378LL/A - 16GB White	MD277LL/A - 16GB White
MC921LL/A - 32GB White	MD380LL/A - 32GB White	MD279LL/A - 32GB White
MD271LL/A - 64GB White	MD382LL/A - 64GB White	MD281LL/A - 64GB white

无锁版本

英国	澳大利亚	法国	加拿大
MD235B/A - 16GB Black	MD234X/A - 16GB Black	MD235F/A - 16GB Black	MD234C/A - 16GB Black
MD242B/A - 32GB Black	MD241X/A - 32GB Black	MD242F/A - 32GB Black	MD241C/A - 32GB Black
MD258B/A - 64GB Black	MD257X/A - 64GB Black	MD258F/A - 64GB Black	MD257C/A - 64GB Black
MD239B/A - 16GB White	MD237X/A - 16GB White	MD239F/A - 16GB White	MD237C/A - 16GB White
MD245B/A - 32GB White	MD244X/A - 32GB White	MD245F/A - 32GB White	MD244C/A - 32GB White
MD261B/A - 64GB white	MD260X/A - 64GB white	MD261F/A - 64GB white	MD260C/A - 64GB white

第 3 个注意事项：是否是官方翻新机

提示

什么是 iPhone 4S 翻新机？就是把旧的 iPhone 4S 手机返回到苹果原厂，即别人用过了的 iPhone 4S 退还给苹果公司，苹果公司检测发现没问题又拿出来卖，但是这是回收的机器，所以序列号是以 5K 开头。

首先介绍一下苹果翻新手机的流程，可以说苹果官方翻新产品是从内到外，从里到表对产品进行了重新的改造和包装，整体成型之后在很大程度上与全新的机型并无太大区别，所以大家完全不用担心质量方面会出现“崩盘”的情况。

不过苹果官方翻新产品要比全新机型多一道改造程序，毕竟翻新产品不是原始的出厂产品，所以为了让用户心理上感到平衡，这些翻新产品机型在售价方面要比全新产品相对偏低一些，价格则更具有杀伤力。

翻新机的售后无需担心。因为苹果公司明确承诺官方翻新产品也能够享受得到一年有限保修服务，并不是售出后就不闻不问了。经过严格的测试，拥有正规的售后服务，官方翻新产品自然可以为你带来最大的使用保障。

官方翻新机存在的一个因素就是它较低的价格，因为较低的价格带来了相应的市场，这对于那些经济能力有限的用户来说是一个不错的选择，因为不用花费全新机型的价钱也同样能够体验得到一款相同的产品。

注意

苹果的官方翻新机在品质上是绝对有保障的，但是还是得提醒大家注意别买到了翻新机。毕竟谁愿意用全新机器的价格来买一个不是全新的产品呢，而辨别翻新机的方法很简单，它们的序列号都是以 5K 开头的。查询序列号的方法是依次点击“设置”→“通用”→“关于本机”，就可以看到本机的序列号了。

第 4 个注意事项：翻新机、退货返转销机和服务机的鉴定

1. 共同点

序列号起始为 5K。

2. 区别

翻新机：在保修期内退回的有问题的产品。苹果在经过官方的修理程序以后再拿出来卖，在销售的时候会标明是翻新产品（Refurbished）。

退货返转销机：按照英美国家的消费法律，任何一个信用合同（包括手机的 18 或 24 个月的合同）都应该有一个冷处理期（Cooling Off Period），即大约在两周内顾客可以反悔。如果反悔只需要 iPhone 4S 还和全新的一样，就可以将 iPhone 4S 退回并取消购买合同。这种机器虽然是“新”的，但苹果会对它进行和翻新机一样的检查处理（序列号变为 5K 开头），但销售的时候还是按新产品卖。这种机器有时会装进白色包装盒子换给去保修的机器，但大部分是和新机器一样卖了。但是在美国一般是看不到这种机器的，基本上都是转销到其他国家。有些人买港版（印度）无锁机，但查手机型号是美国的，大概就是这种机器。这种机器的保修期也是和正常的全新机器一样，都是一年内保修。

服务机：苹果公司为应付保修换机器专门生产了一批服务机（白盒，序列号 5K 开头）。如果去保修换了一个序列号 5K 开头的机器，它不是翻新机，这种机器的保修期是接着原来的机器开始计算，如果原来的用了 4 个月，那它还能保修 8 个月。

第 5 个注意事项：查询 iPhone 的激活时间

下面以 iPhone 4S 为例进行介绍，依次点击“设置”→“通用”→“关于本机”，然后就可以看到“序列号”这一列了，后面的数字即为本机的序列号，iPhone 4S 序列号一般是由 11 位数字或字母组成的串号。

苹果官方查询 iPhone 4S 保修期的地址是 https://selfsolve.apple.com/agreementWarrantyDynamic.do?newid=y，打开该网站后，在下图的对话框中，输入你的 iPhone 4S 手机序列号，然后点击“继续”按钮。

最后就得到保修服务有效时间的截图。

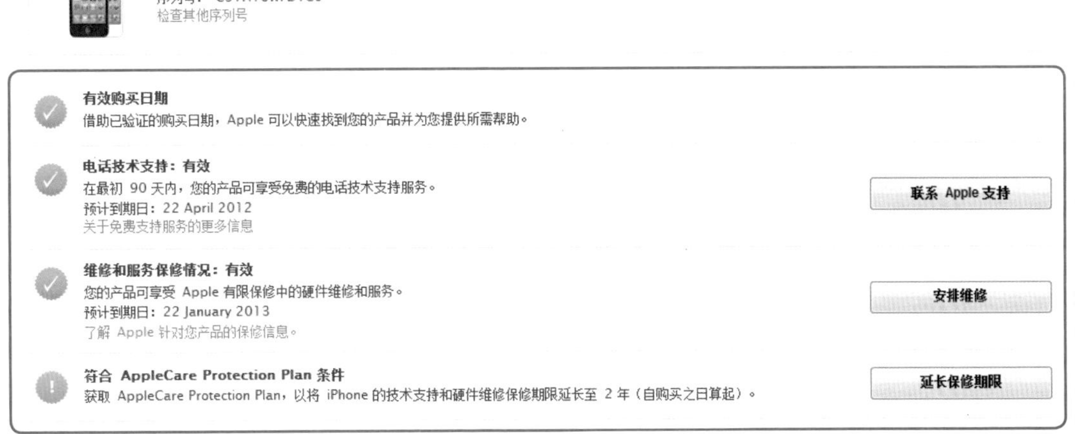

官方网站公布的是保修期有效期时间，从这个 iPhone 4S 的保修截止日期里减去一年就是激活时间了。从截图中可以看到保修到期时间为 2013 年 1 月 22 日，苹果的保修期通常为 1 年，这就说明该款手机的激活时间为 2012 年 1 月 23 日。

注意

一般情况下，iPhone 4S 的激活时间与购买的时间差距不会太长，如果差距时间较大，那么你的 iPhone 4S 很大程度上就是翻新机了。这一招在鉴别二手 iPhone 4S 时特别有效。

第3章

与 iPhone 4S 的第一次接触

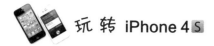

iPhone 4S 到手了，第一步就是要给手机安装上 SIM 卡并激活。另外我们还有必要给 iPhone 4S 贴上专业的保护贴膜以及后盖，在保护机身的同时把 iPhone 4S 装扮得更加个性。

3.1 iPhone 4S 使用前必须做的 3 件事

第 1 件事：剪卡

从 iPhone 4 开始，苹果的 3G 设备，包括 iPad 3G、iPad2 3G 和最新推出的 iPhone 4S 都采用了 Micro-SIM 卡，而常用的标准 SIM 卡将不能在这些设备中使用。因此，必须要将现在的 SIM 卡裁剪成 Micro-SIM 卡。

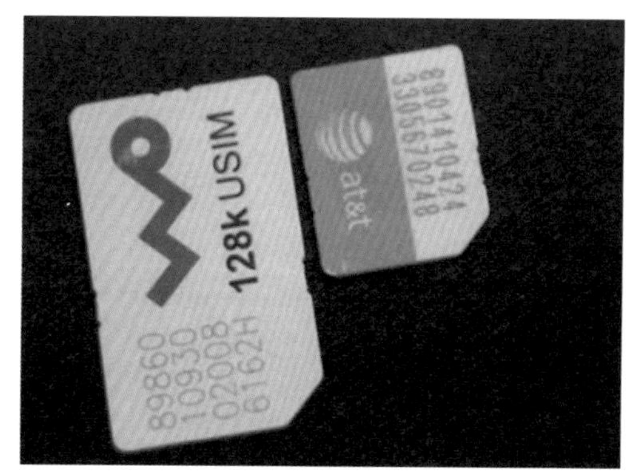

1. 裁纸刀

我们可以用裁纸刀对标准 SIM 卡进行剪裁，具体做法是用铅笔在 SIM 卡上标注出 Micro-SIM 卡的尺寸。然后借助锋利的裁纸刀沿先前画好的刻度线切下，这样一个 DIY 版 Micro-SIM 卡就做好了。

> **注意**
>
> 从技术角度上而言，Micro SIM 卡与 Mini SIM 卡并没有本质上的区别，唯一的区别仅仅在于表面积大小，因此自行裁剪是没有任何问题的，剪卡的关键是千万不要把 SIM 卡中央位置的逻辑电路给剪坏。

2. 剪卡器

通过专业的剪卡器来剪卡无疑要比用剪刀来剪卡轻松很多。将普通的 SIM 卡按指示方向，放入这个像订书机的剪卡器中，再像普通订书机的操作方式一样，用力一压，就剪卡完成了。整个过程非常简单。

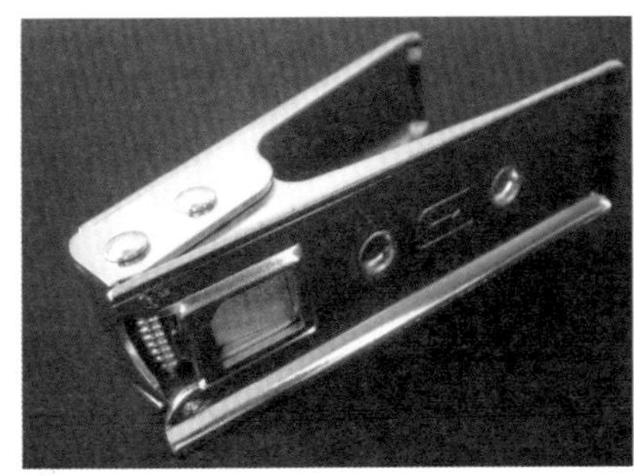

3. 换卡

目前，国内的联通和移动部分营业厅，都提供了新的 Micro-SIM 卡换卡服务。简单来说，该卡采用了“小卡嵌大卡”的设计，通过营业厅更换的 Micro-SIM 卡是最合理的方法。

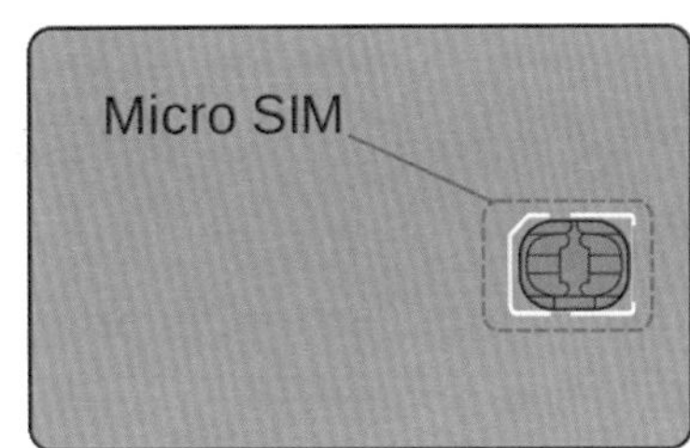

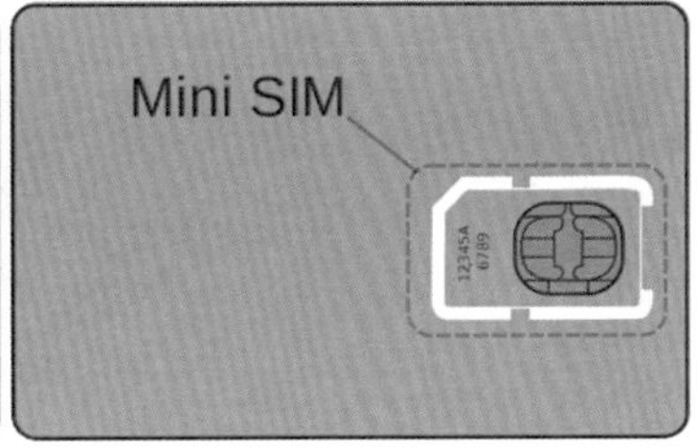

4. 卡套

现在还有一种 Micro-SIM 卡的卡套，将 Micro-SIM 卡套上卡套即可轻松还原为标准的 SIM 卡。

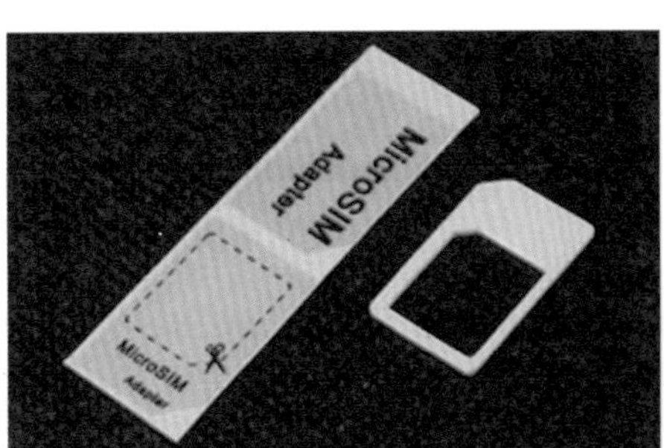

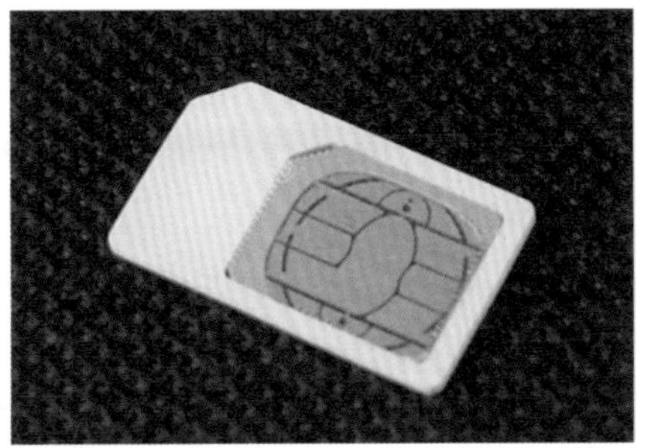

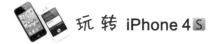

第2件事：安装 Micro-SIM 卡

安装之前先准备好卡托、SIM 卡推出工具和 Micro-SIM 卡。安装的过程非常简单。

01 将回形针的一端或 SIM 卡推出工具插入 SIM 卡托架上的孔中。用力按并一直往下推，直到托架弹出。

02 取出托架并将 Micro-SIM 卡放在托架上，注意缺口的对应。

03 使 SIM 卡与托架平行，小心平稳地推入手机即完成了安装。

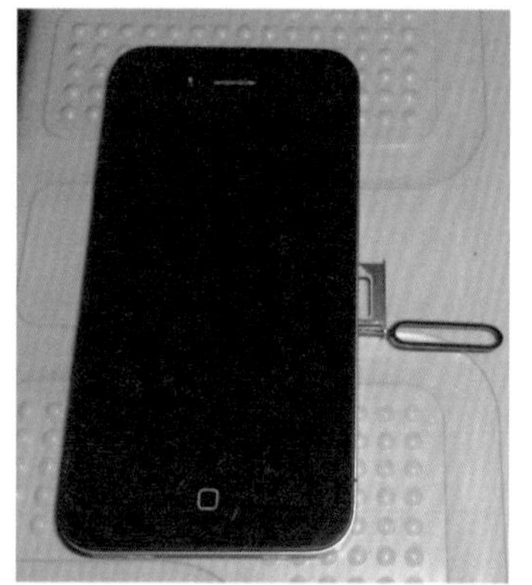

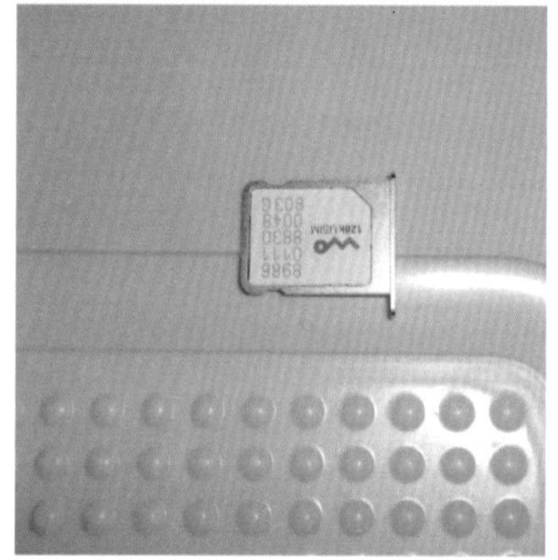

第3件事：激活手机

首次使用 iPhone4S 需要进行激活操作，作为 iOS 5 标志性功能之一的 PC Free 可以让你可以告别庞大臃肿的 iTunes。一开机即可以无线方式激活并进行设置，从而彻底摆脱数据线和电脑的束缚。

激活 iPhone 4S 需要三个条件：

- ❑ 一部 iPhone 4S。
- ❑ 一张没有被注销的 Micro-SIM 卡。
- ❑ 连接到 Wi-Fi 网络。

1. 激活流程

01 长按顶部电源键打开 iPhone 4S 手机，滑动滑块开始设置。

02 首先选择语言和地区。

03 接下来选择是否启用定位服务。

04 然后选择可用的 Wi-Fi 或 3G 网络。

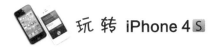

05 随后提示正在激活您的 iPhone 4S，当出现运营商的欢迎界面后，iPhone 4S 就成功激活了。

06 接下来登录 Apple ID，这里可以免费创建一个 Apple ID，也可以登录已有的 Apple ID。

07 接下来阅读 iOS、iCloud、Game Center 的条款和条件。轻触同意继续。

08 登录成功后，进入 iCloud 设置界面，对于新注册的 Apple ID，可以选择是否使用 iCloud，而曾经使用过 iCloud 的 Apple ID，这里会提示是否从 iCloud 云备份恢复。

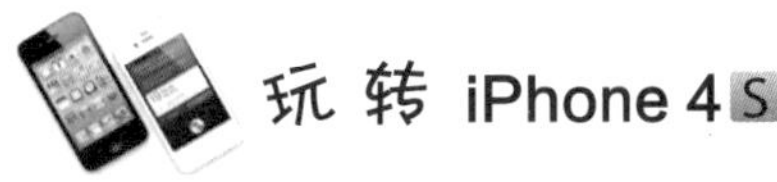

09 接下来选择是否使用“查找我的 iPhone”，使用该功能后，如果以后你的 iPhone 4S 掉了，可以准确地进行定位。

10 接下来设置诊断与用量，开启以后每天会自动发送改善产品和服务的一些信息，但会消耗你手机的流量与电量。

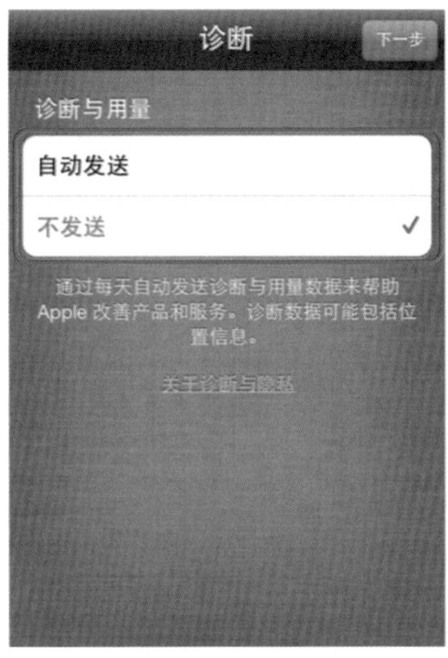

11 到这里，你的 iPhone 4S 就设置完毕了。轻触“开始使用 iPhone”即可进入精彩的 iPhone 4S 世界。

3.2 iPhone 的 2 个重要配件

当你拿到心爱的 iPhone 4S 手机后，是否会担心在日常使用过程中会有一些磨损，从而影响 iPhone 4S 的外观呢？别担心，只需要给你的 iPhone 4S 贴一张膜并安装一个保护套，就可以一直让你的 iPhone 4S 完美如新。

配件 1：选购一个保护套

当 iPhone 4 发布时，由于信号门的问题，苹果官方向每个申请的用户都免费赠送了 iPhone 4 保护壳 Bumper，它既可以改善 iPhone 4 的信号，也可以对 iPhone 4 起到一个保护作用。

iPhone 4S 已经解决了天线信号的问题，但是选购一个保护套仍然很有必要，一个设计优秀的保护套不仅能保护你的 iPhone 4S，而且还可以让你的 iPhone 4S 更有个性。

iPhone 4S 的保护套种类繁多，有硅胶的、金属的、硬质塑料的、皮质的、布艺的等，外形设计也是各式各样，有磨砂的、镜面的、镂空的、金属凹凸的。

提示

其实 iPhone 4S 的保护套是极具个性的产品，因此并没有固定的选择标准，选择自己喜欢的就好。

注意

在选购 iPhone 4S 的保护套时注意以下两点：

1. 由于 iPhone 4S 改变了天线的设计，与 iPhone 4 相比，iPhone 4S 的音量键向下移动了 2 毫米，静音键向下移动了 3 毫米，因此一些尺寸与 iPhone 4 完全匹配的保护套，例如 Bumper 是无法安装在 iPhone 4S 上的。

2. 市场上销售 iPhone 4S 的保护套可谓是琳琅满目，价格从几元到几百元不等。因此，选购 iPhone 4S 保护套时一定得注意质量，一些价格过于低廉的保护套，由于模具尺寸不够吻合，不但起不到保护作用，甚至会让 iPhone 4S 留下划痕，这样就得不偿失了。

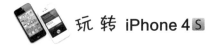

配件 2：选购一款保护膜

如果说保护套还是一个可选配件的话，那保护膜基本上是一个必选配件了。屏幕贴膜主要是为了保护屏幕和预防指纹，谁也不想让那完美的 Retina 屏幕直接“裸奔”吧，过不了多久就会沾满指纹并划痕累累。你只需贴一张膜就会解决所有的烦恼。

一般来说，贴保护膜有三大类型：高清高透型、磨砂型、镜面型。普通高清膜、磨砂膜价格差别不大，批发价每张在 0.4~1 元之间，而镜面膜可能要贵将近 3~5 倍，你不要为一张膜需要 10 元或 20 元感到惊讶，因为不管是什么膜，零售价普遍会是批发价的 10 倍以上。

高清高透型　　　　磨砂型　　　　镜面型

首先来认识一下贴膜，一份完整的贴膜其实有 3 层，分别是贴膜本身、1 面、2 面。1 面一般叫 PET 离型膜层，是贴膜前要撕下的那片。2 面一般叫 PET 覆盖保护层，是贴膜后撕下的那片。这两层主要起保护贴膜的作用。

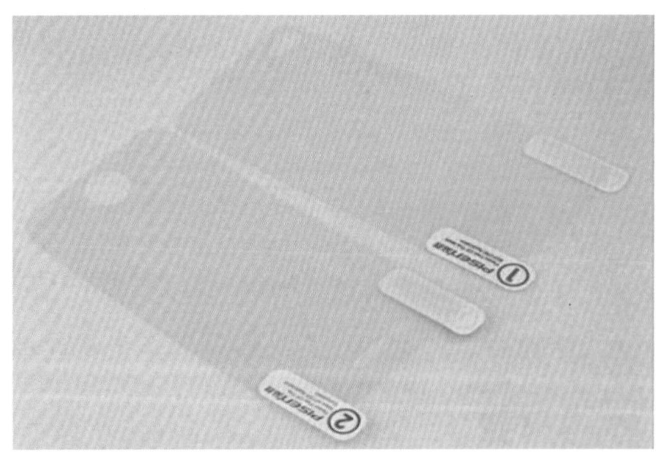

而关键点就在贴膜本身，它实际上至少有三层：① 中间一层叫基材，主要作用是透光，是贴膜制作过程中最重要的部分；② 基材下面一层叫硅胶分子层，主要作用的粘附，让贴膜牢牢贴在屏幕上；③ 基材上面还可以有数层，视不同功能而定，但最起码要有一层硬化涂层，主要作用是增加硬度防止刮花。

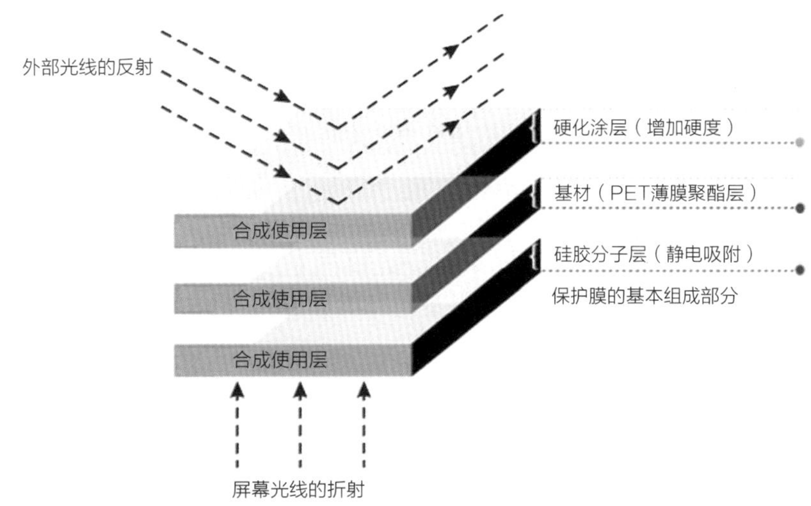

提示

市面上的高清膜、磨砂膜、镜面膜差别。

如果基材上只有硬化涂层，那么做出来的就是一张高清膜。

如果在硬化涂层表面增加一些微小颗粒物，那么做出来的就是一张磨砂膜。

如果加的是镜面材料，那么做出来的当然就是镜面膜。

磨砂膜的对磨砂颗粒的折射效果使屏幕可视度模糊

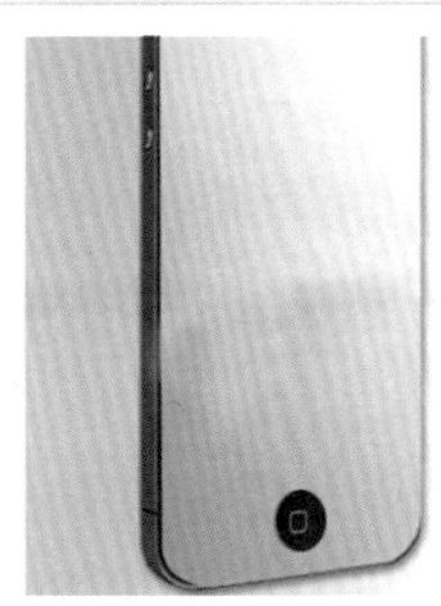

镜面膜的外界反射大于内部折射，可视度极低，且显示效果糟糕

手机贴膜里最高档的是 ARM 材质，这种材质的膜表面经过最新工艺处理，具备耐磨抗划伤的能力。同时，这种材质的产品贴后没有气泡，透光性也很好，撕下后不会留下任何痕迹。相对来讲这种膜的效果最好，当然价格也是最昂贵的。

如何来选择保护膜呢？

贴膜有两个关键指标：透光度和耐磨度。

目前较好的贴膜透光度最多能达到 94%，极个别能超越这个极限，但那肯定非常昂贵。那些声称能到达 98%、99% 的贴膜，多半就是虚标了。磨砂膜、镜面膜由于添加了额外的材料，因此透光度会大打折扣，一般来说，磨砂膜透光度能超过 80% 尚可接受。

建议

至于镜面膜透光度一般都在 60% 以下，因此不推荐大家使用，因为一定会影响显示。如果对镜面效果非常偏爱怎么办？建议 iPhone 4S 背面贴镜面膜，正面还是用高清或者磨砂膜吧。

磨砂膜表面的磨砂质感是吸引大多数磨砂爱好者的一个主因

对比于高清膜，镜面膜的成像效果更为明显，吸引人们选择

可以正贴高清膜，背贴磨砂膜，一样富有手感

正贴高清膜，背贴镜面膜，既不影响显示效果又保持了镜面功能

贴膜主要功能在于保护，其次才是个性化，但最基本的是要保证透光良好。

三种贴膜优、缺点见下表。

膜类型	优　　点	缺　　点
高清	最大程度还原屏幕效果	指纹、油脂情况严重
磨砂	减轻指纹、油脂情况并耐刮，另外磨砂质感受部分消费者认同	显示效果较模糊
镜面	可以当镜子使用，广受女生喜爱	透光率低，显示效果极差

三种贴膜的功能对比见下表。

膜类型	显示效果	耐刮性	指纹、油脂情况	透光性
高清	保持了玻璃镜面的高反射性和透光性	视产品质量而定	视产品质量而定，好的膜不明显	基本保留屏幕原始画质
磨砂	不光滑表明可以消除外界的反射光线	表明颗粒感强，耐刮性最好	几乎没有，在光照下极不明显	颗粒感强，画面显得模糊，容易出现彩虹纹
镜面	极大反射作用，犹如一面镜子	耐刮性同高清膜	与高清膜相似，但由于较强反光性，视觉上不如高清膜明显	由于高反射性，外界反光与屏幕亮度冲突，透光性非常低

3.3 手把手教你贴膜

01 环境：贴膜地方要求在光源够亮的环境，室内最好准备台灯，这样才容易看清点细节。

02 洗手：先清洗干净手上的灰尘和油渍，用洗手液洗干净。

03 擦屏：用专用的纤维屏幕布擦拭屏幕，一般高级贴膜都有专门附送的，如果没有也可以用眼镜布或不掉毛的软布来代替，沾少量的清水或者专门屏幕清洁剂来擦，清理干净表面的灰尘、指纹为准。

04 开贴：标签 1 的薄膜为保护层而非使用层，将标签 1 的薄膜从下面慢慢撕掉，然后对准手机屏幕，对齐最上边和左右的边贴下贴膜。

05 过程：在贴膜时，尽量要保持匀速，出现气泡等请少往回拉一些，保证贴膜表面无气泡。然后用羊毛毡刮板，或者软垫的刮板，慢慢地将贴膜一点一点，按压在手机表面，这种情况下即使产生气泡也会很少。

06 修复：贴完后，再进行部分区域气泡的修复。譬如硬卡片、信用卡等，再用刚刚擦屏幕的软布包住信用卡，然后慢慢地用力，把气泡刮出边缘。

提示

如果表面上有灰尘小颗粒等，请揭开所在区块，用胶布等将颗粒粘上来，然后再将贴膜贴好，贴好后屏幕上只有微小的气泡，一般会在一个星期内自动消除。

07 完工：完成以上步骤，保护膜贴就贴好了，最后再将最上面一层的标签 2 的薄膜撕掉，整个过程即可完成。

注意

贴膜这个事情是个熟能生巧的过程，初次贴膜容易出现边缘对不齐、产生气泡等情况，没有把握的读者还是请专业人员帮忙。

第4章

iPhone 4S触控操作快速上手

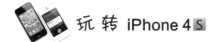

iPhone 4S 采用全触控的操作方式，第一次使用时有些不大适应，不过稍使用一段时间就能发现它的操作实在是太方便了。

4.1 iPhone 4S 的 4 个重要按键

同 iPhone 4 一样，iPhone 4S 的外观非常简单。共有 5 个实体按钮，分别是顶部的“开 / 关 / 睡眠 / 唤醒”键（以下简称“Power 按钮”）、屏幕下方的主屏幕按钮（以下简称“Home”按钮）、机身左方的音量 +、音量 - 按钮及响铃 / 静音开关。

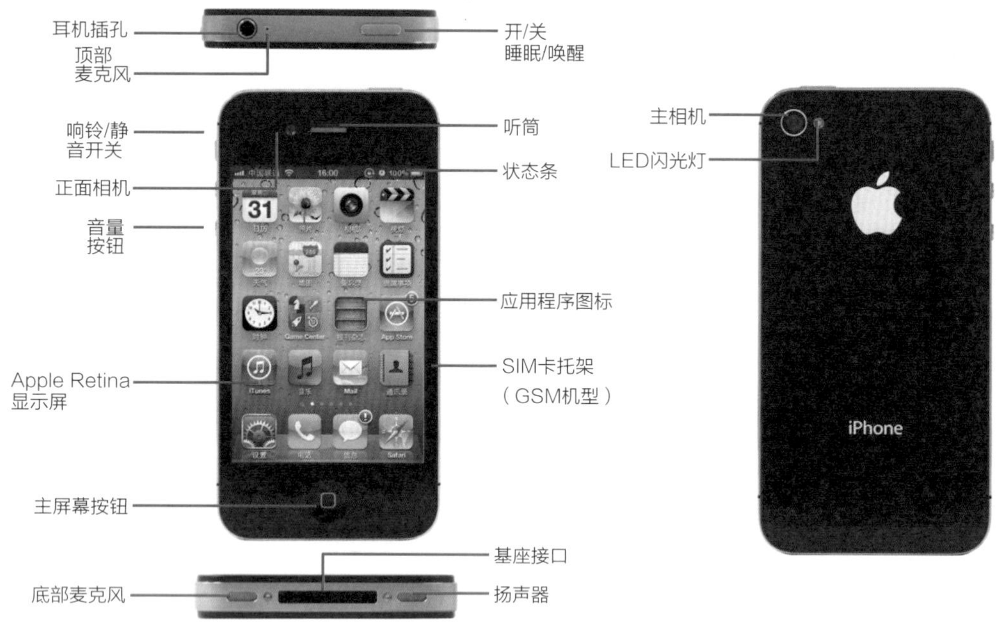

iPhone 4S 的操作主要依赖屏幕触控及方向感应器来完成。设计非常人性化，高分辨率、多点触摸屏幕和简单的手指手势使得操作 iPhone 4S 非常简单。

放大、缩小、前进、后退、翻页等操作仅需两只手指就可以轻松完成。其中用户需要注意的是“Power 按钮”及“Home”按钮。这也是 iPhone 4S 的操作过程中使用最频繁的两个按钮。

按键 1：Home 按钮

Home 按钮可能是 iPhone 4S 上最重要的控制按钮，也是最常用的按钮。通过单击、双击，以及长按住不放分别可以实现不同的作用。而最常用的功能就是当你处于某个应用程序下时，单击 Home 按钮可以退出程序，返回到主界面。

返回主屏幕	使用一个应用程序时，单击 Home 键可以返回到主屏幕
显示多任务处理栏	将 iPhone 4S 解锁后，连续两次按下 Home 键会在屏幕下方列出最近使用的应用程序
软件重置	当某程序无响应时，可以连续按下 Home 键超过 6 秒钟，就会自动关闭该程序
显示音频回放控制	如果 iPhone 4S 正在播放音乐并已锁定，在待机界面下无需解锁，连续两次按下 Home 键会呼出音频回放控制条
启动“Siri”或“语音控制”	在主界面下按住 Home 键不放，听到提示音后即可打开 Siri 程序

按键 2：Power 按钮

Power 按钮是位于 iPhone 4S 顶部的一个按钮，它的主要作用的开关机，以及使 iPhone 4S 睡眠或唤醒。在开机状态下，轻按 Power 键即可使其睡眠；在睡眠状态下，轻按 Power 键即可唤醒。如果长按 Power 键则是开 / 关机。

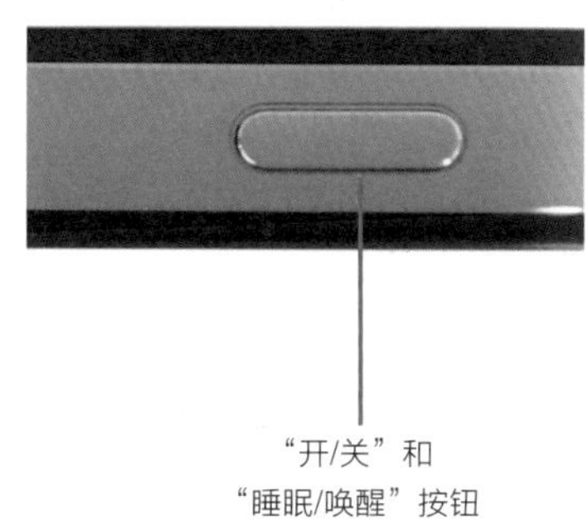

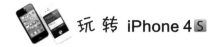

锁定 iPhone 4S	默认情况下，当手机不操作达到一分钟，则 iPhone 4S 会自动锁定。用户直接按下 Power 键也可以锁定 iPhone 4S，进入待机模式
解锁 iPhone 4S	当 iPhone 4S 进入待机模式后，直接按 Home 键或 Power 键，会弹出解锁界面，滑动即可解锁
关闭 iPhone 4S	按住 Power 键几秒钟不放，直到出现“红色移动滑块来关机”的提示，将滑块由左向右滑动，即可关机
开启 iPhone 4S	关机状态下按住 Power 键不放，直到出现 Apple 标志

注意

iPhone 4S 在待机锁定的情况下，触摸屏幕不会有任何反应，但这时仍可以接听电话、接收短信和软件推送消息。你还可以在待机情况下听音乐，并可以使用 iPhone 4S 侧面的音量按键或 iPhone 4S 耳机上的按键调节音量。

按键 3：音量 +、– 按钮

当你正在接听电话或欣赏歌曲、影片时，可以使用 iPhone 4S 侧面的按钮来调节音量。其他情况下，这些按钮可以控制响铃、提醒和其他声音效果的音量。

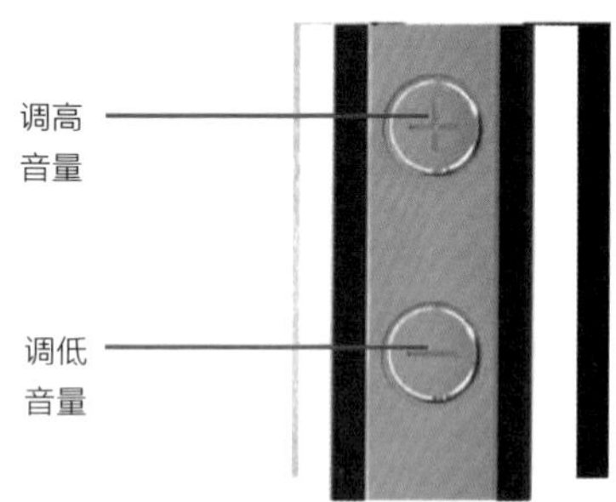

按键 4：响铃 / 静音开关

拨动响铃 / 静音开关以让 iPhone 4S 在响铃模式 🔔 或静音模式 🔕 之间切换。

注意

在响铃模式中，iPhone 4S 会播放所有声音。在静音模式中，iPhone 4S 不会响铃或播放提醒音及其他声音效果。

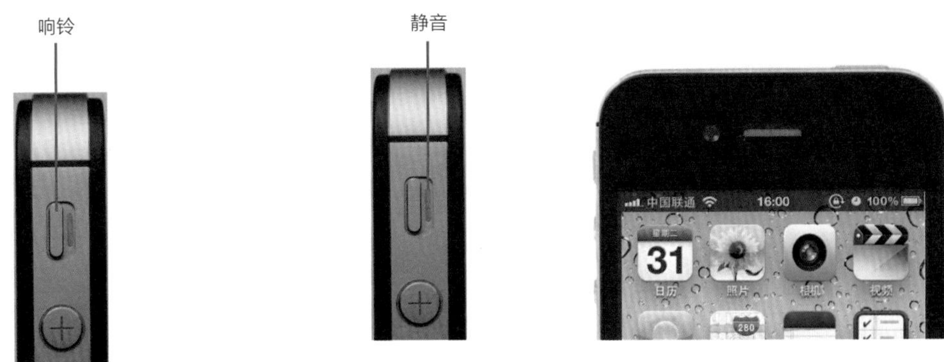

4.2 必须学会的 7 种操控方法

iPhone 4S 机身上虽然只设有 5 个按钮，除了基本的功能外，通过组合按键以及旋转的方式，可以实现特殊的功能，从而使操作更加简便。

操控 1：屏幕旋转

iPhone 4S 有两种基本的屏幕模式，分别是垂直模式（Vertical）和水平模式（Horizontal）。在任何一种模式下几乎都能使用所有的应用程序功能。不过当你运行某些程序，例如浏览网页或看电影时，垂直方向屏幕可能无法完全显示，这时将 iPhone 4S 旋转 90°，页面会变为横向显示。显示效果更好。

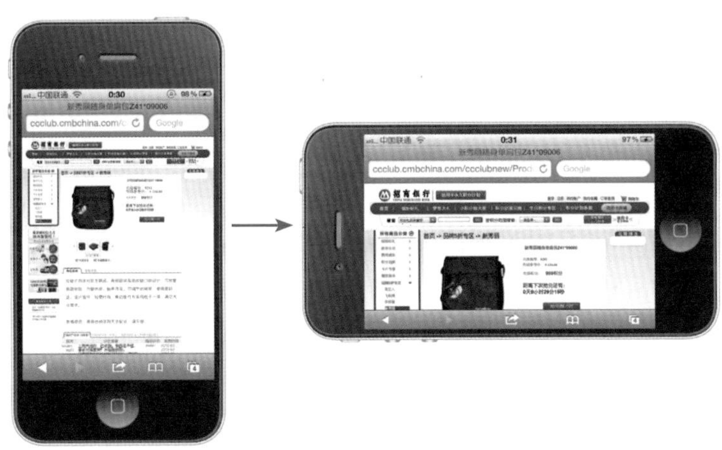

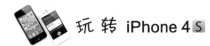

当你不希望 iPhone 4S 响应方向变化时，可以将 iPhone 4S 的屏幕锁住，双击 Home 键，将多任务处理栏移到最左侧，单击屏幕锁图标，当这个图标中间出现一把锁时，就可以防止 iPhone 4S 屏幕自动旋转了。需要解锁时，再次点击该图标即可。

提示

锁定屏幕方向后，状态栏中会出现竖排锁定图标。

例如当你躺在床上或沙发上玩手机时，即使 iPhone 4S 是侧放，仍然看到的是垂直屏幕。

操控 2：方向与移动

iPhone 4S 除了有前面介绍的 5 个物理按键以外，还是有一个开关就是自身。iPhone 4S 拥有重力感应系统，它清楚自己处于什么位置，也知道是否被移动。因此根据这一特性，开发了很多重力感应的游戏和程序。例如听歌时，摇一摇 iPhone 4S 就可以切换到下一首歌曲。玩重力赛车游戏时，你通过左右晃动就可以控制方向。

操控 3：屏幕点击操作

iPhone 4S 是触摸屏，没有鼠标，自然也没有光标。当手指不再屏幕上时，屏幕上就没有任何箭头。一根手指在屏幕上快速触摸一下，通常被称为“轻点（Tap）”或“轻触（Touch）”，在 iPhone 4S 中，一般通过轻点屏幕上的某个对象来执行命令。例如轻点图标就启动程序。

注意

偶尔也需要在同一位置轻点两次（Duble-Tap）。例如轻点两次 Web 页面上的图片进行放大，再轻点两次就可以还原。

操控 4：捏夹操作

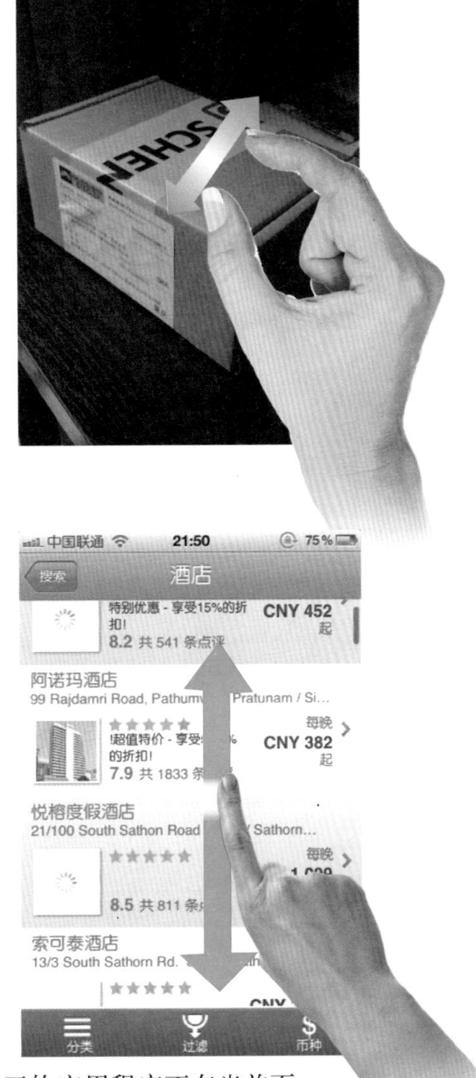

iPhone 4S 的屏幕是多点触摸屏，这意味着同一时间可以检查到多次触摸。这一性能可以通过捏夹手势使用。

捏夹是指在同时使用拇指和食指触摸屏幕时，使两者以夹紧的手势相当运动。也可以反向捏夹，有时也叫夹放。

当使用“照片”或“Safari”进行浏览时，用户只要将两只手指在屏幕上张开，即可放大页面，相反将两只手指收拢，即可缩小页面内容。

操控 5：翻至下页

如果触摸屏幕并将手指压在屏幕上，就可以沿着屏幕的任何方向进行拖拽，这就会移动屏幕上的内容。

例如，正在浏览很长的电话簿，上下拖拽就会使页面滚动。

当然有些应用也要求你左右拖拽，例如你需要打开的应用程序不在当前页，在下一页或上一页时，用户需要用到左右拖拽，若要翻至下页，只要将手指在屏幕从右至左拨动，即可翻至下页；相反，从左至右滑动则是返回上页。

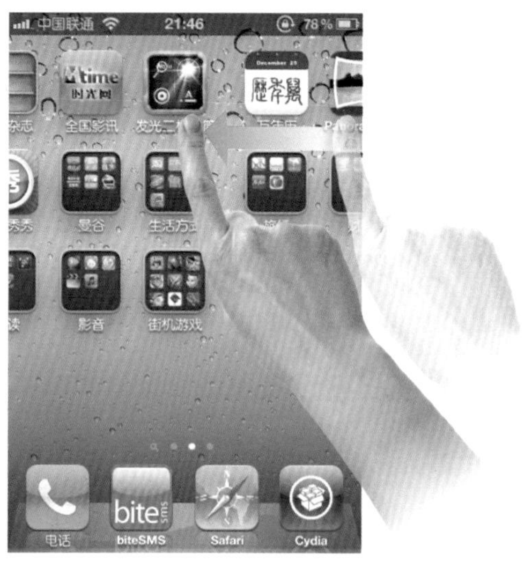

注意

1. 如果应用中的页面很长或者有列表项，这时就不必一直拖拽，抬起手指，放到底部再次拖拽。

2. 列表太长时还可以执行轻打（Flick）。轻打操作是快速拖拽后手指离开屏幕，轻打也属于拖拽，但可以是移动的速度更快，并且手指离开屏幕以后屏幕内容还会继续滚动。你可以等待屏幕自行停止滚动，也可以触摸屏幕使其停止滚动。

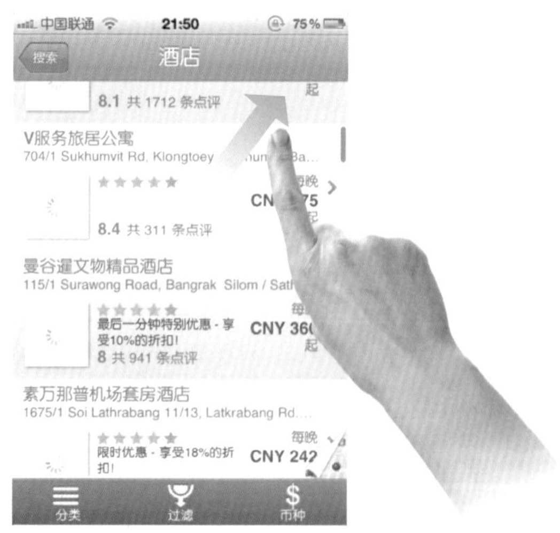

操控 6：强制重新启动

若用户不幸遇上死机的情况，只需要同时按下“Home”按钮及“Power”按钮 3 ～ 5 秒。即可强制重新启动 iPhone 4S。

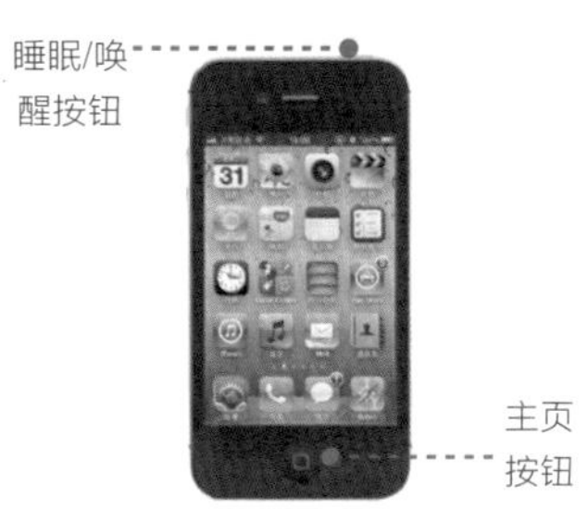

操控 7：屏幕截图功能

如果需要截取当前 iPhone 4S 屏幕的图片，用户只需要同时按下“Home”按钮及“Power”按钮一次，便可截取当前画面并储存到照片文件夹里。

4.3 iPhone 4S 屏幕

iPhone 4S 的屏幕与电脑的屏幕不同，它在同一时间只能显示一个程序的内容。iPhone 4S 的屏幕上是不可能同时出现几个窗口的。下面介绍使用 iPhone 4S 时 4 种典型的屏幕。

第 1 种：锁定屏幕

iPhone 4S 在待机状态时，屏幕是没有显示的。当按下 Power 键或 Home 键时，会进入锁定屏幕状态。此时屏幕显示了一张待机图片，顶部显示了时间，底部有一长条，提示“移动滑块来解锁”。

移动滑块会解除锁定屏幕，屏幕回到锁定之前的状态。

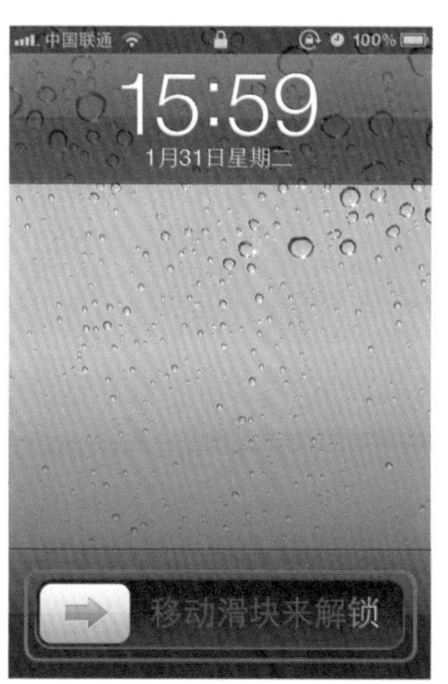

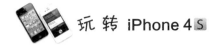

第 2 种：Home 屏幕

Home 屏幕是一款单独的屏幕，也称为 iPhone 4S 的主界面。它有很多页面，可以通过滑动来翻页。每页都包含了不同的应用程序图标。而 Home 屏幕底部的应用程序图标是固定不变的。

Home 屏幕中页面的数量取决于所使用应用程序的多少，具体数量由靠近屏幕底部的白点（底部图标上方）指明。亮度最高的白点代表当前查看的页面。

连续两次按下 Home 键会显示多任务处理栏，从而显示你最近使用的应用程序。轻按一个图标可以打开该程序，快速滑动手指可以查看更多的程序。

按住多任务处理栏的应用程序图标不放，直到它开始摆动，然后轻按⊖，可以从多任务处理栏移除图标，也会让该程序强制退出。

第 3 种：应用程序屏幕

在 Home 屏幕上轻点应用程序图标，就可以运行该程序，这和在电脑上运行程序一样，应用程序的界面会占满整个屏幕。

这个时候，屏幕会根据运行的程序而呈现相应的界面。例如打电话时，屏幕上会出现一个拨号键盘。运行 Safari，屏幕会显示 Web 页面。运行 Mail，就会出现邮件列表。

第 4 种：搜索屏幕

在主界面下，将页面拖到最左的一个页面。这就是搜索屏幕，搜索屏幕没有程序图标，只有在顶部有一个搜索框，底部有一个键盘。

这里可以输入任何需要搜索的内容，如联系人、应用程序、Email 消息、照片等，而且无需定义搜索的类型。

下面介绍具体的搜索方法。

01 将主界面从左往右拖拽，进入搜索屏幕。

02 在屏幕上用键盘输入搜索条件。

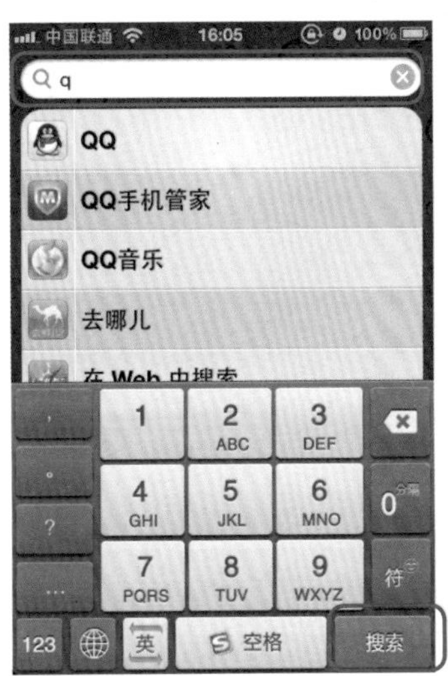

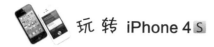

03 接下来会出现与搜索条件匹配的项目列表。在键盘上轻点“搜索”完成搜索。

04 在搜索框中轻点 X 按钮可以清除搜索内容，以便再次进行搜索。

05 在搜索列表中轻点需要的项目，即可查看相应的内容。

iPhone 4S 会根据你搜索的内容，自动从相应的应用程序中进行搜索。

应用程序	搜索内容
通讯录	名字、姓氏和公司名称
Mail	所有帐户的“收件人”栏、“发件人”栏、“主题”栏以及邮件
日历	事件标题、被邀请人、位置和备忘录
音乐	音乐（歌曲、表演者和专辑的名称）以及 Pod cast 、视频和有声读物的标题
信息	名称及信息文本
备忘录	备忘录文本
提醒事项	标题

注意

“搜索”也会搜索 iPhone 4S 上原生应用程序的名称和所安装应用程序的名称，因此如果有许多应用程序，则不妨使用“搜索”来查找和打开应用程序。

4.4 与 iPhone 4S 交互的 3 种类型

下面介绍屏幕上界面元素的不同类型，屏幕上的键盘及使用方法，以及具体的交互（如编辑、复制、粘贴等）。

第 1 种：通用界面元素

有些界面元素远不止一个按钮那么简单，这些元素通常不需要加以说明，但如果此前从未使用过 iPhone 4S，则可能发现有些元素会给你带来困扰。

1. 滑块

滑块（Slider）实际上就是一个按钮。要轻点并向右拖拽。例如，解锁屏幕的滑块，如果解锁屏幕的滑块变为一个按钮，就很容易会在不知情的情况下将屏幕解锁。

2. 开关

开关（Switch）也像一个简单的按钮，但必须在其上轻点才能激活。开关还能提供所处状态的反馈。例如，开关可以选择打开或关闭“飞行模式”，在开关上轻点，会交换开关的状态。灰色状态为关，彩色状态为开。

3. 工具栏

有些应用程序在屏幕顶部有一组工具栏按钮，进行常用的控制操作。工具栏可能会随界面的变化而消失，按钮也可能因应用程序的模式不同而有所不同，例如，iTunes 中的工具栏。

4. 按钮列表

在工具栏轻点一个按钮会带出更多的按钮，就像电脑中的菜单一样，弹出的更多按钮称为按钮列表。列表中的按钮是相互管理的。例如 Safari 中的一个按钮会提供添加书签、添加至主屏幕或邮寄此网页的链接按钮供你选择。

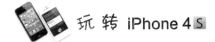

第 2 种：使用屏幕键盘

屏幕键盘是最有可能与你交互的界面元素。需要输入文本时，它会自动从屏幕底部出现。

默认的键盘只有字母和基本的标点符号可用。另外还有 Shift 键，可以输入大写字母，还有 Backspace（退格键）和 Return 键（返回键）。

注意

通常情况下，输入大写字母需要先轻点 Shift 键，再按下字母键，其实有更快捷的方法，那就是按下 Shift 键，然后手指无需离开屏幕，拖拽到要输入的字母，在放开手指即可。轻点、滑动、释放一气呵成。

要输入数字的话，可以轻点“123”键，即可切换到数字键盘。当然也可以用上面的方法，轻点“123”键不要松开，拖拽到要输入的数字后在释放即可快速输入数字。

这时轻点“#+=”键还可以进入第三键盘，这里包含一些不常用的标点符号和其他符号。

如果要切换输入法，则需要轻点“地球”按键。在 iPhone 4S 的“设置”→“通用”→“键盘”→“国际键盘”里可以设置拼音、笔画和手写输入等多种输入法。

第 3 种：编辑文本

在触摸屏设备上编辑文本很有挑战，即使能准确触摸到屏幕上文本的一部分，与电脑上的鼠标和光标相比，精确度实在太差了。好在苹果开发了触摸和控制一段文本时，在屏幕上使用放大镜的编辑技术。

例如，首先任意输入一段文本。并用手指按住这段文本不放，在手指的位置会出现一个带光标的圆形放大镜。

这时移动手指，光标也会随之移动，由于有了放大镜，就可以很准确地将光标进行定位了。

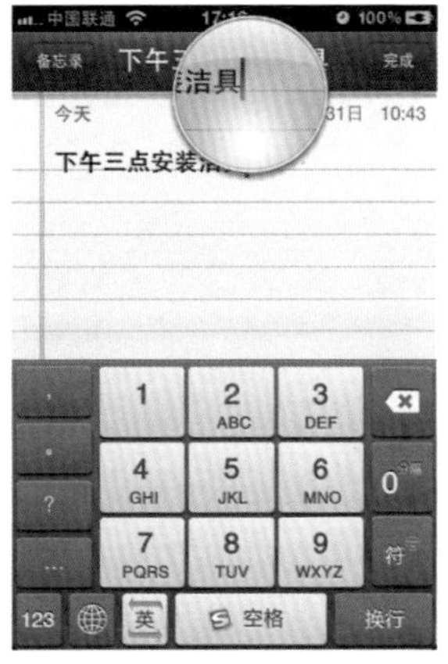

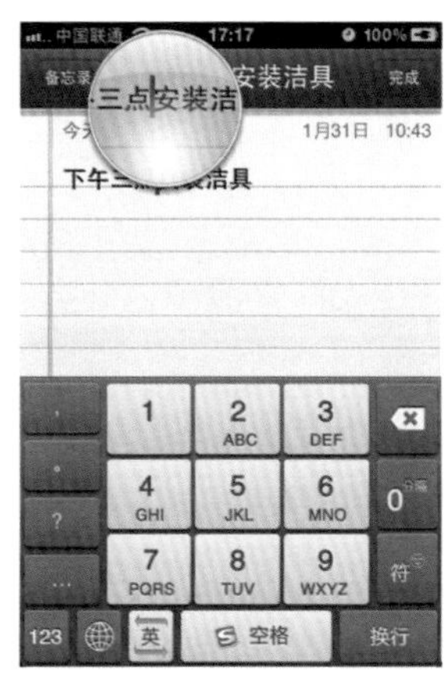

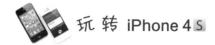

找到需要的准确位置后，松开手指，这时可以删除前面的文本或输入新文本。另外，松开手指的同时，光标处还会出现多个选项“选择和全选”。

如果轻点“选择”，这段文本会通过点线相连的方式高亮显示，轻点并拖拽两端的点，便能精确的选择为本内容。

“选择”好文本内容以后，光标处又会出现多个选项“剪切、拷贝、粘贴、替换为…”，这些命令和电脑里的命令一样。通过这样的方法，即可精确定位文本，并且将需要的文本准确地移动或复制到其他地方去了。

4.5 桌面管理

iPhone 4S 具备非常强大的桌面图标分类管理功能，无需借助任何软件，即可实现主界面的各个程序图标的分门别类。

01 在 iPhone 4S 的主界面下长按任意一个应用程序的图标，此时，可以看到主界面上所有的图标都在晃动，因此就进入了可编辑状态。

02 这时可以调整各个图标的位置，例如需要将掌中新浪图标放到 Talking Pierre 图标之后，只需要将掌中新浪图标拖动过去即可。

注意

1. 你还可以将图标移到另一屏幕，在排列应用程序时，将图标拖到屏幕的一侧。如果已经位于最右边的主屏幕，再将图标拖到屏幕的右边缘时，将创建一个新的主屏幕。iPhone 4S 最多可以创建 11 个主屏幕。

2. 主界面的每个屏幕都包含了不同的应用程序图标，值得注意的是 iPhone 4S 最底部的四个应用程序图标永远都是固定不变的。无论你切换到哪一页，都存在这四个图标。因此，可以把最常用的程序拖拽到最底部的位置。

03 桌面管理除了可以改变图标的位置外，还可以对各个应用程序进行分类管理。例如需要将 QQ、微博和微信归为一类，只需要先将微博的图标拖动到 QQ 图标的正上方。随后，这两个图标就会处于一个文件夹内，这时还可以对文件夹重新命名。

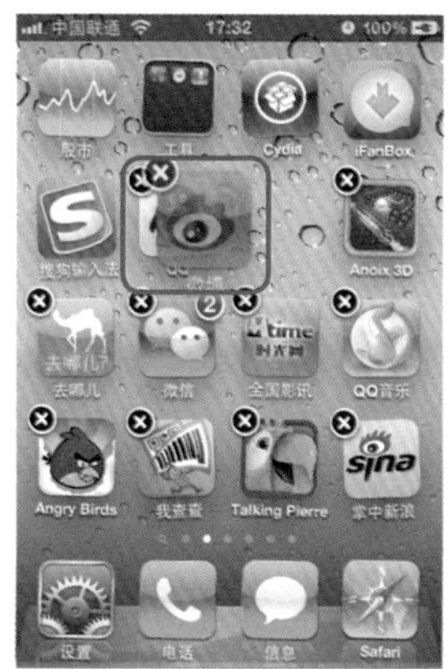
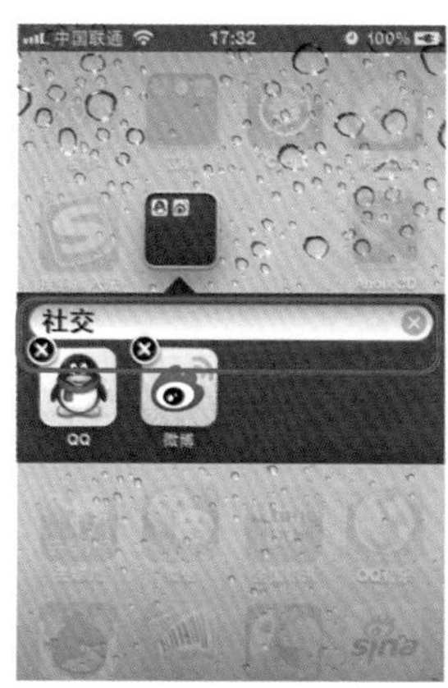

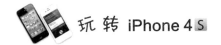

04 按照同样的方法，把微信图标拖到社交文件夹内。

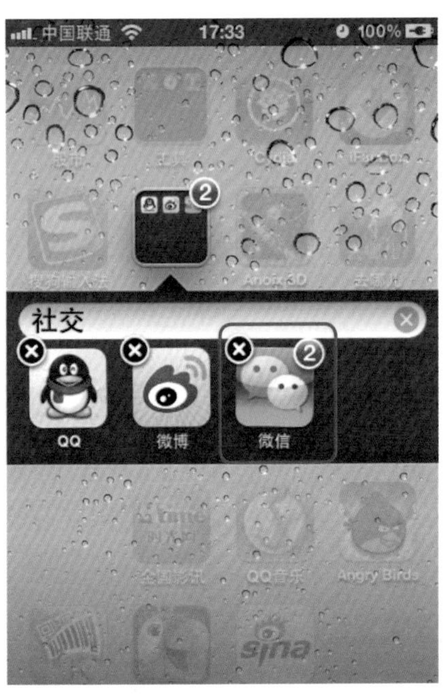

05 最后，按下 Home 键退出图标的编辑状态，此时，图标不再晃动，图标上的小 × 消失，桌面又恢复到了正常的状态。

提示

最多可以将 12 个应用程序放入一个文件夹中。文件夹也可以重新排列，方法和移动图标一致，甚至可以将文件夹拖到最底部固定不变的位置。

4.6 个性墙纸

无论手机是在打开或锁定的情况下，最主要的画面是 iPhone 4S 的墙纸，一张个性化的墙纸一定会令你的手机增色不少。那究竟如何更改墙纸呢，请看下面的操作步骤。

01 依次点击“设置”→“墙纸”，进入墙纸面板。点击图中的大图标进入墙纸类型列表。

02 iPhone 4S 提供了两种类型的墙纸，一是系统自带的墙纸，另一种是从相机胶卷中选择照片作为墙纸。下面以从相机胶卷中选择图片作为墙纸为例进行介绍。点击“相机胶卷”。

03 在相机胶卷里面的照片中，选择一张自己喜欢的图片。

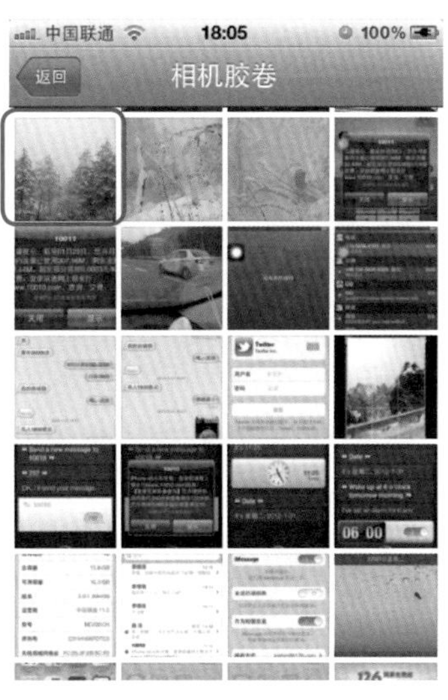

04 点击这张图片进入预览状态，这里可以进一步对照片进行移动和缩放，选择令自己最满意的部分用于墙纸。设置完毕后点击“设定”。

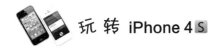

05 接下来会进入“设定”界面。选择“设定锁定屏幕”可以将该图片设置为锁定屏幕后的背景图片。“设定主屏幕”可以将该图片设置为主界面的背景图片。“同时设定”就是将该图片同时设定为锁定屏幕后及主界面的背景图片。

06 选择你所需要的方式进行设定即可。iPhone 4S 会提示正在存储照片。稍后该图片即可设置为需要的背景图片了。

注意

可以随时将主屏幕还原为默认布局，依次进入“设置”→“通用”→“还原”，然后轻按“还原主屏幕布局”。这时 iPhone 4S 会移除所有创建的文件夹，并将默认墙纸应用到你的主屏幕。

4.7 通知和数字提醒标记

iPhone 4S 的一个重要升级就是加强了通知功能，“通知中心”在一个位置显示你的所有提醒，包括以下各项的提醒：

- 未接电话和语音留言。
- 新电子邮件。
- 新文本信息。
- 提醒事项。
- 日历事件。
- 交友邀请（Game Center）。

- ❑ 天气。
- ❑ 股市。

显示“通知中心”的操作很简单，在主屏幕下，从屏幕顶部向下拖移就可以打开“通知中心”。滚动列表以查看其他提醒。

锁定屏幕时上也会显示提醒，当出现通知消息时，屏幕顶部会短暂地显示提醒。你可以在“通知中心”中查看当前的所有提醒。

许多应用程序（如“电话”、“信息”、“Mail”和“App Store”）可以在其主屏幕图标上显示一个带数字的提醒标记（用来指示呼入 / 收到的项目），或者感叹号（用来指示问题）。如果这些应用程序包含在一个文件夹中，则该文件夹上会出现一个标记。带数字的标记会显示你尚未处理的项目总数，如未接来电、未读的电子邮件、未读的文本信息以及未下载的已更新应用程序。带感叹号的标记指示应用程序存在问题。

功　　能	操　　作
响应“通知中心”中的提醒	轻按提醒
响应锁定屏幕上的提醒	将提醒上显示的图标扫动到右侧
从“通知中心”中移除提醒	轻按 ，然后轻按“清除”
设定通知选项	前往“设置”→“通知”

4.8 重新启动 iPhone 4S 或复位

如果某些功能不能正常工作，请尝试重新启动 iPhone 4S，强制退出应用程序，或者将 iPhone 4S 复位。

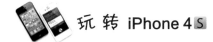

重新启动 iPhone 4S：按住 Power 键直到出现红色滑块。将手指滑过滑块以将 iPhone 4S 关机。若要再次开启 iPhone 4S，请按住 Power 键直到出现 Apple 标志。

注意

如果你不能将 iPhone 4S 关机，或者在关闭并重新开启 iPhone 4S 后问题仍无法解决时，才应该进行复位。

将 iPhone 4S 复位：按住 Power 键和 Home 键至少十秒钟，直到出现 Apple 标志。

强制将应用程序关闭：按住 Power 键几秒钟，直到出现红色滑块，然后按住 Home 键直到应用程序退出。也可以通过将应用程序从多任务栏中移除来强制将应用程序退出。

4.9 输入法

对于英文输入来讲，不存在输入法的问题，因为所有的单词都有 26 个字母组成，但要通过 26 个字母来输入汉字，输入法就至关重要了。

iPhone 4S 提供了 3 种简体中文输入法：拼音、手写和笔画。点击任何需要输入文字的地方。虚拟键盘会自动弹出来。可以通过“设置”→“通用”→“键盘”→“国际键盘”来添加或删除输入法。

注意

删除不常用的输入法可以加快输入法的切换速度。

1. 拼音输入

拼音输入是中国人最常用的一种输入法。

01 iPhone 4S 拼音输入法输入一个汉字后，会有自动联系的字显示，输入词组时可以只输入首字母来加快输入速度，空格键可以选择备选字或词组。

提示

在中文输入状态下，双击空格可以直接输入句号。

02 键盘左下角“123”按钮是数字、标点切换键；紧邻的地球是输入法切换按钮，不停按下地球按钮，会在添加的输入法里循环切换。

03 当切换到数字输入状态后，原来的 Shift 按钮会变为“#+=”，按下该按钮，虚拟键盘上会出现更多的符号。

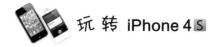

2. 手写输入

iPhone 4S 的手写输入法与其他手持设备的手写输入法非常相似，手写汉字以后，右侧会出现 4 个备选的汉字，点击就能完成输入。

3. 笔画输入

笔画输入更广泛的被一些不习惯拼音输入的人们使用，虽然使用率不高，但也有它的实际作用，iPhone 4S 的笔画输入法输入效率一般。

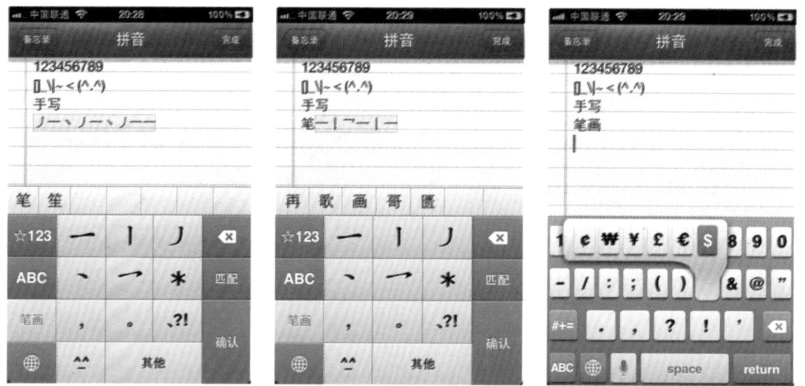

技巧

在英文输入法状态下，尝试长按某个按键，会出现更多的符号，例如要输入欧元符号，就可以先长按住美元符号，然后选择弹出的欧元符号。

iPhone 4S 自带的 3 种中文输入法，基本上能满足人们的日常使用。

注意

大家熟悉的搜狗输入法、QQ 拼音输入法、谷歌输入法、百度输入法等其他输入法无法在没越狱的 iPhone 4S 上安装。不过越狱后的 iPhone 4S 就完全没有限制，想用什么输入法就装什么输入法！

第 5 章

用 iPhone 4S 打电话

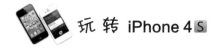

首先，需要用到的就是 iPhone 4S 的电话功能，这跟大多数手机区别不大。不过通过 iPhone 4S 打电话最大的特色就是可以享受免费的视频电话 FaceTime。

5.1 拨打与接听电话常规 6 项操作

在 iPhone 4S 上拨打电话很简单，在“通讯录”、“最近通话”或“拨号键盘”中轻按姓名或号码，或者使用 Siri 说出“Call 某某”，就可以拨打电话了。“电话”屏幕底部的按钮可让你快速访问个人收藏、最近通话、通讯录和数字拨号键盘（用于手动拨号）。

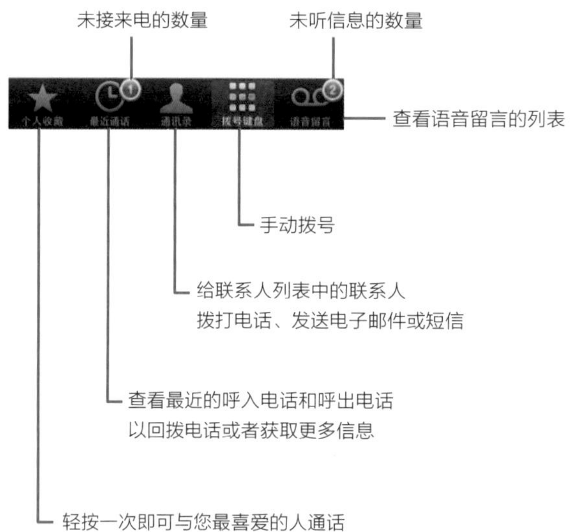

第 1 项：手动拨号

你可以使用拨号键盘拨打电话，在 iPhone 4S 主界面下找到电话图标，轻点进入，然后再点击“拨号键盘”，手动输入电话号码，然后轻按“呼叫”。

- ❑ 如果号码可以复制，则可以轻按键盘上方的屏幕，再轻按“粘贴”。
- ❑ 如果需要插入软停顿（停顿 2 秒钟），则按住“*”键直到逗号显示。
- ❑ 如果需要插入硬停顿（暂停拨号直到你再次按下“呼叫”按钮），则按住“#”键直到分号显示。
- ❑ 如果需要重拨最后一个号码，则需要连续轻按两次“呼叫”键。

第 2 项：回拨未接电话

由于 iPhone 4S 加入了“通知中心”，回拨未接电话就更加方便了。

01 依次进入“电话”→“最近通话”，找到未接来电，然后轻按姓名或号码回拨。

02 在屏幕已锁定的情况下，将提醒上显示的图标扫动到右侧。

03 还可以进入通知中心，轻按未接电话并回拨。

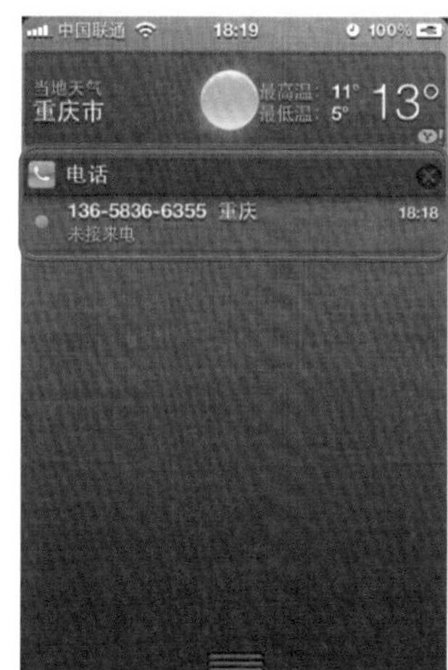

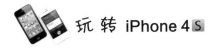

第 3 项：语音拨号

“语音控制”可让你使用语音命令来拨打电话。在 iPhone 4S 上，还可以通过 Siri 使用语音来控制 iPhone 4S。

注意

“语音控制”可能不支持所有语言。在 iPhone 4S 上打开 Siri 后，就无法使用“语音控制”。

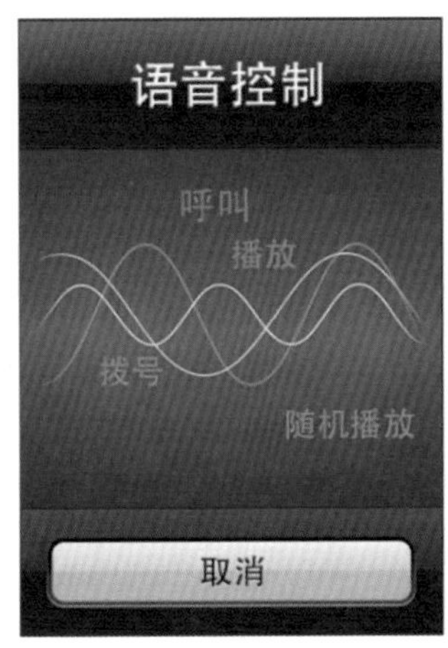

语音拨号非常简单，按住 Home 键不放，直到“语音控制”屏幕出现并且你听到嘟嘟声。如果使用耳机时，也可以按住 iPhone 4S 耳机的中央按钮不放。

使用语音拨号时请注意以下要点：

注意

1. 对着 iPhone 4S 的麦克风讲话，保持和你打电话时一样距离。
2. 说话要清晰和自然。
3. 说出联系人的姓名（或名称），并使用全名。
4. 或者说出拨号的数字，要求依次单独说出每一个数字。

使用 Siri 拨打电话和“语音控制”相似，按住 Home 键不放，听到提示音后再说出命令。如果要拨打电话，则对 iPhone 4S 说出“Call Tom”（给 Tom 打电话），或者说出“FaceTime Tom”（与 Tom 进行 FaceTime 通话）。

注意

Siri 要求连接上互联网。Siri 并不支持所有语言，并非在所有地区都可用，而且功能因地区而异。

第 4 项：接听电话

当有电话打入时，轻按“接听”。如果 iPhone 4S 已锁定，则需拖移滑块接听。如果你使用的是 iPhone 4S 耳机，请按下中央按钮来接听电话。

注意

在未锁屏的情况下，可以按“拒绝”按钮来挂断电话。在锁屏的情况下，快速按下 Power 键两次或按住 Home 键两秒钟，则是拒绝该来电。

如果按下 Power 键或任一音量按钮则使来电静音。

第5项：通话过程

通话过程中屏幕会显示各种通话选项。

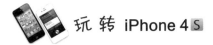

在通话过程中，按下Home键，可以切换到主界面，并运行其他应用程序，若要回到通话，只需轻按屏幕顶部的绿色条即可。

若要结束通话，则按下那个红色的“结束”按钮即可挂机。如果使用耳机，按下耳机的中央按钮即可。

第6项：查看通话长度

要查看通话长度，选择最近通话列表，轻点联系人旁边的蓝色箭头以获取更多详细信息。

5.2 3招搞定通讯录管理

第1招：iPhone 4S的通讯录

通讯录是手机最重要的组件之一，iPhone 4S的通讯录更为强大，让你轻松地访问和编辑个人帐户联系人列表。你可以对所有群组进行搜索，并且会自动访问通讯录中的信息，使寻找电子邮件地址快速而简便。

打开通讯录以后，你可以使用联系人的“简介”屏幕上的信息来执行以下操作：

- ❑ 呼叫联系人。
- ❑ 在Mail中以该联系人的地址创建电子邮件信息。
- ❑ 在“地图”中找到该联系人的地址位置，并获得路线。

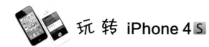

- ❑ 给该联系人发送短信。
- ❑ 进行 FaceTime 视频呼叫。

轻按屏幕中的其中一项即可执行对应的操作。

注意

电话号码旁边的星号表示该号码已经在你的个人收藏列表中。如果你曾经对该联系人进行了 FaceTime 呼叫，则 FaceTime 按钮上会显示■◀。

第 2 招：QQ 同步助手同步通讯录

更换 iPhone 4S 手机以后，面临的一个非常严峻的问题就是通讯录的复制问题。面对少则几十条，多则上千条的通讯录，手工重新录入的话可是一两天的体力活，而且还容易出错。

如果你之前使用的是塞班 S60、安卓等智能手机，那么恭喜你，通过 QQ 同步助手，只需两三分钟就可以把旧手机里面的通讯录同步到 iPhone 4S 里去。下面就以 Nokia 6700S 手机为例来介绍通讯录的同步。

01 QQ 同步助手是腾讯公司的一款通讯录、短信同步软件，它能将你的通讯录备份在云端，通过 QQ 邮箱、电脑 QQ、WAP、Web 页面多渠道管理，并且支持 Android、iOS、Symbian、Blackberry、Windows Phone、Windows Mobile、MTK、Java 多系统平台，使用了 QQ 同步助手，你将拥有永不丢失的通讯录。首先进入 http://msoft.qq.com/d/pim/，选择下载适应自己机型的 QQ 同步助手。

02 根据提示，在旧手机上下载安装 QQ 同步助手。

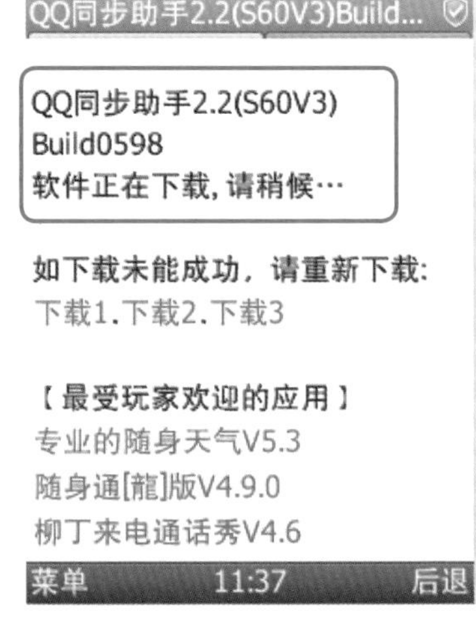

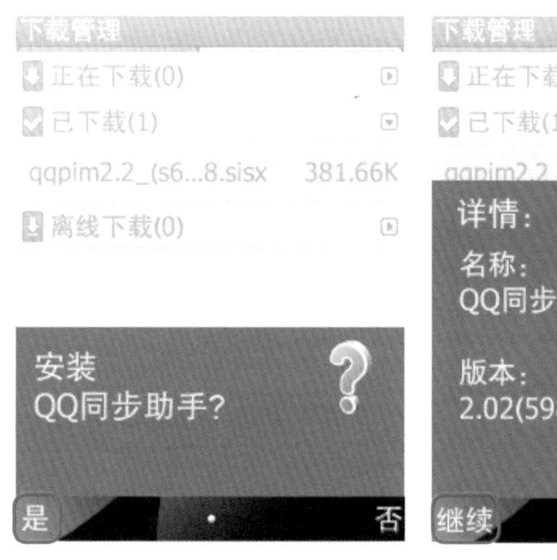

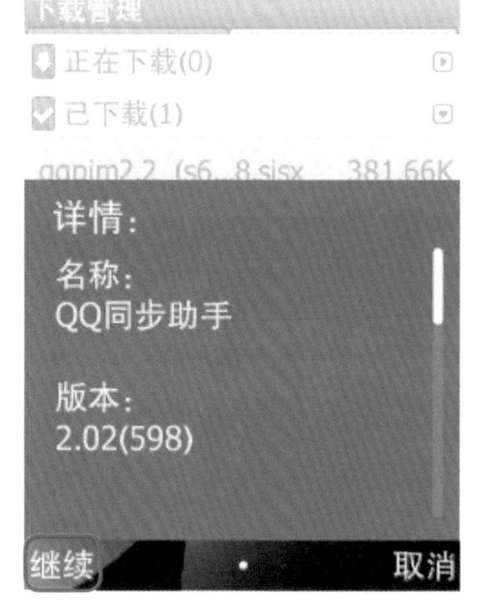

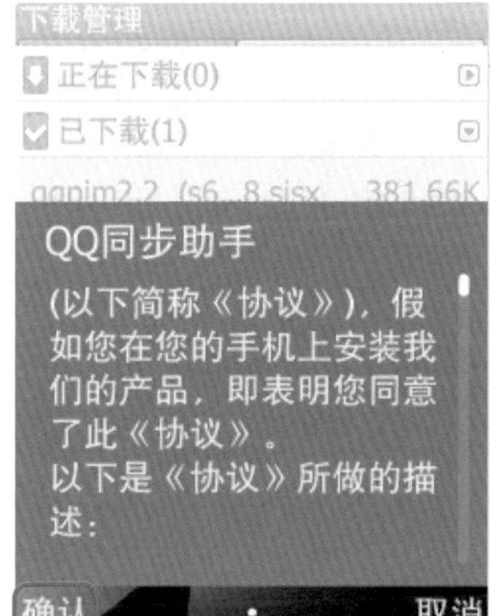

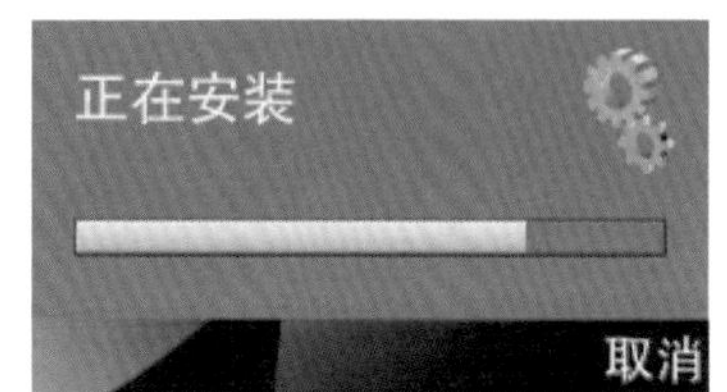

03 安装完成后进入 QQ 同步助手主界面，这里有四个选项：上传资料、下载资料、存储卡备份和查看网络资料。由于需要先将旧手机的资料备份到网络上，这里应选择“上传资料”。

04 选择“上传资料”后继续选择“上传的资料内容”，包括名片（即通讯录资料）、短信息、通话记录和浏览器书签。这里根据实际需要进行选择。

05 选择“名片”会提示“上传所有名片”或“仅上传变化的名片”，“仅上传变化的名片”是针对以前上传过的情况仅上传变化的名片。若以前从未上传过，则应选择上传所有名片。

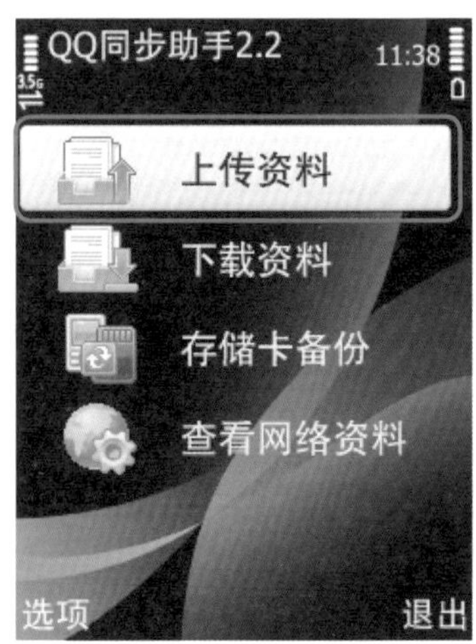

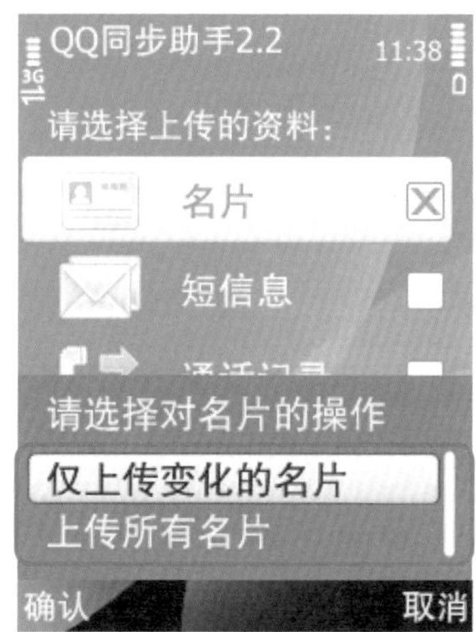

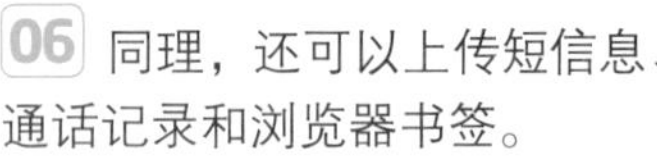
06 同理，还可以上传短信息、通话记录和浏览器书签。

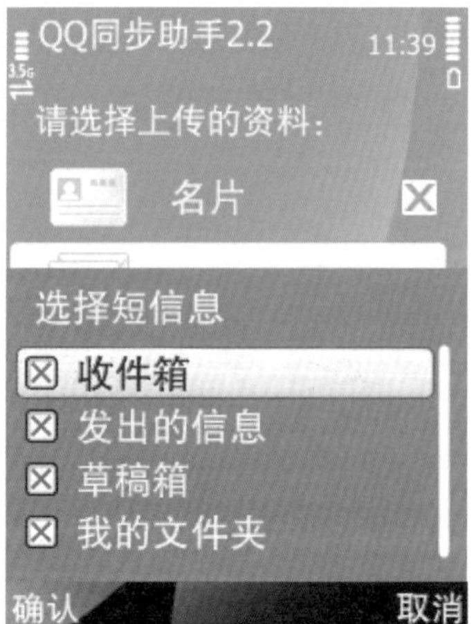

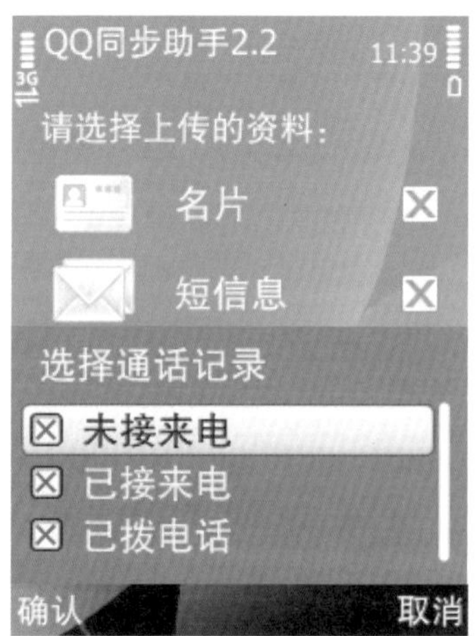

07 选择完毕后按下确认开始上传。这时 QQ 同步助手会要求你输入 QQ 帐号和密码，QQ 同步助手与 QQ 号码绑定，无需再进行注册，十分方便，设置完毕以后按下登录继续。

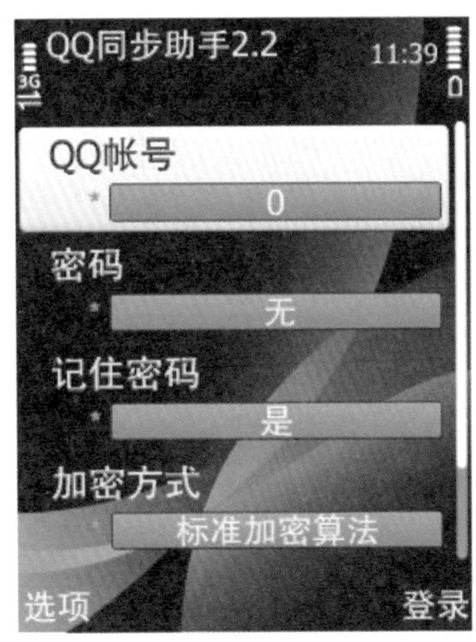

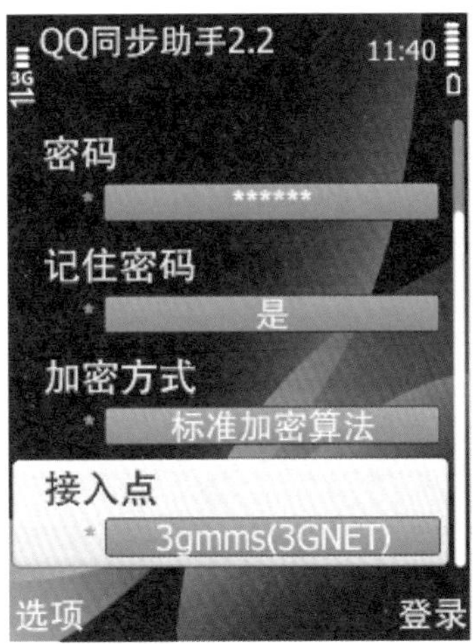

08 此时 QQ 会将之前选择的资料上传到网络上去。现在不管你的手机是否遗失，电脑是否崩溃，你的通讯录已经备份到了云端。再也不会丢失了。

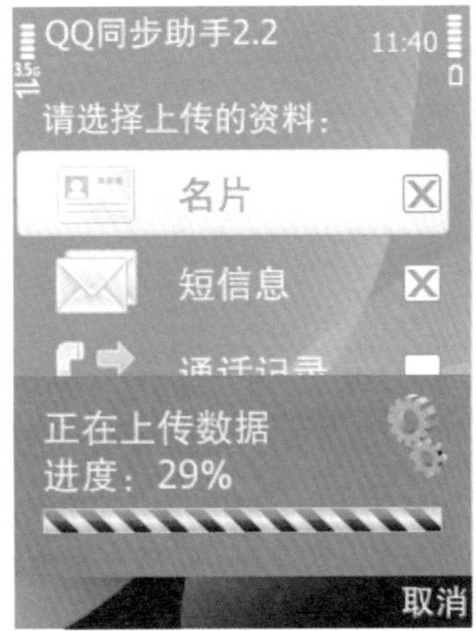

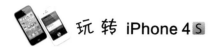

09 接下来就需要再将网络上的通讯录同步到 iPhone 4S 上就可以了。不过首先在 iPhone 4S 上安装 QQ 同步助手 iPhone 4S 版。进入 App Store 找到 QQ 同步助手，下载并安装。

10 在 iPhone 4S 上运行 QQ 同步助手后，会出现三个选项：备份通讯录、恢复通讯录和查看网络资料。

11 这里自然选择恢复通讯录，接下来要求输入 QQ 帐号及密码，这里输入之前备份通讯录时用到的 QQ 帐号及密码并按下登录。

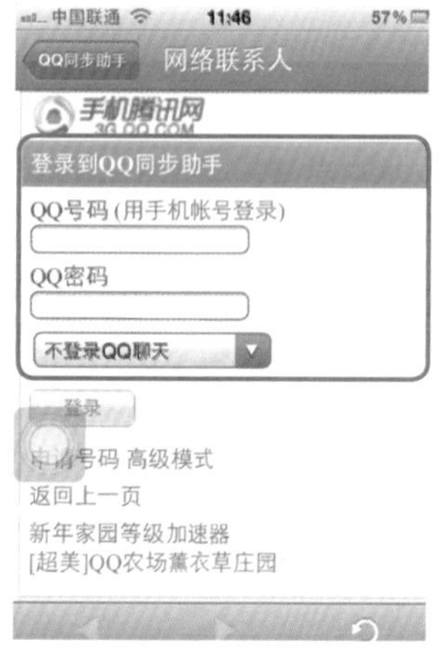

12 接下来 QQ 同步助手会提示恢复全部联系人或仅恢复变化的联系人。第一次恢复时应选择恢复全部联系人。

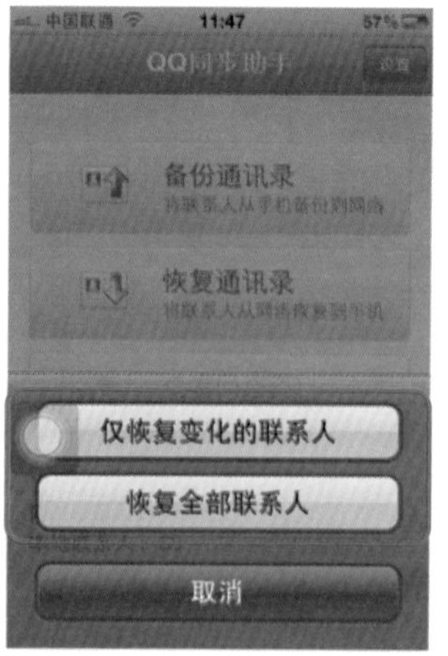

13 随后 QQ 同步助手便开始恢复，稍等片刻，以前手机上的通讯录就一个不少的复制到 iPhone 4S 手机上了。

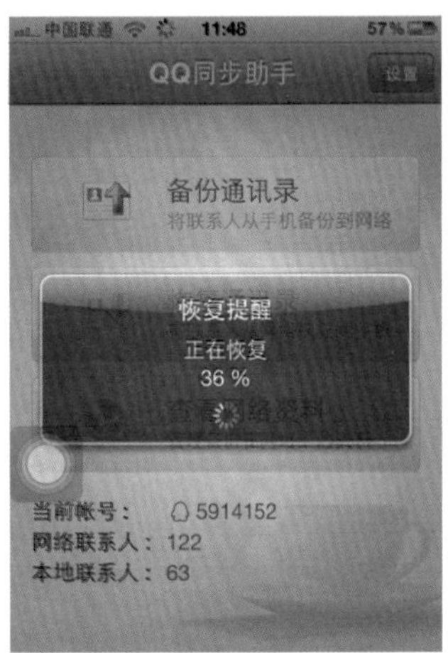

注意

除了可以通过 QQ 同步助手同步通讯录外，如果之前你的通讯录已经存放在 Gmail、Hotmail 等邮箱里，那么无需安装任何软件，只需要 iPhone 4S 上经过简单的几步设置即可同步网络通讯录。

第 3 招：统一联系人

在使多个帐户中的通讯录同步后，可能在多个帐户中具有同一个联系人的条目。为了防止多余的联系人出现在 iPhone 4S 上的“全部联系人”列表中，不同帐户中具有相同名字和姓氏的联系人会进行链接并显示为单个统一联系人（除非他们具有不同的中间名）。当你查看统一联系人时，屏幕顶部会出现标题“统一信息”。统一联系人只出现在“全部联系人”列表中。

统一联系人的来源帐户出现在屏幕底部，“已链接的名片”下面。

- 轻按其中一个来源帐户即可查看来源帐户中的联络信息。
- 轻按“编辑”，接着按⊖，然后按“取消链接”，即可取消与联系人的链接。
- 轻按“编辑”，然后按⊕并选取联系人则是链接联系人。

如果你链接具有不同名字或姓氏的联系人，则单个联系人上的姓名不会改变，但只有一个姓名出现在统一名片中。若要选取查看统一名片时显示的姓名，请轻按具有你所喜欢的姓名的已链接名片，然后轻按“名片统一后使用此名称”。

提示

已链接的联系人不会被合并。除非你编辑统一联系人，否则该联系人在来源帐户中仍然是独立的且保持不变。如果你更改统一联系人中的信息，则更改会被拷贝到已经存在该信息的每个来源帐户中。如果你给统一联系人添加信息，则会将该信息添加到每个来源帐户中的该联系人。

查看特定来源帐户中已链接的联系人时（也就是说，不是在“全部联系人”列表中查看该联系人），其信息也会出现在单个联系人的“简介”屏幕底部，这可让你查看“统一信息”屏幕以及每个其他来源帐户中的该联系人。

5.3 玩转可视电话 FaceTime

与 iMessage 相似，FaceTime 也是只能在 iOS 设备使用的一种免费交流工具，不过 iMessage 是文字版的，而 FaceTime 是图像版的。

技术的进步和带宽的提升把人们的沟通变为理想的现实，实际上无法在几年前实现。很难想象人们会满足 3G 视频那种模糊破碎的画面，也很难想象如今人们在真实地体验过 FaceTime 这样的技术后，会继续满足于单纯的语音的沟通。

FaceTime 的应用需要在两部有前置摄像头的 iOS 设备上使用，例如 iPhone 4、iPhone 4S 以及 iPad 2。另外还要求 iOS 在 4.0 以上，并且两个设备都处于在 Wi-Fi 可用的环境中，这样就可以进行免费视频通话。相对于比较昂贵的可视电话费用，FaceTime 可以说是既方便又实惠。

1. 激活 FaceTime

与 iMessage 一样，使用 FaceTime 也需要激活。依次进入“设置”→“FaceTime”。这里可以找到 FaceTime 开关，打开即可激活。

中国联通 22:10 95%
设置
FaceTime
FaceTime
您的电话号码和/或电子邮件地址将共享给您呼叫的人。
Apple ID:
您的视频通话方式：
电话
电子邮件
添加其他电子邮件...
通话
在被叫方显示的本机地址

注意

FaceTime 的激活是需要向苹果的国外服务器发送一条普通短信，因此，中国移动的用户将会被收取一元的国际短信费。开通后关闭 FaceTime，再次开通时仍然要缴纳一元的费用。因此，中国移动用户请不要反复激活 FaceTime。而中国联通 iPhone 4S 用户将享受免费激活和开启 FaceTime 功能的服务。即使反复开关 FaceTime 功能中国联通也不收取费用。

2. 使用 FaceTime

01 首先在通讯录中找到需要进行 FaceTime 通话的联系人，进入该联系人后选择 FaceTime。

02 iPhone 4S 提示正在呼叫。

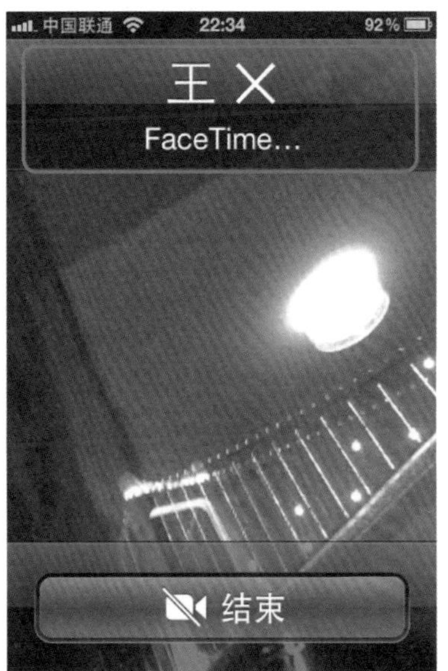

03 对方应答后就开始 FaceTime 通话了。表示图标静音、表示切换前后摄像头、结束表示结束通话。

04 主叫方可以轻触 FaceTime 按钮向对方提出可视电话申请，被叫方可以选择拒绝或接受。

第6章

用 iPhone 4S 发短信

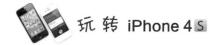

短信功能可以让任何使用具备 SMS 功能电话的人使用短信互相交流。虽然音频电话和视频电话已经让沟通无界限，但是短信功能依然不可或缺。

6.1 手机短信常规 6 项操作

第 1 项：发送短信

01 在主菜单中找到短信图标，用手指轻触图标，便可进入短信编辑器。

02 如果你需要发短信，可以轻触右上角的图标进入新短信编辑界面。

03 首先在发送左侧的文本框里输入短信内容，再在收件人处输入对方的电话号码，也可以轻触右侧的“+”号即可进入联系人窗口。如果想要发送给多个目标，则再次轻触“+”号，继续选择下一个联系人，如此往复，最后点击发送按钮。短信发出后，会有一声提示音（轻触发送之后就可以退出短信界面，回到主屏幕）。

第2项：接收短信

收到短信时，屏幕上默认会显示短信的概况，轻触直接查看。

第3项：回复短信

如果需要回复短信，在锁屏的情况下与电话回拨相似，将提醒上的图标扫到右侧即可。

若在阅读短信窗口中，可以轻触空白处直接回复该消息。操作模式与即时聊天软件相似。其他步骤与自写短信相同，最后仍然按右侧的“发送”按钮。如果轻触右上方的编辑，就会出现删除和转发两个选项。

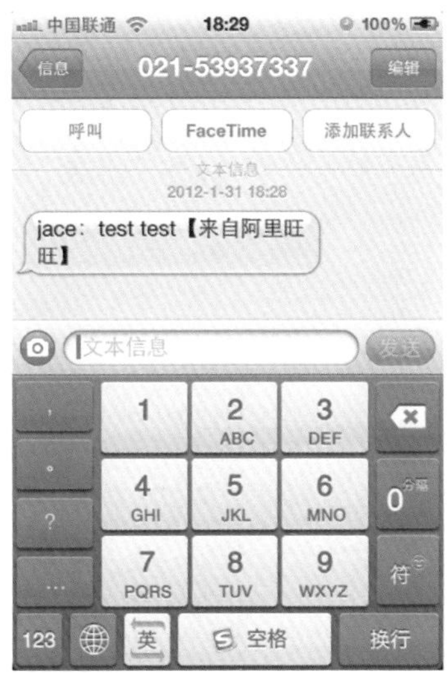

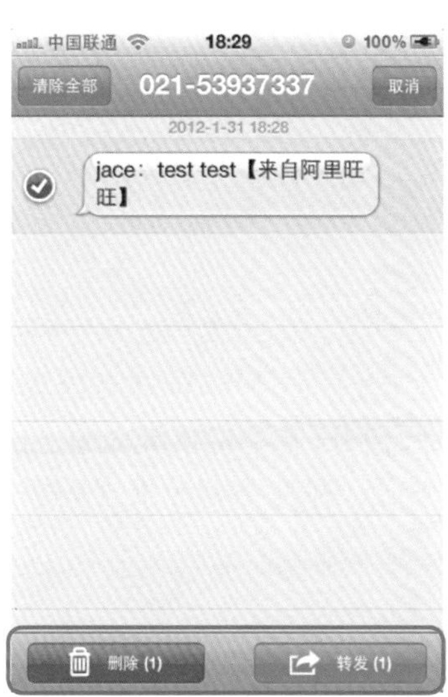

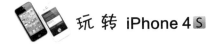

第 4 项：编辑短信

在短信主菜单中，可以轻触左上角的“编辑”进入短信管理状态。轻触红的“-”，使之变为“|”，此时可见右侧的“删除”两个字，轻触即可删除短信；或者直接在短信主菜单中由左向右划动手指，经过的短信右侧就会出现“删除”提示，同样轻触即可删除短信。

第 5 项：将信息发送到群组

群发信息可让你将一条信息同时发给多个联系人。群发信息兼容 iMessage 和彩信，轻按▢，然后输入多个联系人。

第 6 项：发送照片、视频

当使用彩信或 iMessage 时，你还可以发送照片、视频、位置、联络信息和语音备忘录等内容。iPhone 4S 会将这些作为附件发送，并且还可能根据需要压缩照片或附件。

功　能	操　　作
发送照片	轻按◎，拍摄或选取照片，然后轻按“信息”
发送位置	在“地图”中，轻按◎找到位置，轻按屏幕底部的“共享位置”，然后轻按“信息”
发送联络信息	在“通讯录”中，选取一个联系人，轻按屏幕底部的“共享联系人”，然后轻按“信息”
发送语音备忘录	在“语音备忘录”中，轻按☰，轻按语音备忘录，轻按“共享”，然后轻按“信息”
将收到的照片或视频存储到“相机胶卷”相簿	轻按照片或视频，然后轻按
拷贝照片或视频	按住附件，然后轻按“拷贝”
存储所接收的联络信息	轻按联系人气泡，然后轻按“创建新联系人”或“添加到现有联系人”

6.2 免费短信功能 iMessage

iMessage 是 iPhone 4S 中一项名为 iMessage 的即时通信功能软件，能够在 iOS 5 设备之间发送文字、图片、视频、通信录以及位置信息等，并支持多人聊天。iMessage 不同于运营商短信 / 彩信业务，用户仅需要通过 Wi-Fi 或者 3G 网络进行数据支持，就可以完成通信。

iMessage 利用了 iOS 5 新的消息提醒系统，可以将信息直接推送到对方屏幕上，而不管对方是在游戏还是锁屏状态，如果双方都在使用 iMessage，你甚至可以看到对方正在发言的状态。

1. 激活 iMessage

一款新的 iPhone 4S 默认情况下不能使用 iMessage 的，使用之前必须要激活。

依次进入“设置”→“短信”。这里可以找到 iMessage 开关。

打开 iMessage 开关，系统会提示正在激活，这里依然要求你输入 Apple ID 帐户信息。稍等片刻，就可以使用 iMessage 了。

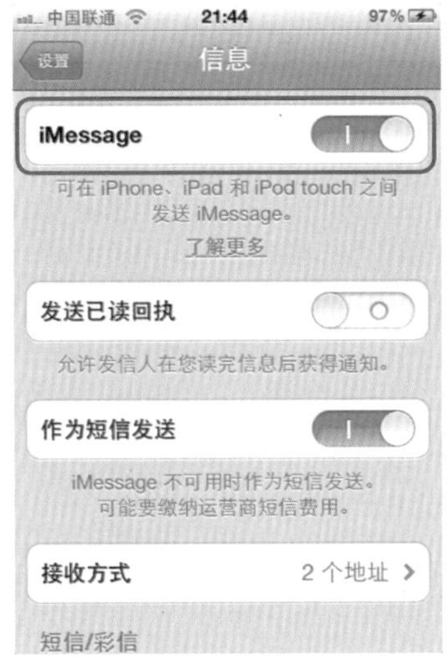

注意

与 FaceTime 的激活一样，激活 iMessage 时也需要向苹果的国外服务器发送验证短信，中国联通用户免费，中国移动用户一元钱一条。中国移动用户请不要反复激活。

2. 收发 iMessage

01 iPhone 4S 上找不到 iMessage 的程序图标，运行“信息”即可。iMessage 不是一个单独的程序，而是被苹果把 iMessage 和短信功能一起整合了。

注意

iMessage 不同于普通短信，它通过 Wi-Fi 或者 3G 网络进行数据支持，不需要移动基站，只需要系统为 iOS 5 即可。

02 iPhone 4S 会自动检测你要发送的联系人，检测该联系人是否正在运行 iOS 5 的设备，若检测出运行的就是 iOS 5 设备的话，那就会自动发送 iMessage 信息，而不是短信了。

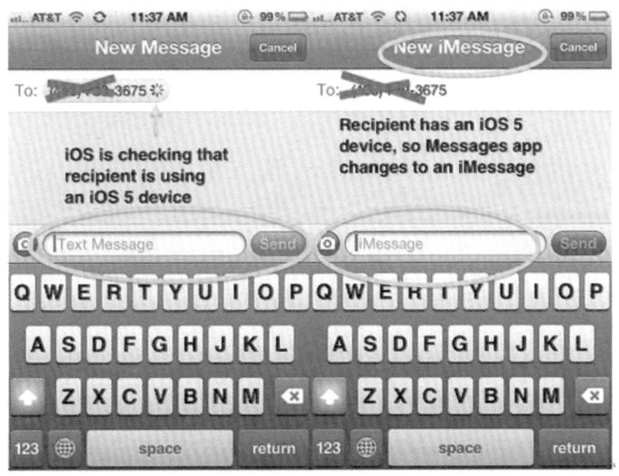

注意

iMessage 的运行方式是跨越了移动运营商的，因此，即使是中国用户发给美国用户，都是免费的。就像 FaceTime 一样。

03 如果你还是不敢确定你发的到底是 iMessage 信息还是发了短信，苹果公司修改了短信聊天窗口的颜色，短信聊天窗口是绿色的气泡，而 iMessage 的窗口聊天气泡则是蓝色的。

介绍 iMessage 的使用后，是不是很期待呢，接下来还罗列了 iMessage 的几大特色，希望大家能对 iMessage 有更清楚的认识。

- 作为苹果 iOS 5 系统重要功能之一，iMessage 的优势来自于其与系统的融合性，这意味着当我们使用 iMessage 时不会产生额外的系统线程与资源占用。因此 iMessage 的运行能够非常流畅，这则是其他第三方短信、社交类应用所不能比拟的。

- 经常接触网络社交应用的用户想必都已经非常了解，我们使用每一款此类应用时都需要额外注册用户信息进行登录，尽管有些平台化的应用已经可以用我们的 QQ 号码、手机号码等信息进行注册登录，但仍然需要我们记住大量的注册信息。而 iMessage 则支持读取设备内联系人信息，在对方同样使用苹果 iOS 5 系统的前提下，我们通过手机号码或注册为 iMessage 的电子邮箱信息就可以用该功能发送消息，而无需再进行额外的用户注册及登录。
- 当然尽管 iMessage 的功能如此强大，但实际上我们在系统中是找不到任何有关于它的应用图标，因为 iMessage 已经与我们日常生活中最常使用的短信功能融合为一体。只有当我们将给同样支持 iMessage 的设备发送信息时系统将开启 iMessage 功能。
- 如果各式各样网络社交应用复杂的操控方式让你头疼的话，那么 iMessage 则将会让你的头疼烟消云散。得益于与短信功能的融合，实际上 iMessage 的操控方式与普通短信完全相同，唯一的不同仅仅是 iMessage 发送的消息采用了蓝色气泡标注与普通短信加以区分。
- 实时消息推送无疑是网络社交应用目前主流的消息发送方式，当然这也是苹果 iOS 系统被众多网络社交应用爱好者所喜爱的原因之一。但伴随着此类应用的增长，我们每天都可能面对着不同应用发来的消息推送。而同样得益于与短信功能的结合，iMessage 消息提醒与短信完全相同，避免了不同消息推送给我们所带来的困扰。

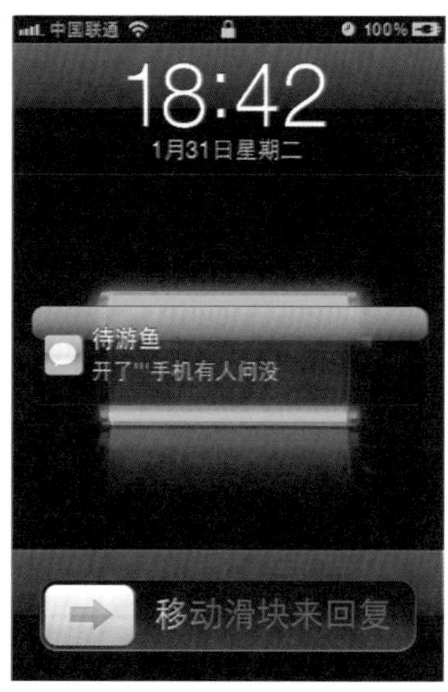

- 网络社交应用，顾名思义只有在网络条件许可的情况下我们才能够享受社交的乐趣。当然 iMessage 同样需要手机或 Wi-Fi 网络的支持才能够使用，不过当我们的网络状况不足以支持 iMessage 时，则将自动切换到普通短信及彩信形式，这也使得我们的沟通交流不再过度依赖网络。
- 现如今电子邮件功能与 FaceTime 功能已经更多的成为我们的常用功能，但在各个功能界面中相互切换却已经略显繁琐，而 iMessage 则能够将这些切换过程省略。iMessage 在屏幕上方为我们准备了三个快捷选项，分别是电子邮件、FaceTime 以及联系人信息，我们仅需动动手指就能够轻松完成相应的操作，免去了不断切换功能界面的繁琐操作。

- 常用网络社交应用的朋友相信体会过重要信息丢失的感受，目前常见的主流应用的消息备份、同步操作较为繁琐，有些应用甚至不具备此类功能，因此极易丢失信息。同样得益于 iMessage 与短信融合的优势，仅需与 iTunes 同步即可备份、还原消息，避免了重要信息的丢失。
- 支持 iPad 2、iPod Touch 等多种设备无疑是苹果 iOS 系统平台网络社交应用的优势之一，在升级至苹果 iOS 5 后，iPad 2 增加了与 iPhone 4S 完全相同的信息图标，操作也更为简单。

6.3　6 条必会短信技巧

第 1 条：信息发送不成功

如果未能成功发送短信（比如，不在蜂窝网络的覆盖范围内），则主屏幕的短信图标上会出现一个警告标记，提醒有未发送成功的短信，可以尝试再次发送。

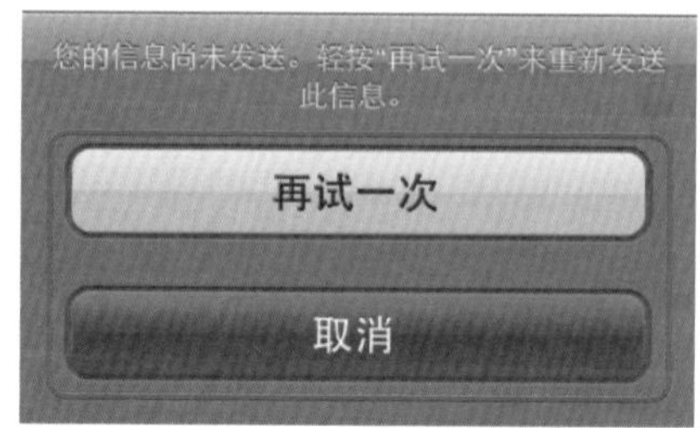

第2条：关闭信息预览

默认情况下，当收到一条新短信时，iPhone 4S 会显示信息的预览。关闭信息预览可以更好地保护你的隐私。前往“设置”→“通知”→“信息”，关闭“显示预览”。

第4条：短信字数统计

前往“设置”→“短信”，选择打开或关闭“字符计数”。字数统计将包括所有字符（空格、标点符号和回车），当字数超过两行时，一边输入就会一边显示当前输入的字数。

第3条：搜索短信

使用 iPhone 4S 可以从“短信”列表搜索短信主题的内容。轻按屏幕顶部以显示搜索栏，然后轻按搜索栏并输入你要查找的文本。

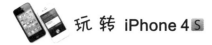

第5条：快速回电及回复短信

新的通知系统可以让你在锁定屏幕时快速回电或回复短信，只需要向右侧滑对应程序图标。

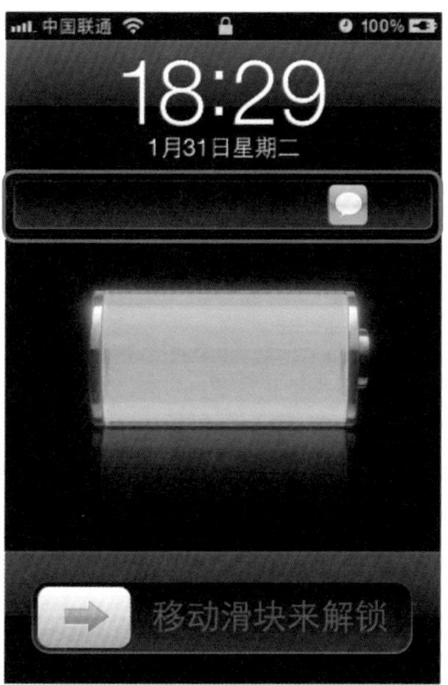

第6条：iMessage 已读回执

可以开启 iMessage 的已读回执，方法是前往“设置”→“信息”，就可以开启 iMessage 发送已读回执，允许发信人在你读完信息后获得通知。

注意

iMessage 和 FaceTime 这两项应用把 iPhone 4S 手机又提到了另一个新的高度，虽然之前也有类似的应用，但是苹果公司将其整合到了手机上最基本的两个应用：短信和电话，并且还是完全免费的，现在稍有遗憾的是 Wi-Fi 还不够普及。

第 7 章

iPhone 4S 的个性化设置

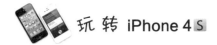

iPhone 4S 的设置选项是非常强大的，它可以自定义应用程序、设定日期和时间、配置网络连接、输入法及其他偏好设置等。

7.1 网络设置

在主菜单中找到设置图标，用手指轻触图标，便可进入设置选项。

1. 飞行模式

飞行模式会停用 iPhone 4S 的无线功能以避免干扰航空器运行及其他电器设备。当飞行模式打开时，✈图标会出现在屏幕顶部的状态栏中。iPhone 4S 不会发出任何电话信号、无线电信号、Wi-Fi 信号或 Bluetooth 信号，GPS 接收被关掉，因此 iPhone 4S 的许多功能也会被停用。你将不能使用很多需要用到这些功能的应用程序，拨打电话、收发信息、接入互联网、导航等。

注意

飞行模式下可以继续听音乐、观看视频，打开飞行模式时会断掉所有连接，但打开飞行模式后可以重新连接到无线网络。

2. Wi-Fi

Wi-Fi 设置决定了 iPhone 4S 是否使用本地无线局域网 Wi-Fi 网络来接入互联网。当 iPhone 4S 加入到某个 Wi-Fi 网络后，屏幕顶部状态栏中的 Wi-Fi 图标会显示信号强度。格数越多，则信号越强。如果没有 Wi-Fi 网络，或者已经将 Wi-Fi 关掉，则 iPhone 4S 会通过蜂窝数据网络（当可用时）接入互联网。

一旦加入到 Wi-Fi 网络，只要该网络是在通信范围内，iPhone 4S 都会自动连接到该网络。如果以前使用的多个网络都处在通信范围内，则 iPhone 4S 会加入到上次使用的那个网络。

注意

可以使用 iPhone 4S 设置新的 AirPort 基站来为你的家庭或办公室提供 Wi-Fi 服务。

要打开或关闭 Wi-Fi，依次点击“设置”→“Wi-Fi”。

功　　能	说　　明
设定 iPhone 4S 询问你是否想要加入新网络	选取“Wi-Fi”，然后打开或关闭“询问是否加入网络”。 如果“询问是否加入网络”选项已关闭，则当以前使用过的网络不可用时，你必须手动加入一个网络才能接入互联网
忽略网络，以便 iPhone 4S 不会加入该网络	选取“Wi-Fi”并轻按先前加入的网络的旁边的。然后轻按“忽略此网络”
加入封闭式 Wi-Fi 网络	若要加入未出现在已扫描到的网络列表中的 Wi-Fi 网络，请选取“Wi-Fi”→“其他”，然后输入网络名称。 必须已经知悉网络名称、密码和安全类型才能连接到封闭网络
调整用于连接 Wi-Fi 网络的设置	选取“Wi-Fi”，然后轻按网络旁边的

3. 通知

iOS 5 的推送通知会出现在“通知中心”中并提醒你新的信息，甚至会在应用程序不再运行时发出提醒。通知因应用程序而异，但可能包括文本或提醒音，以及主屏幕应用程序图标上的数字标记。

若要更改通知显示的顺序，进入通知后，点击“编辑”，在通知中心的应用程序后面会出现 ☰ 图标，此时便可以拖动各个程序的显示顺序。

若要打开或关闭通知，依次点击“设置”→“通知”。在列表中轻按一个项目，然后为该项目打开或关闭通知。

关闭通知的应用程序会显示在“不在通知中心”列表中。

功　　能	说　　明
更改通知的数量	轻按“通知”，然后从“在通知中心”列表中选取一个项目。轻按“显示”以设定在“通知中心”中显示此类型通知的数量
更改提醒样式	轻按“通知”，然后从“在通知中心”列表中选取一个项目。选择“无”以关闭新的通知提醒
更改通知的顺序	轻按“通知”，然后轻按“编辑”。将通知拖成你想要的顺序。若要关闭通知，请将它拖到“不在通知中心”列表
在具有通知的应用程序上显示数字标记	轻按“通知”，然后从“在通知中心”列表中选取一个项目并关闭“应用程序图标标记”
当 iPhone 4S 锁定时隐藏提醒	轻按“通知”，然后从“在通知中心”列表中选取一个应用程序。关闭“在锁定的屏幕显示”以在 iPhone 4S 锁定时隐藏应用程序的提醒

注意

某些应用程序还有其他选项。例如，“信息”可让你指定提醒声音重复的次数，以及是否在通知中显示信息预览。

4. 定位服务

定位服务可让提醒事项、地图、相机，以及第三方基于位置的应用程序收集和使用可指示你位置的数据。你的大致位置是使用来自蜂窝网络数据、本地 Wi-Fi 网络（如果已打开 Wi-Fi 的话）和 GPS（可能并非在所有地区都可用）的可用信息来确定的。若要节省电池电量，请在不使用“定位服务”时关闭它。若要打开或关闭“定位服务”，请依次点击“设置”→“定位服务”。

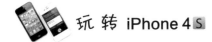

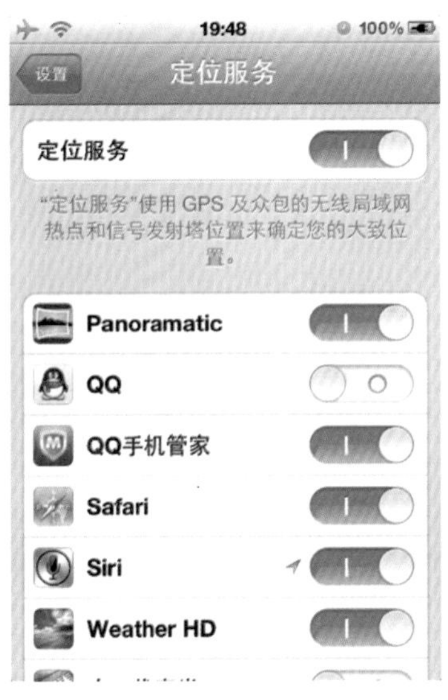

提示

应用程序正在使用“定位服务”时，菜单栏中会显示➚。

每个使用“定位服务”的应用程序和系统服务都会出现在“定位服务”设置屏幕中，显示是针对该应用程序或服务打开还是关闭了“定位服务”。如果你不想使用“定位服务”，则可以针对部分或所有应用程序和服务关闭此功能。如果你关闭了“定位服务”，下次有应用程序或服务尝试使用此功能时，就会提示你再次打开它。

5. VPN

VPN 可让你通过非专用网络来安全地进行专用信息通信。例如，可能需要配置 VPN 以访问工作电子邮件。可以依次进入“设置”→“通用”→“网络”→“VPN”，来对 VPN 进行设置。

6. 个人热点

可以使用“个人热点”来与通过 Wi-Fi 连接到你的苹果电脑或其他设备共享互联网连接。

注意

只有在 iPhone 4S 通过蜂窝数据网络接入互联网时，“个人热点”才有用。此项功能并非所有区域都可用。有关更多信息，请联系当地运营商。

若要设置个人热点：请依次点击“设置”→“通用”→“网络”，轻按“个人热点”（如果有）来设置你的运营商的服务。

打开“个人热点”后，其他设备可以用以下方式连接：

- Wi-Fi：在设备上，从可用的 Wi-Fi 网络列表中选取“iPhone”。
- USB：使用基座接口转 USB 电缆将电脑与 iPhone 4S 连接。在电脑的“网络”偏好设置中，选取“iPhone”并配置网络设置。
- 蓝牙：在 iPhone 4S 上，点击“设置”→“通用”→“蓝牙”，并打开“蓝牙”。

连接设备后，iPhone 4S 屏幕顶部会出现一个蓝色的条带。使用 USB 连接时，“个人热点”仍会开启，即便你当前没有使用互联网连接。

注意

在使用“个人热点”的 iOS 设备的状态栏中，会显示“个人热点”图标。

7.2 多媒体设置

1. 声音和响铃 / 静音开关

可以将 iPhone 4S 设定为在收到新信息、电子邮件、呼叫、推送信息、语音留言或提醒事项的任何时候播放声音，还可以为约会、发送电子邮件、键盘点按，以及锁定 iPhone 4S 播放声音。

当设定为静音时，iPhone 4S 不会播放任何铃声、提醒或效果声音。但是，它仍然会播放“时钟”闹钟。

注意

快速在响铃和静音模式之间切换，拨动 iPhone 4S 侧面的响铃 / 静音开关可以实现这一功能。

功　能	说　　明
设定有电话拨入时 iPhone 4S 是否振动	依次点击“设置”→“声音”，并打开“振动”
调整铃声和提醒音量	依次点击“设置”→“声音”，并拖移滑块。如果“用按钮调整”已打开，请使用 iPhone 4S 侧面的音量按钮
允许用音量按钮来调整铃声或提醒音量	依次点击“设置”→“声音”，并打开“用按钮调整”
设定铃声	点击“设置”→“声音”→“铃声”
设定铃声和提醒声音	点击“设置”→“声音”并为列表中的项目选择铃声

2. 亮度

屏幕亮度会影响电池寿命。降低屏幕亮度可以延长 iPhone 4S 电池的使用时间，或者使用“自动亮度调节”功能。

若要调节屏幕亮度：请依次点击“设置”→“亮度”，并拖移滑块。

若要设定 iPhone 4S 是否自动调节屏幕亮度：请依次点击“设置”→“亮度”，然后打开或关闭“自动亮度调节”。如果“自动亮度调节”已打开，则 iPhone 4S 会使用内建的环境光感应器来调节当前光照条件下的屏幕亮度。

3. 墙纸

墙纸设置可让你将图像或照片设定为屏幕锁定时或主屏幕的墙纸。

7.3 通用设置

通用设置包括网络、共享、安全以及其他 iOS 设置，还可以找到有关 iPhone 4S 的各种信息，并还原 iPhone 4S 的各种设置。

1. 关于本机

依次点击“设置”→“通用”→“关于本机”以获取有关 iPhone 4S 的信息，包括可用储存空间、序列号、网络地址、IMEI（国际移动设备标识）码和 ICCID（集成电路卡标识符或智能卡）码（GSM）、MEID（移动设备标识符）（CDMA），以及法律法规信息。

若要更改设备名称：请点击“设置”→“通用”→“关于本机”，然后轻按“名称”。

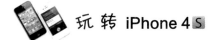

注意

当设备连接到 iTunes 时，其名称会显示在边栏中，此名称供 iCloud 使用。

2. 软件更新

“软件更新”可让你从苹果公司官网下载和安装 iOS 更新。请点击“设置”→“通用”→“软件更新”。如果有较新的 iOS 版本可用，请按照指示下载和安装更新。

注意

软件更新时请确保 iPhone 4S 已连接到电源，以便安装顺利完成，可能需要几分钟时间。

3. 用量

用量可让你查看蜂窝数据用量、电池状态和可用储存空间，还可以查看和管理 iCloud 储存空间。请点击“设置”→“通用”→“用量”。

功　能	说　明
查看蜂窝数据用量	点击“设置”→“通用”→“用量”→“蜂窝数据用量”
管理 iCloud 储存空间	点击“设置”→“通用”→“用量”→“管理储存空间”
查看应用程序储存空间	点击“设置”→“通用”→“用量”。已安装的每个应用程序的总储存空间会显示出来
还原用量统计数据	点击“设置”→“通用”→“用量”→“蜂窝数据用量”，然后轻按“还原统计数据”，以清除数据和累计时间统计数据
显示电池百分比	点击“设置”→“通用”→“用量”，然后打开“电池百分比”

4. Siri

使用 Siri，让你只需提问即可控制 iPhone 4S。可以拨打电话、发送信息、创建提醒事项、寻找餐馆，甚至听写文本。

注意

Siri 仅在 iPhone 4S 上可用，并且要求互联网访问。Siri 并不支持所有语言，并非在所有地区都可用。

功　　能	说　　　明
设定用来与 Siri 对话的语言	点击“设置”→“通用”→“Siri”→“语言”
设定何时想要语音反馈	点击“设置”→“通用”→“Siri”→“语音反馈”。 选择“仅免提”以让 Siri 仅在你使用耳机或蓝牙设备时发出可听见的响应
为你的个人信息选取联系人名片	点击“设置”→“通用”→“Siri”→“我的信息”。 设定你的通讯录名片可让 Siri 使用位置和你添加到名片的其他信息，如你的家庭或办公室的地址，以及与通讯录中其他人的人际关系
打开或关闭“拿起电话来说话”	点击“设置”→“通用”→“Siri”→“拿起电话来说话”。 在屏幕打开时将 iPhone 4S 拿到耳边，此设置可让你激活 Siri。如果此设置是关闭的，则将 iPhone 4S 拿到耳边不会激活 Siri

5. 蓝牙

iPhone 4S 能以无线方式连接到蓝牙设备（如头戴式耳机、耳机和车载套件），让你听音乐以及进行免提通话。你也可以通过蓝牙来连接 Apple 无线键盘。打开或关闭“蓝牙”：请前往“设置”→“通用”→“蓝牙”，然后打开或关闭“蓝牙”。

6. iTunes Wi-Fi 同步

你可以用连接到同一个 Wi-Fi 网络的电脑上的 iTunes 来同步 iPhone 4S。

启用 iTunes Wi-Fi 同步：若要对 Wi-Fi 同步进行首次设置，请将 iPhone 4S 连接到要同步的电脑。配置 Wi-Fi 同步后，iPhone 4S 会在它连接到电源并满足以下条件时自动与 iTunes 进行同步（一天一次）：

- iPhone 4S 和你的电脑同时连接到同一个 Wi-Fi 网络。
- 电脑上的 iTunes 正在运行。

立即与 iTunes 进行同步：依次点击“设置”→“通用”→“iTunes Wi-Fi 同步”，然后轻按“现在同步”。

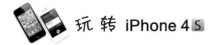

7. Spotlight 搜索

“Spotlight 搜索”设置可让你指定搜索的内容区域，并重新排列结果的顺序。若要设定“搜索”所搜索的内容区域：请依次点击“设置”→“通用”→“Spotlight 搜索”，然后选择要搜索的项目。

8. 自动锁定

锁定 iPhone 4S 会关闭显示屏以节省电池电量并防止意外操作。仍可以接听电话和接收文本信息，而且可以在听音乐或通话时调整音量。

设定 iPhone 4S 在多长时间后锁定：请依次点击“设置”→“通用”→“自动锁定”，然后选取时间。

9. 密码锁定

默认情况下，iPhone 4S 不要求你输入密码将它解锁。若要设定密码：请点击“设置”→“通用”→“密码锁定”，然后设定 4 位数的密码。

注意

如果忘记了密码，则必须通过恢复 iPhone 4S 软件来清除密码，也会移除 iPhone 4S 上的所有个人资料。

功　　能	说　　明
关闭密码锁定或更改密码	依次点击“设置”→“通用”→“密码锁定”
设定多久之后要求输入密码	依次点击“设置”→“通用”→“密码锁定”，然后输入你的密码。轻按“需要密码”，然后选择在需要输入密码进行解锁之前，iPhone 4S 可以锁定的时间
打开或关闭“简单密码”	依次点击“设置”→“通用”→“密码锁定”，简单密码是一个四位数。若要提高安全性，请关闭“简单密码”，并使用较长的密码（由数字、字母、标点符号和特殊字符组成）
打开或关闭“语音拨号”	依次点击“设置”→“通用”→“密码锁定”，关闭“语音拨号”可阻止别人在 iPhone 4S 锁定时打电话
十次输入错误密码后抹掉数据	依次点击“设置”→“通用”→“密码锁定”，然后轻按“抹掉数据”。 10 次输入错误密码后，所有设置都会被还原，并且所有信息和媒体都会被抹掉（方法是移除数据的加密密钥，这些数据是使用 256 位 AES 加密方法进行加密的）

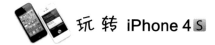

10. 访问限制

可以为某些应用程序和已购买的内容设定限制。例如，家长们可以限制播放列表显示不良音乐，或者彻底关闭 YouTube 访问。若要打开限制：请依次点击“设置”→“通用”→“访问限制”，然后轻按“启用访问限制”。

你还可以设定以下限制。

功　能	说　明
Safari	Safari 被停用并且它的图标从主屏幕中移除，将不能使用 Safari 浏览 Web
YouTube	YouTube 被停用并且它的图标从主屏幕中移除
相机	“相机”被停用并且它的图标从主屏幕被移除。你不能拍照
FaceTime	你不能发起或接收 FaceTime 视频呼叫
iTunes	iTunes Store 被停用并且它的图标从主屏幕中移除。你不能试听（预览）、购买或下载内容
Ping	你不能访问 Ping 或其任何功能
安装应用程序	App Store 被停用并且它的图标从主屏幕中移除。你不能在 iPhone 4S 上安装应用程序
删除应用程序	不能从 iPhone 4S 删除应用程序

续表

功　　能	说　　明
Siri	你不能使用 Siri。语音命令和听写被停用
不良用语	Siri 会尝试将你所讲的不良言词替换为星号和嘟嘟声
位置	针对单个应用程序打开或关闭“定位服务”。你也可以锁定“定位服务”，以便不能对其设置进行更改，包括授权其他应用程序使用该服务
帐户	当前的“邮件、通讯录、日历”设置会被锁定。你不能添加、修改或删除帐户。你也不能修改 iCloud 设置
应用程序内购买	关闭“应用程序内购买”。启用后，此功能可让你在从 App Store 下载的应用程序中购买额外的内容或功能
应用程序内购买需要密码	在你指定的时间周期过后，要求你为应用程序内购买输入你的 Apple ID
设定内容限制	轻按“分级所在地区”，然后从列表中选择一个国家或地区。你可以使用某个国家或地区的分级系统对音乐、Podcast、影片、电视节目和应用程序设定限制。不符合你所选择的分级的内容不会显示在 iPhone 4S 上
限制多人游戏	如果“多人游戏”是关闭的，你就不能在 GameCenter 中发起挑战、不能发送或接受玩游戏邀请，也不能添加朋友
限制添加朋友	关闭“添加朋友”后，你不能在 GameCenter 中发送或接收交友邀请

11．日期与时间

这些设置会影响屏幕顶部状态栏、世界时钟和日历中显示的时间。请依次点击“设置”→“通用”→“日期与时间”。

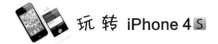

这里可以设置如下内容。

功　　能	说　　　　明
打开或关闭“24 小时制”	点击“设置”→“通用”→“日期与时间”，然后打开或关闭“24 小时制”
设定 iPhone 4S 是否自动更新日期与时间	点击“设置”→“通用”→“日期与时间”，然后打开或关闭“自动设置”。 如果 iPhone 4S 已设定为自动更新时间，则它会通过蜂窝网络获得正确的时间，并根据你所在的时区来更新时间
手动设定日期与时间	点击“设置”→“通用”→“日期与时间”，然后打开或关闭“自动设置”。轻按“时区”以设定你的时区。轻按“日期与时间”按钮，然后轻按“设定日期与时间”并输入日期与时间

12. 键盘

可以打开键盘来用不同的语言书写，也可以打开或关闭键入功能，如拼写检查。请依次点击“设置”→“通用”→“键盘”来进行设置。

13. 多语言环境

可以使用“多语言环境”设置来设定 iPhone 4S 的语言，打开和关闭各种语言的键盘，以及设定你所在地区的日期、时间和电话号码的格式。请依次前往“设置”→“通用”→“多语言环境”→“语言”。

功　　能	说　　　明
设定日历格式	点击“通用”→“多语言环境”→“日历”，然后选取格式
为“Siri”和“语音控制”设定语言	点击“设置”→“通用”→“多语言环境”→“语音控制”，然后选取语言
设定日期、时间和电话号码格式	点击“设置”→“通用”→“多语言环境”→“区域格式”，然后选取你所在的区域。“区域格式”还确定了应用程序中出现的日期和月份所使用的语言

7.4 辅助功能设置

若要打开辅助功能，请选取“辅助功能”，然后选取你想要的功能。请依次点击“设置”→“通用”→“辅助功能”来进行设置。

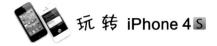

1. 描述文件

如果在 iPhone 4S 上安装了一个或多个描述文件，此设置就会显示出来。

2. 还原

可以还原字典、网络设置、主屏幕布局和位置警告。还可以抹掉所有内容和设置。若要抹掉所有内容和设置，请依次点击“设置”→“通用”→“还原”，然后轻按“抹掉所有内容和设置”。

在确认你想要还原 iPhone 4S 后，所有内容、信息和设置都将被移除。在重新设置前 iPhone 4S 将不能使用。

功　　能	说　　　明
还原所有设置	点击“设置”→“通用”→“还原”，然后轻按“还原所有设置”。所有的偏好设置和设置会被还原
还原网络设置	点击“设置”→“通用”→“还原”，然后轻按“还原网络设置”。 还原网络设置时，以前使用过的网络的列表和不是由配置描述文件安装的 VPN 设置会被移除。Wi-Fi 会先关闭，然后再打开，这会断开与已加入的任何网络的连接
还原键盘字典	点击“设置”→“通用”→“还原”，然后轻按“还原键盘字典”
还原主屏幕布局	点击“设置”→“通用”→“还原”，然后轻按“还原主屏幕布局”
还原位置警告	点击“设置”→“通用”→“还原”，然后轻按“还原位置警告”。 位置警告是由应用程序发出的请求，以使用“定位服务”。应用程序首次请求使用“定位服务”时，iPhone 4S 会显示该应用程序的位置警告。如果轻按“取消”作为响应，则不会再显示该请求。若要还原位置警告，以便你获得每个应用程序的请求，请轻按“还原位置警告”

第8章
如何使用 App Store

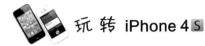

App store 即 Application Store，通常理解为应用商店。App Store 是一个由苹果公司为 iPhone 4S 创建的服务，允许用户从 iTunes Store 浏览和下载应用程序。用户可以购买或免费试用，让该应用程序直接下载到 iPhone 4S 上。

提示

在 iPhone 4S 还没有越狱之前，iPhone 4S 上所有程序或游戏都是从 App Store 获得的。

8.1 注册 Apple ID

01 使用 App Store 之前，必须先要注册一个 Apple ID，依次点击“设置”→“Store”，并按下“登录”。

02 选择“创建新 Apple ID”。

03 要求选择所在的地区和位置，这里选择中国继续。

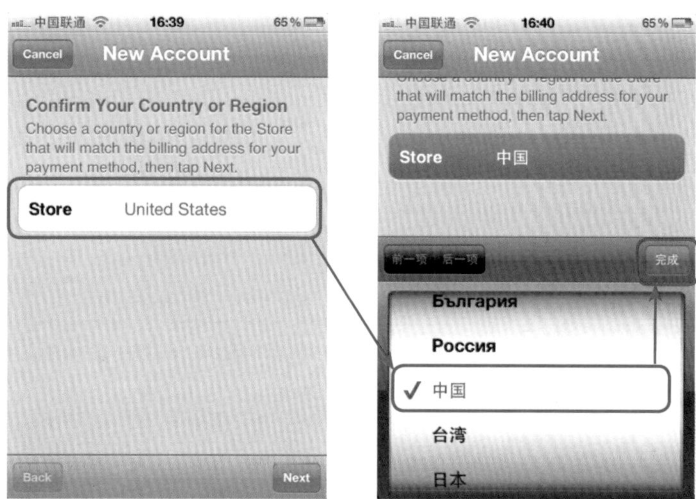

注意

Apple ID 是区分国家地区的，而有关 App Store 的某些应用，是仅在某些国家地区才能下载。

04 需要阅读并同意 Apple 的相关条款和条件。

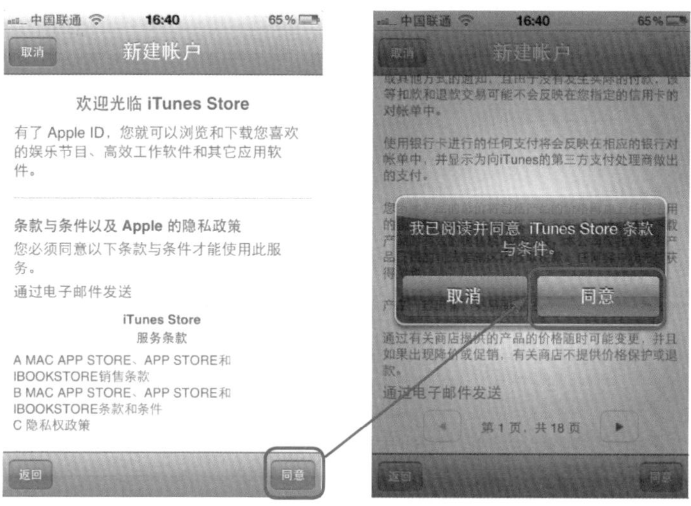

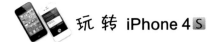

05 需要输入相关的注册信息，包括邮箱地址、ID 密码、出身年月、帐单寄送地址等信息。

06 苹果公司会发送一封验证邮件到你的注册信箱，点击“完成”继续。

07 这时需要进入注册信箱收取苹果的验证邮件。进入邮箱后点击“立即验证”。

08 再次要求输入 Apple ID 和密码进行验证，当出现“谢谢你验证电子邮件”时，Apple ID 就注册好了。

8.2 进入 App Store

在 iPhone 4S 桌面上找到 App Store 图标，点击进入。

01 App Store 程序分为 5 个栏目，分别是“精品推荐”、“类别”、“前 25 名”、“搜索”和“更新”。默认情况下进入的是“精品推荐”。这里有“iTunes U”和“iBooks”的下载链接，还有“本周最佳应用”和“本周最佳游戏”的推荐。

02 选择“类别”后可以看到所有的 App 程序分类，包括“报刊杂志”、“财务”、“参考”、“导航”、“工具”、“健康健美”、“教育”、“旅行”等共 21 个类别，在这里查找软件是非常方便的。

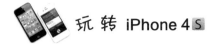

03 前 25 名是将所有的应用程序按照“收费项目排名”、“免费项目排名”和“畅销排名”进行排序。

04 搜索可以快速查找所需要的软件，例如这里查找“斗地主”，App Store 会搜索出所有相关的应用程序。

05 更新则是提醒在 iPhone 4S 上已经安装的应用程序有新的版本，这里提示 7，说明这部手机有 7 个应用程序可以更新。

8.3　应用程序的下载与删除

01 通过 App Store 下载应用程序是非常轻松和简单的事情，在 App Store 点击任意一个应用程序图标就会显示该程序的详细信息。例如搜索斗地主特训，搜索结果中会出现两个应用程序列表。

02 点击斗地主特训就可以看到该应用程序的评分、详细介绍等信息，若要下载，就点击蓝色的“免费”按钮。该按钮会变成绿色的“安装”按钮，再次按下就自动开始下载并安装了。

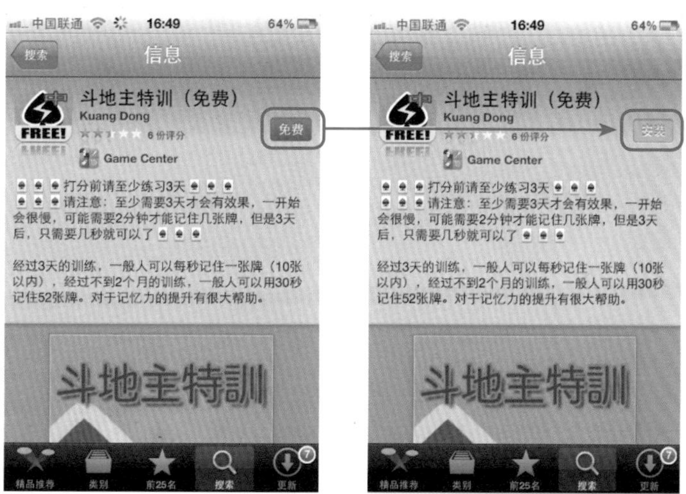

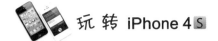

03 稍等片刻，桌面上就会出现这个应用程序的图标，这个程序就已经下载安装完毕了。

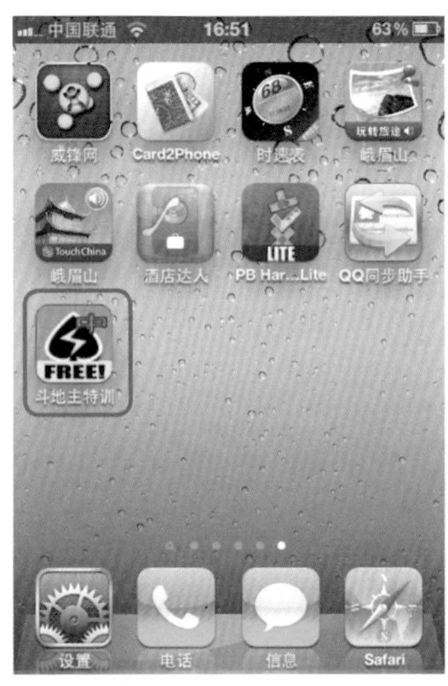

04 若要删除应用程序，同样非常简单，按住桌面上的任意一个图标不放，直到图标开始晃动并且左上角出现黑色的 X。若要删除斗地主特训这个程序，就点击该图标上的 X，并再次确认删除就可以了，删除完毕后，该图标会消失，这时按下 Home 键并回到桌面就可以了。

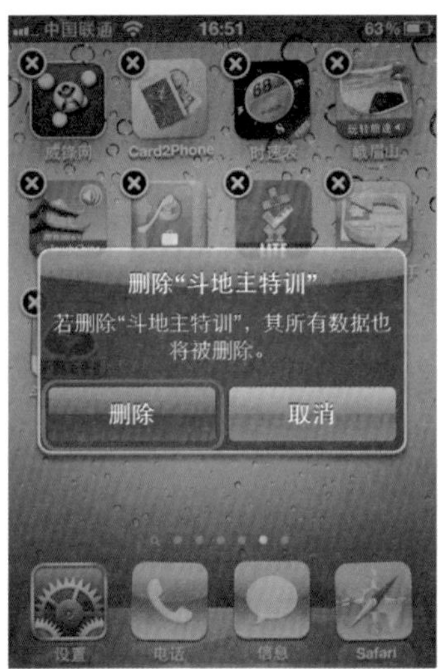

第 9 章

用 iPhone 4S 听音乐

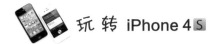

iPhone 4S 在发布时是被称为照相手机、个人数码助理、媒体播放器以及无线通信设备的掌上设备。iPod 本是 iPhone 4S 的三大功能之一。每一部 iPhone 4S 手机都内置了 iPod 程序。当 iOS 升级到 5.0 以后，iPod 程序也升级为音乐程序。

9.1 播放音乐 5 个操作

最新的 iPhone 4S 根据版本区别，分别有 16~64GB 的存储空间，所以最多可以存储上万首歌曲或几十部电影。不仅如此，它还是拥有 3.5 寸 960×640 像素多点触摸显示屏的 iPod。

用 iPhone 4S 来播放音乐，相当方便和直观。不仅有精美的专辑封面和歌词，而且操控简单，同时还拥有非常优秀的音质表现。

1. 音频控制

在主菜单中找到“音乐”，用手指轻触图标，便可以轻松进入“音乐”功能。在这里我们可以欣赏美妙的音乐，任意点击一首曲目，就进入到播放状态。当你播放歌曲时，“正在播放”屏幕会出现。

下面就介绍一些基本操作。

功　　能	说　　　明
暂停播放歌曲	轻按⏸，或者按下 iPhone 4S 耳机上的中央按钮
继续回放	轻按▶，或者按下 iPhone 4S 耳机上的中央按钮
调高或调低音量	拖移音量滑块或使用 iPhone 4S 侧面的按钮。也可以使用 iPhone 4S 耳机上的音量按钮
在 AirPlay 扬声器或 Apple TV 上播放音乐	轻按▭，然后选取扬声器或 Apple TV 如果▭未出现，或者你看不到所要查找的 AirPlay 系统，请确定 iPhone 4S 是在同一个无线网络上
从 AirPlay 切换回 iPhone 4S	轻按▭并从列表中选取 iPhone 4S
重新播放上一首歌曲	轻按⏮
跳到下一首歌曲	轻按⏭，或者快速按下 iPhone 4S 耳机上的中央按钮两次
前往上一首歌曲	轻按⏮两次，或者快速按下 iPhone 4S 耳机上的中央按钮三次
倒回或快进	按住⏮或⏭不放。你按住该控制越久，歌曲倒回或快进的速度就越快。在 iPhone 4S 耳机上，快速按下中央按钮两次并按住不放以快进，或者快速按下中央按钮三次并按住不放以倒回
返回到 iPod 浏览列表	轻按◀，或者向右扫过专辑插图
返回到“正在播放”屏幕	轻按“正在播放”
显示歌曲歌词	播放歌曲时轻按专辑插图（如果你已在 iTunes 中使用歌曲的“简介”窗口将歌词添加给歌曲，歌词将会出现）

2. 更多控制选项

若要显示其他控制，请轻按“正在播放”屏幕上的专辑插图。

重复播放、Genius 和随机播放控制会随搓擦条一起出现。你可以查看经过时间、剩余时间和歌曲编号。如果你已经在 iTunes 中将歌词添加到歌曲，则歌曲的歌词也会出现。

使用搓擦条跳到时间线中的任何点。沿搓擦条拖移播放头时，可通过向下滑动手指，将搓擦速率从高速调整到精细。

功能	说明
设定 iPhone 4S 以重复播放歌曲	轻按 。再次轻按 以设定 iPhone 4S 仅重复播放当前歌曲。 =iPhone 4S 被设定为重复播放当前专辑或列表中的所有歌曲。 =iPhone 4S 被设定为不断地重复播放当前歌曲。 =iPhone 4S 未设定为重复播放歌曲
跳到歌曲中的任意位置	沿搓擦条拖移播放头。向下滑动手指以调整搓擦速率。你向下滑动手指的幅度越大，搓擦速率越慢
制作 Genius 播放列表	轻按 。Genius 播放列表会出现，它包含的按钮可让你创建新的 Genius 播放列表
设定 iPhone 4S 以随机播放歌曲	轻按 。再次轻按 以设定 iPhone 4S 按顺序播放歌曲。 =iPhone 4S 被设定为随机播放歌曲。 =iPhone 4S 被设定为按顺序播放歌曲
随机播放任何播放列表、专辑或其他歌曲列表的轨道	轻按列表顶部的“随机播放”。例如，若要随机播放 iPhone 4S 上的所有歌曲，请选取“歌曲”→“随机播放”。 无论 iPhone 4S 是否设定为随机播放，只要轻按歌曲列表顶部的“随机播放”，iPhone 4S 都会以随机顺序播放该列表中的歌曲
隐藏歌词	在 iPhone 4S“设置”中，选取“iPod”，然后关闭“歌词与 Podcast 信息”

3. 配合音乐使用“Siri”或“语音控制”

可以使用“Siri”或“语音控制”来控制 iPhone 4S 上的音乐回放。

按住主屏幕 Home 按钮，直到听到提示音。然后使用下面所描述的命令来播放歌曲。你也可以按住 iPhone 4S 耳机上的中央按钮来调出“语音控制”。

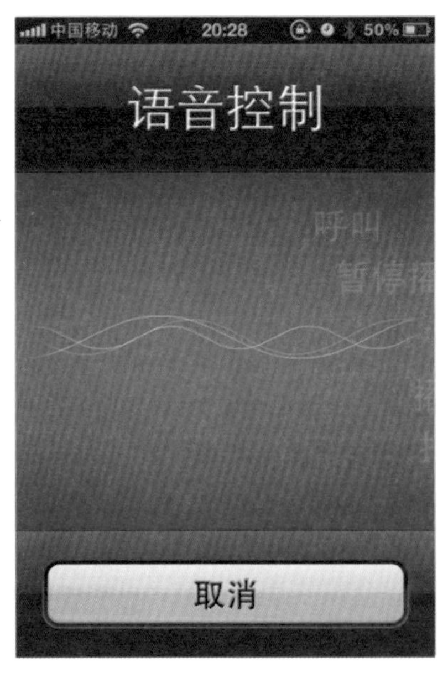

功　　能	说　　明
控制音乐回放	说“播放”或“播放音乐”。若要暂停播放，请说“暂停播放”或“暂停播放音乐”。你也可以说“下一首歌曲”或“上一首歌曲”
播放专辑、表演者或播放列表	说“播放”，然后说“专辑”、“表演者”或“播放列表”，再说名称
随机播放当前播放列表	说“随机播放”
找出有关当前正在播放的歌曲的更多信息	说“播放的是什么歌曲”、“这是什么歌”、“谁唱的”或“歌手是谁”
使用 Genius 来播放类似歌曲	说“Genius”、“播放类似歌曲”或“播放这类歌曲”
取消语音控制	说“取消”或“停止”

4. 快速换歌

音乐播放可以是单曲的播放，也可以随机播放。如果把 iPhone 4S 横向放置，就能看到专辑封面以苹果公司独有的 Cover Flow（封面流）的方式显示，便于更具专辑封面选择播放歌曲。

同样有趣的是，iPhone 4S 支持最新的“甩歌”功能，即晃动 iPhone 4S，播放的歌曲就会自动切换。

5. 简易控制

你用 iPhone 4S 在听音乐时还可以做其他事情，开始播放以后，按下 Home 键会退到主界面，这时歌曲播放仍在继续，同时主界面右上角出现播放箭头，表示音乐正在播放，你可以打游戏或浏览网页等。

提示

如果要在另一个应用程序下或从“锁定”屏幕状态下显示音频控制。连按 Home 按钮两次，可以调出音乐的基本界面进行选择控制。这样通过上面的控制按钮也可以实现音频回放的操作。

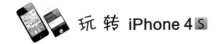

9.2 2步学会导入 iPhone 4S

第1步：同步音乐

01 将 iPhone 4S 连接到电脑上，再打开 iTunes，打开 iTunes 后在窗口左侧会显示连接到电脑上的 iPhone 4S。单击该设备，会进入该设备的界面。

02 单击右侧的“音乐”按钮。进入该选项卡后，同样要先勾选“同步音乐”。可以点选“整个音乐资料库”来同步整个音乐库。也可以勾选“所选播放播放列表、表演者和风格”，再从下面的“播放列表”和“表演者”类别来选择同步。设置完毕后单击“应用”即可。

注意

如果是第一次同步，界面上显示的是“同步”按钮，如果之前曾经同步，则显示的是“复原”按钮。

03 接下来会弹出同步对话框，单击“抹掉并同步”。

04 同步完成后，导入到资料夹的各种音乐就同步到 iPhone 4S 中。打开 iPhone 4S，选择“音乐”程序，在歌曲选项中就可以发现同步进去的歌曲。

第 2 步：添加封面与歌词

通常情况下，直接从 iTunes 中购买的歌曲都带有专辑封面和歌词，但 iTunes 中的歌曲相对较贵，中文歌曲也比较少。

不过我们可以通过 MXiTunes 这个小软件来帮忙，MXiTunes 是一款绿色小软件，支持大部分中文歌曲封面和歌词的获取。MXiTunes 配合 iTunes 使用，可以快速获得歌曲的歌词及封面，再将歌曲导入 iPhone 4S，这样就解决了中文歌曲的封面与歌词问题。

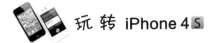

9.3 QQ 音乐

QQ 音乐 iPhone 4S 版是面向中国大陆 iPhone 4S 用户推出的一款免费手机听歌软件，拥有业内最丰富的正版曲库、与 QQ 帐号关联的个人音乐收藏功能、以及贴心的操作体验，为广大果粉朋友打造最完美的 iPhone 4S 听歌体验。

QQ 音乐特色如下：

- ❑ 支持收听从 iTunes 导入的歌曲和 QQ 音乐的在线歌曲。
- ❑ 支持在线歌曲边听边存和手动缓存。
- ❑ 支持 GPRS/3G/Wi-Fi 多种网络。
- ❑ 支持同步 QQ 音乐收藏夹，我的音乐跟我走。
- ❑ 支持自动拉取专辑封面和歌词。
- ❑ 支持搜索在线歌曲。
- ❑ 提供电台、专题、新歌首发、热歌榜单等风格多样的内容推荐。
- ❑ 提供微博分享、好友点歌互动服务。
- ❑ 提供自定义本地歌单功能。
- ❑ 提供定时关闭等贴心功能。

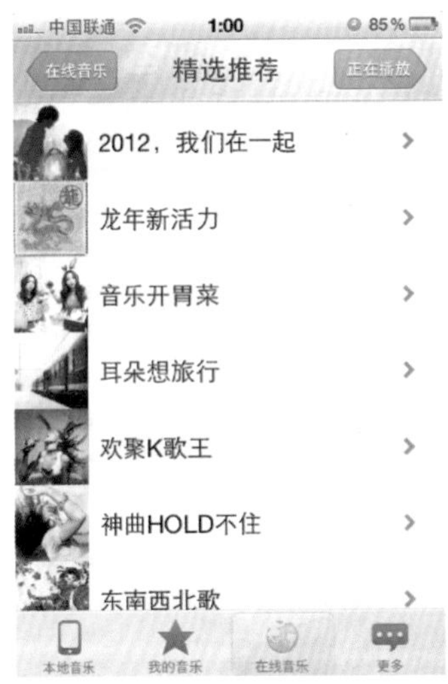

总之，有了 QQ 音乐，想听什么，就听什么吧！不必在为搜索、下载、同步等情况而烦恼了。

第 10 章

用 iPhone 4S 看电影

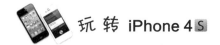

在 iPhone 4S 中，视频同样作为一个单独的应用程序从 iPod 中独立了出来，所有的影片、电视节目和音乐视频包括在其中。视频播放操作与音频播放非常相似，但视频播放比音频播放更多了几个选项。如果视频包含章节，你可以跳至下一章节或上一章节，或调出列表并从你选取的任何章节处开始播放。如果视频提供备选语言功能，你可以选取音频语言或显示字幕。

10.1 如何播放视频

进入 iPod 后，选择最下方的“视频”选项进入视频列表，点击一个视频就可以开始播放了。

播放视频时轻按屏幕会出现“控制选项”，不必担心控制条会影响观看效果，因为正常播放时会自动消失，再次轻按屏幕又会出现。

下面就介绍如何控制视频回放。

功　　能	说　　　明
暂停播放视频	轻按❚❚，或者按下 iPhone 4S 耳机上的中央按钮
继续回放	轻按▶，或者按下 iPhone 4S 耳机上的中央按钮
调高或调低音量	拖移音量滑块。你也可以使用 iPhone 4S 耳机上的音量按钮
从 AirPlay 切换回 iPhone 4S	轻按 ▭ 并从列表中选取 iPhone 4S

续表

功　能	说　明
跳到下一章节（如果有的话）	轻按▶▶|，或者快速按下 iPhone 4S 耳机上的中央按钮两次
跳到上一章节（如果有的话）	轻按|◀◀，或者快速按下 iPhone 4S 耳机上的中央按钮三次
从某个特定章节开始播放（如果有的话）	轻按☰，然后从列表中选取章节
倒回或快进	按住▶▶|或|◀◀不放
跳到视频中的任一时间点	沿搓擦条拖移播放头。向下滑动手指以调整搓擦速率。你向下滑动手指的幅度越大，搓擦速率越慢
在视频播放完之前停止观看	轻按“完成”。或按下主屏幕 Home 按钮
对视频缩放，以充满屏幕，或适合屏幕大小	轻按⤢以使视频充满屏幕。轻按⤡以使它适合屏幕。你还可以连按两次视频以在适合屏幕和充满屏幕之间切换
选择备用音频语言（如果有的话）	轻按💬，然后从“音频”列表中选取语言
显示或隐藏字幕（如果有的话）	轻按💬，然后从“字幕”列表中选取一种语言或“关闭”

注意

电影和视频都是横幅式播放的，可以充分利用宽屏幕显示屏的特点。

搓擦条可让你跳到时间线中的任何点。当你沿着搓擦条拖移播放头时，通过向下滑动手指，可以调整搓擦速率。

10.2　2 步学会将视频导入 iPhone 4S

第 1 步：同步视频文件

视频文件的同步方法与音乐的同步完全一致。不过我们除了可以按照前面同步音乐的方法来同步视频外，其实还有更简单快捷的方法将视频文件传送到 iPhone 4S 上。

01 首先仍然要将 iPhone 4S 连接到电脑上并打开 iTunes。在设备的摘要下确保“手动管理音乐和视频”已经被勾选。

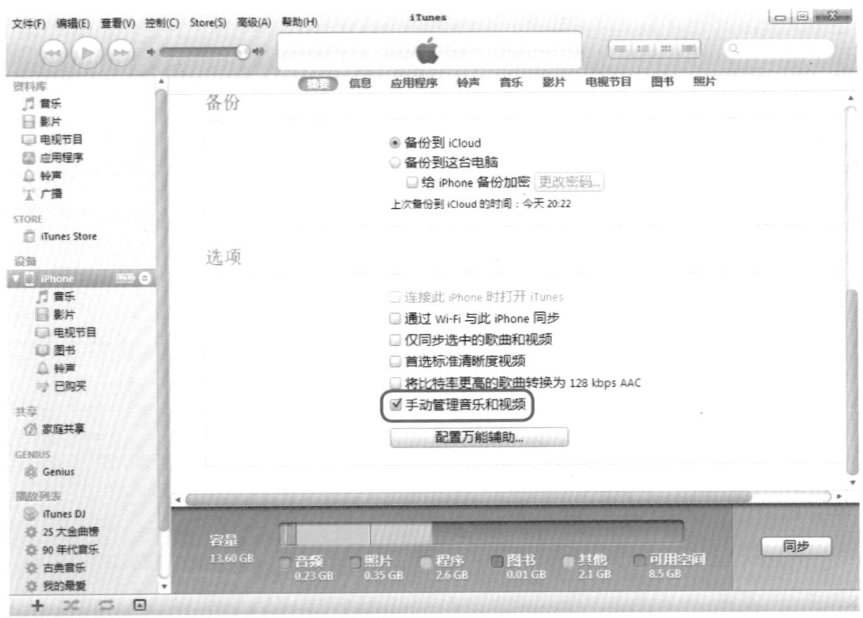

02 在电脑上找到符合 iPhone 4S 格式的视频文件，将其拖入 iTunes 设备下的 iPhone 4S 中去。

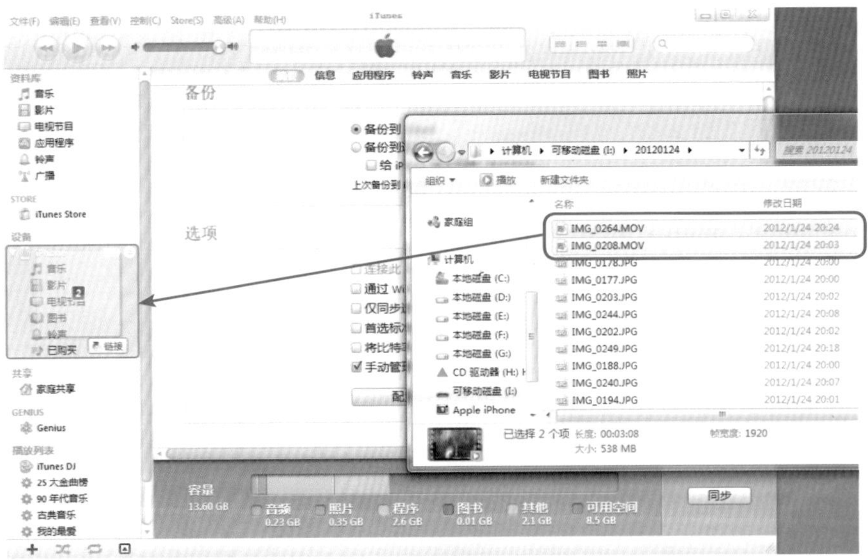

03 iTunes 会提示正在更新“iPhone”上的文件。当进度条完成时，刚刚所选的视频文件就已经同步到 iPhone 4S 中去了。

第 2 步：视频格式转换

对于从 iTunes 中下载或购买的视频，通常为 m4v 格式，可以直接播放，那对于我们常见的视频格式，该如何放到 iPhone 4S 中进行播放呢？这里就要推荐一款不但免费而且好用的视频格式转换软件：格式工厂。它几乎支持所有常见的视频和音频文件的转换。

01《格式工厂》(Format Factory) 支持众多的移动设备视频格式转换。通过它可以轻松的实现视频格式的转换。运行格式工厂后，在左侧选择“所有转到移动设备”。

02 接下来弹出更多设备的选项，在左侧的列表中首先选择 Apple (苹果) iPhone、iPod、iPad。然后会展开 iPhone、iPad、iPod 等支持一下分辨率的视频格式。

提示

一般推荐 iPhone 3GS 以下版本选择 640×480 以下的分辨率 AVC 格式，iPhone 4S、iPhone 4、iPad、iPod touch4 可选择 640×480 以上分辨率的 MPEG 4 格式。

03 如果视频带字幕，可在选择分辨率后在右侧框中选择加载字幕。

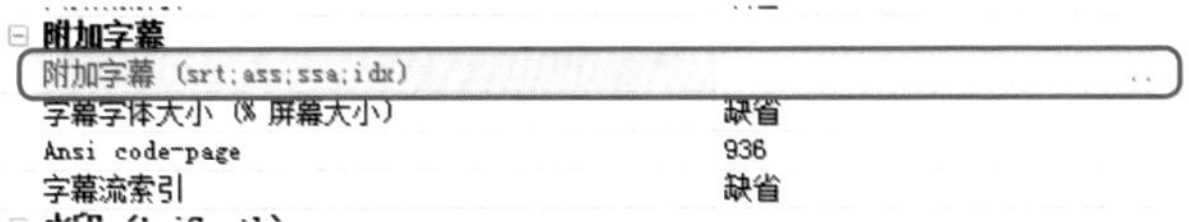

04 完成后点击确定，来到下一步设置。在这里点击“添加文件”选择需要转换的视频。

05 然后点“选项”，在这里可设置转换片段还是整个视频，还可以裁剪视频高宽，如果不需要选择，直接“确定”。

06 最后直接确定开始转换视频，如果没有设置输出目录，转换完毕后可以在“我的文档 /FFoutput”目录下找到转换好的视频，然后通过 iTunes 或者其他工具同步到设备中。

通过音乐和视频这两款程序，iPhone 4S 可以随时变身为一部时尚的数字娱乐设备，听听音乐、看看电影，其乐无穷。

10.3 在线播放视频软件 2 款

iPhone 4S 自带的音乐和视频虽然好用，但是歌曲和视频的传输和下载却相当繁琐。有时想看一部电影，下载、转换、传输可能得耗时几个小时。要想做到真正的随心所欲，那就在线听音乐、看视频吧！

第 1 款：腾讯视频

腾讯视频 For iPhone 客户端是为 iPhone 4S 用户量身打造的网络视频软件，内容涵盖最新、最热的电影、电视剧、综艺、动漫、新闻、体育、娱乐、财经节目和电视台直播。通过细致、贴心的界面设计，高清流畅的视频播放服务，为你打造一个指尖在线视频库。

腾讯视频有以下主要功能：

- ❑ 支持离线缓存，无需登录即可缓存所有在线视频，没有网络一样观看。
- ❑ 内容丰富多元，节目持续更新。内容涵盖了最新最热的电影、电视剧、综艺、动漫、新闻、体育、娱乐、财经，热门电视台高清同步直播。
- ❑ 完美支持 airplay，通过 apple TV 连接后在电视上高清播放。
- ❑ 提供搜索及分类索引功能，方便快速检索内容。
- ❑ 提供历史观看功能，快速找到上次观看节目继续播放。
- ❑ 记录每个节目最近的播放位置，下次继续播放。
- ❑ 提供综艺往期节目，索引列表清晰，快速查找定位。

第2款：PPS影音

PPS 影音是一款专门为 iPhone 开发的在线视频播放软件，它依托于 PPS 独有的视频传输、压缩技术和丰富的视频媒体资源，为用户提供了便捷、稳定、流畅的视频播放体验。

PPS 网络电视是全球第一家集 P2P 直播点播于一身的网络电视软件。因此，有着非常丰富的影片资源。

除了以上介绍的两款在线播放软件外，其他还有很多类似的软件，如“快播”、“优酷”、“迅雷看看”等。这些软件都可以进行在线观看，这也是除了 iPhone 4S 自带的音乐和视频外，给用户更多的选择。

10.4 AirVideo 播放技巧

转换格式虽然能够解决 iPhone 4S 视频播放的问题，但是为了看一部电影往往要准备几个小时（下载、转换、同步）。不过使用了 AirVideo 之后，只需要在电脑上下好你想看的电影，然后任何事情都不用干，直接拿起 iPhone 4S 去你喜欢呆的地方慢慢观看。

AirVideo 很神奇？其实 AirVideo 只是将你的计算机变成一部流媒体服务器，通过它来实现的视频的转换及传输，然后你无需任何等待，就可以在 iPhone 4S 上观看电影了。

01 首先你需要准备一部电影，然后建立一个目录来存放这部电影，接前往 AirVideo 官方网站（http://www.inmethod.com/air-video/index.html）来下载 AirVideo Server，它有 Windows 与 Macintosh 版本。AirVideo Server 非常强大，支持 RM、MP4、AVI、FLV 等几乎全部主流格式的视频！下载安装完成之后双击 AirVideo Server 来启动它，然后点击“Shared Folders”选项卡内的“Add Disk Folder”按钮来添加你存放电影的目录。

02 你也可以给你的 AirVideo Server 设置一个密码来保护隐私，同样也可以设置视频的分辨率，这些选项的设置都在“Settings”选项卡内。

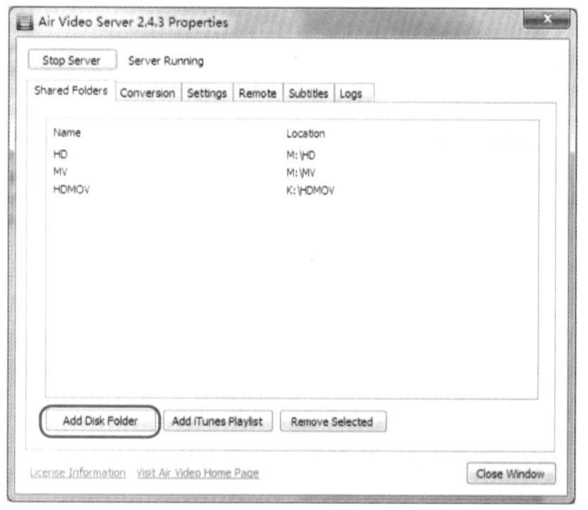

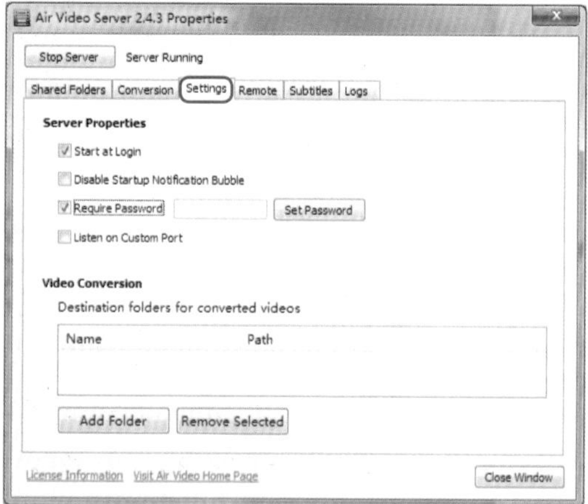

03 进入到“Remote”选项卡，勾选“Enable Access from Internet”，甚至让你可以通过互联网来观看家里计算机里的视频！

04 当然也有最重要的功能，附加字幕，并可指定字幕字体与字幕编码！与字幕相关的设置选项都在 Subtitles 选项卡内。

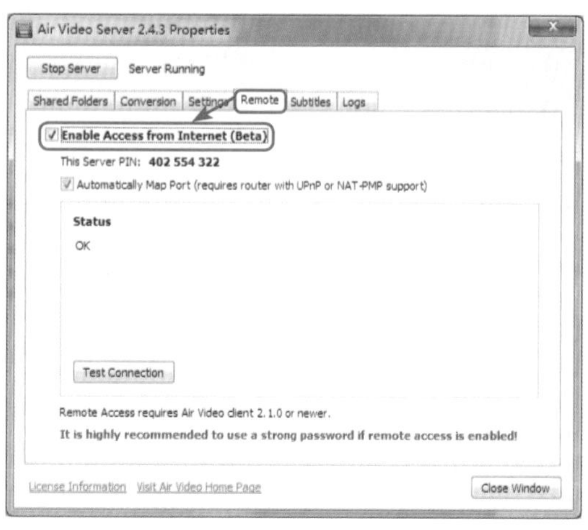

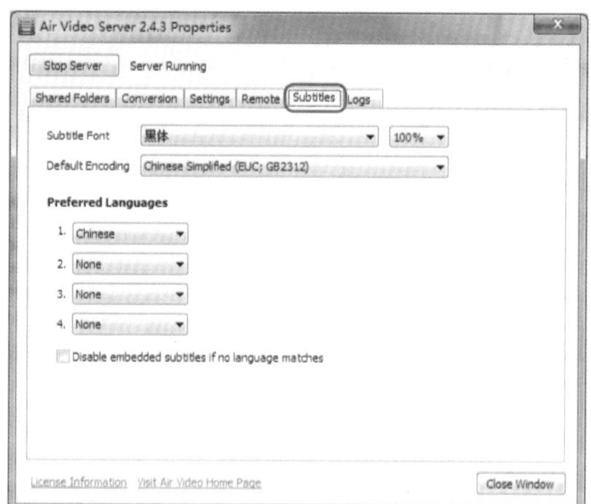

提示

因为 AirVideo Server 需要即时的转换视频编码、压缩视频编码、再通过网络发送。所以最好是选择一台配置较好的计算机当作 Server，否则可能会出现播放延时、卡机等情况。

05 好了，到此为止 Server 端已经设置完毕了，点击 Start Server，你的私人流媒体服务器就启动了！然后就可以拿起你的 iPhone 4S 找一处喜欢呆的地方慢慢欣赏电影了，不过在那之前我们还需要一点小工作，打开 iPhone 4S 上的 AirVideo，就可以看到一个很直观的界面。

06 点击界面中的“+”号，AirVideo 就会自动找出刚才设置的 Server，点击 Server 的名字就加入了，比如这里出现的是“fish-PC”。选中该服务器，再点击 Done 按钮。

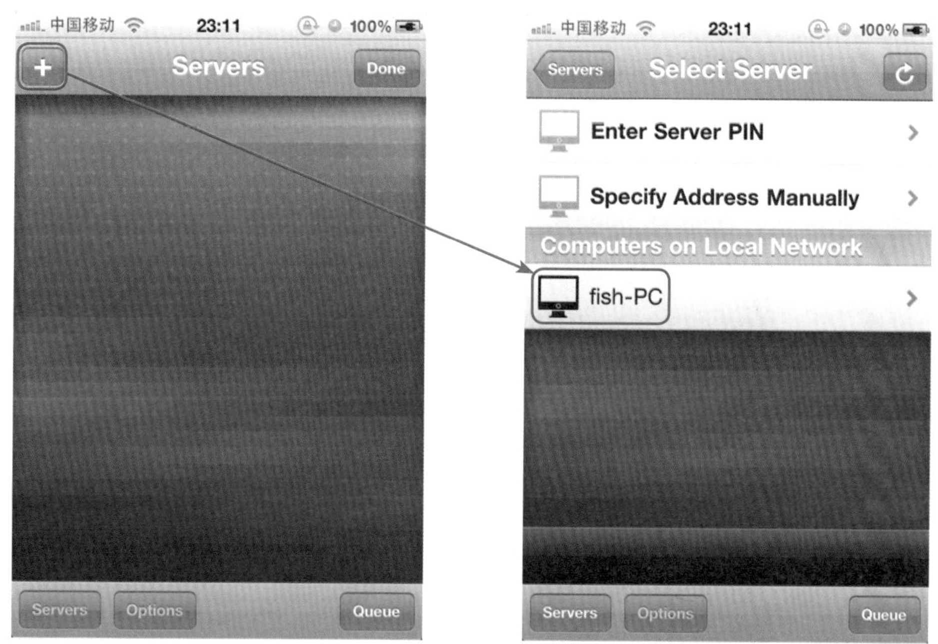

07 之后你就可以游览 Server 端的视频了！用 AirVideo 来播放视频，可以实时转换并播放，并且非常流畅。

08 如果选择的视频不是 iPhone 4S 支持的格式，可以在线转换并在线播放，非常方便。比如这里选择的视频文件无法直接播放，则可以点击“Play with Live Conversion”，然后 AirVideo 便会自动转换，并进行播放。

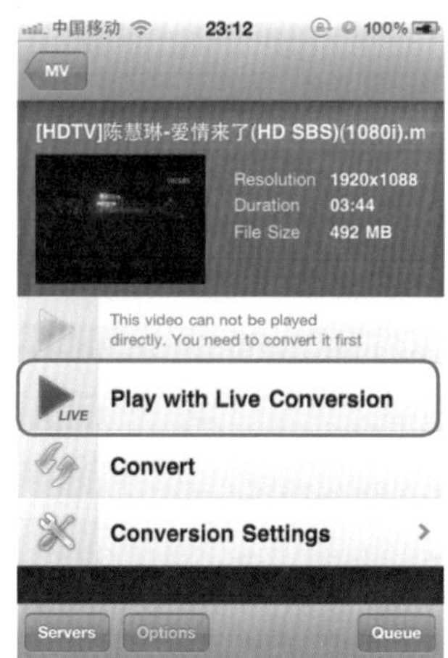

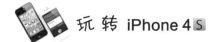

09 如果还需要字幕，只需要将字幕放在电影目录里面，然后确保字母的文件名和电影的文件名一致就可以了。最后你只要华丽的一点 Play with Live Conversion 就会开始播放啦。

注意

字幕文件的编码要符合 AirVideo Server 里预先设置好的字幕编码。

怎么样？效果还不错吧？从此你就告别了转换、拷贝、同步那些花费大把时间的事情了，现在你只需要打开电脑，运行 AirVideo 即可马上欣赏视频。同时你也可以为你的 iPhone 4S 省出很多空间来存放其他东西了！

第 11 章

用 iPhone 4S 拍照与编修照片

iPhone 4S 不仅拥有 800 万像素的摄像头，还拥有 LED 闪光灯，以及前置 30 万像素的摄像头，让你可以进行 Facetime 通话。

iPhone 1 代的相机功能十分简单，只具备了简单的照相功能，既不能设置，也不能对焦，更不能拍摄视频。从 iPhone 3GS 开始，加入了自动对焦功能和拍摄视频的功能，不过到了 iPhone 4S，照相功能的增强可不是一点点，硬件和软件都有升级，更高的像素、更快的拍摄、更方便的编辑、更容易的分享，带来全新的拍摄体验。

11.1 拍摄照片

拍摄的操作很简单，在主屏幕上用手指轻轻点击“相机”进入。将 iPhone 4S 对准拍摄目标，准备拍摄。

对焦：拍摄时屏幕上有一个闪亮的正方形框，这就是 iPhone 4S 的对焦区域，轻触 iPhone 4S 的屏幕，景物捕捉框会随触摸点变换位置，相机会对该区域进行自动对焦和曝光。

拍照：用 iPhone 4S 对准目标，轻按快门按钮或按下调高音量按钮。

打开或关闭 HDR：轻按屏幕顶部的 HDR 按钮。该按钮会指示 HDR 是打开的还是关闭的。

设定 LED 闪光模式：轻按屏幕左上角的闪光灯按钮，然后轻按“关闭”、“自动”或“打开”。

放大或缩小：轻按屏幕，然后拖移屏幕底部的滑块来放大或缩小（仅在主相机，相机模式下生效）。

切换主/副相机：轻按屏幕右上角的。

录像：将“相机/视频”开关滑到，然后轻按或按下调高音量按钮以开始或停止录制。

1. 快速拍摄

iPhone 4S支持快速拍摄，在屏幕锁定时，连续按两次Home键，然后轻按可以快速打开相机。

2. HDR拍照

在iPhone 4S中，苹果公司加入了HDR拍照功能，HDR即High Dynamic Range高动态范围。开启该功能后，iPhone 4S在拍照时，实际上会连拍三张照片，分别对应欠曝、正常曝光和过曝，然后将三张曝光不同的照片中的最佳部分合并成一张“高动态范围”照片，这样就能够提升暗部和亮部的细节表现。

注意

1. 为了获得最佳效果，使用HDR拍摄时，相机和拍摄主题都应当静止不动。
2. 如果打开了HDR，则会自动关闭闪光灯。
3. 若要保留正常曝光的版本和HDR版本，请依次前往“设置”→“照片”。如果保留了两个版本，则HDR 照片左上角会出现 HDR。

技巧1：风景照（开启HDR）

HDR功能的一项经典应用就是蓝天白云下的风景照。开启HDR后可以让天更蓝，草更绿。不过唯一的例外是日出和夕阳，由于HDR功能会对太阳的曝光亮度做出错误判断，反而会丧失了原有的动人色彩。

技巧2：户外人像（开启HDR）

大太阳下拍摄人像往往不是件容易的事情，逆光拍摄经常会导致黑脸或黑眼圈，顺光时则容易出现皮肤或高亮度物体过曝现象。HDR功能对这些问题的解决效果相当好，但使用时需要一些技巧。

图中的两幅照片，左为直接拍摄，右为开启 HDR 拍摄。结果很明显，在遇到户外背光人像的拍摄状况时，我们应当首先将对焦点选择在人物面部，然后再使用 HDR 功能拍摄，让人物和背景都能有一个合适的曝光水平。

技巧 3：准备进行后期处理（开启 HDR）

如果你准备对 iPhone 4S 拍摄的照片进行后期修改处理，那么 HDR 照片会帮助你保留原始图片中的更多细节。如果你不满意 HDR 模式导致的饱和度和对比度下降，只要在 Photoshop 等软件中稍作调节即可。

技巧 4：拍摄运动物体（关闭 HDR）

HDR 模式下 iPhone 4S 会连拍三张照片并进行合成。虽然连拍速度很快，但如果拍摄对象正在运动当中，合成的照片还是会出现重影现象。

技巧 5：高对比度照片（关闭 HDR）

很多照片的意境都要通过鲜明的亮暗对比来实现。比如在专门拍摄阴影、倒影时，开启 HDR 都只会让对比度降低，失掉预想的效果。

技巧 6：捕捉鲜艳色彩（关闭 HDR）

HDR 模式可以找回暗部和亮部的色彩，但是当拍摄对象本身就明亮鲜艳时，开启 HDR 只会导致饱和度降低。比如，同样是拍摄风景照，但你要拍摄的主体是蓝天，并不在乎地面出现阴影的时候，关闭 HDR 就能让天色看起来更蓝。

技巧 7：闪光灯照相（关闭 HDR）

iPhone 4S 本身实际上已经做出了设置，HDR 和闪光灯不能同时开启。而当你使用外部光源照亮暗部物体时，也一定要保持手持平稳或使用三脚架。

11.2　照片编辑

拍摄完照片后，选择编辑可以对照片进行旋转、自动优化、去除红眼和裁剪。

裁剪时可拖动网格自由裁剪照片，也可以设置比例。总的来说，iPhone 4S 内置的照片处理功能只是入门级别的，但对新手用户来说非常实用。

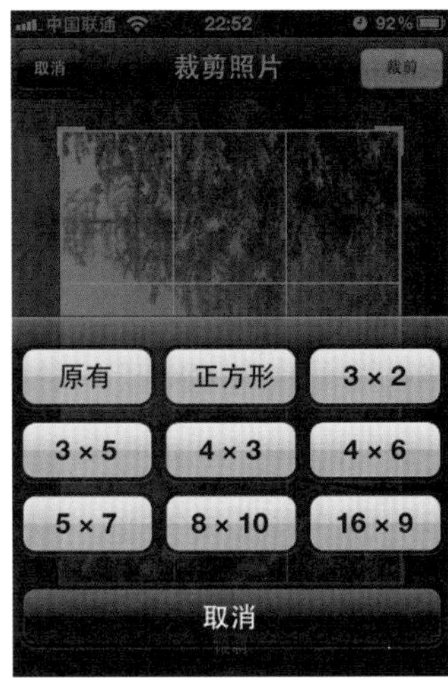

11.3 美图秀秀

美图秀秀是一款很好用的免费图片处理软件，不用学习就会用。美图秀秀独有的图片特效、美容、拼图、场景、边框、饰品等功能，加上每天更新的精选素材，可以让你 1 分钟做出影楼级照片。

可以在 App Store 中下载美图秀秀的最新版。最新版的美图秀秀有以下特色：

- ❑ 在线“素材中心”每月更新，海量高品质的个性素材免费下载！
- ❑ 图片裁剪、旋转、锐化等基本操作。
- ❑ 快速调节图片饱和度、亮度、对比度。
- ❑ 一键虚化背景，模拟单反相机的背景模糊效果。
- ❑ 独有 LOMO、影楼特效，1 秒钟做出影楼级照片。
- ❑ 各种简单边框、炫彩边框，让图片更精彩。
- ❑ 文字编辑功能，可添加文字、可爱会话气泡，自由修改文字颜色和样式。
- ❑ 模板拼图、自由拼图、图片拼接，三种不同拼图模式满足你不同的拼图需求，让你一键发送多张图片至 QQ 空间、新浪微博、腾讯微博和人人网。

美图秀秀主要有美化图片、拼图两大功能。进入美化图片后，会提示从相册中选择一张图片拍摄一张照片来美化。

美图秀秀具备裁剪、调色、背景虚化、照片特效、加边框、加文字等图片编辑功能。通过美图秀秀，无需任何 PS 功底，也可随心所欲的处理图片。

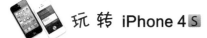

处理完毕后，点击右上角的绿色小勾，即可保存图片或将图片分享到 QQ 空间、新浪微博、腾讯微博或人人网。

美图秀秀的另一特色是拼接图片，使用美图秀秀的拼接功能最后可以从相册中挑选 9 张相片进行拼接。可以自由拼图，也可以使用模板拼图。总之使用起来方便极了。

第 12 章

用 Safari 浏览器浏览网页

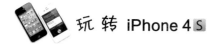

Safari 是 iPhone 4S 的网页浏览器，正如 Internet Explore 是个人计算机上的浏览器一样，有了 Safari，才能够在 iPhone 4S 上浏览网页。

12.1 网络设置

不过在认识 Safari 之前。先来了解一下 iPhone 4S 的网络设置。

1. Wi-Fi 网络

iPhone 4S 访问网络主要通过 Wi-Fi 或是蜂窝数据两种途径访问网络。首先介绍 Wi-Fi 的设置。

01 我们依次进入“设置”→“Wi-Fi”里，将“Wi-Fi”项开启，iPhone 4S 会自动搜寻网络。

02 接下来 iPhone 4S 会列出所有可用的 Access Point（无线热点），每个热点后面以 ᯤ 代表了信号强度，以 🔒 代表了该网络以加密，连接需要输入密码，选择需要连线的 Access Point。若该网络有加密设定，便会出现要求输入密码的窗口，输入密码后，按下“加入”即可。

03 若用户的无线路由器已设为隐藏 SSID，便需要选择网络列表中的“其他…”，然后再手动输入 SSID 名称和密码等资料。

04 对于一些特定的网络环境，还需要对无线网络进一步设置，点击无线网络后的箭头可以看到更多的设置选项，这里可以设置 IP 地址，HTTP 代理等。

注意

iPhone 4S 连接无线网络非常智能，只需连接成功一次，就会记录下 SSID 及密码，下次就会自动连接到该网络，而无需再次设置了。如果遇到多个无线网络覆盖的情况，iPhone 4S 会自动连接到信号最强的网络。

2. 蜂窝数据上网

Wi-Fi 网络不可能哪里都能覆盖，因此 iPhone 4S 更多的时候是通过蜂窝数据来上网。

所谓蜂窝数据，就是通过 SIM 卡支持的网络访问模式，iPhone 4S 目前可以使用 WCDMA 制式和 CDMA2000 制式规格的 3G 模式、EDGE 模式以及 GPRS 四种网络访问模式。

同时支持 WCDMA 制式和 CDMA2000 制式是 iPhone 4S 特有的功能。

对于中国联通和中国电信的 iPhone 4S 用户都能享受到 3G 的速度。

对于中国移动的用户，则只能使用 EDGE 和 GPRS 模式访问网络。

iPhone 4S 使用蜂窝数据访问网络时手机会根据你的 SIM 卡的网络制式以及所处地区的网络状况自动为你选择网络模式。而所选用的网络模式将会在手机状态栏内显示。

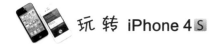

网络模式	说　　明
3G	当互联网接入显示为“3G”时候，则证明目前可以使用运营商的 3G 网络。你的 SIM 卡即使支持 3G 网络但不是 WCMDA 模式或 CDMA2000 模式的话，也无法使用 iPhone 4S 的 3G 网络。例如中国移动的 3G 卡，iPhone 4S 是不支持的。 如果运营商开启了 3G 功能，那么只需要简单的设置就能将 3G 打开，进入“设置”→“通用”→“网络”，将启用 3G 打开即可
EDGE	当互联网接入显示为“E”时候，则证明你目前可以使用运营商的 EDGE 网络。但 EDGE 网络明显慢于 3G 网络
GPRS	当互联网接入显示为“o”的时候，则证明你目前可以使用运营商的 GPRS 网络。但 GPRS 网络是 3 种最为慢的一种接入模式。主要在城市周边网络覆盖不够发达地区会出现这种情况

注意

iPhone 4S 会优先使用 Wi-Fi 网络，因此若要在有 Wi-Fi 网络的情况下通过蜂窝数据来上网，必须先要关闭 Wi-Fi 网络。

12.2 Safari 上网必会 7 种操作

Safari 作为一款浏览器，大致功能与个人电脑上的浏览器相似。它包括地址栏、搜索栏、后退、前进、网页书签和收藏夹等功能，在浏览器的右下角还有一个页面切换按钮，它是用来切换不同页面或创建新页面的。

Safari 浏览网页支持横屏和竖屏两种模式，因为 iPhone 4S 具备重力感应功能，当手机横着时，就自动切换到横屏浏览模式。

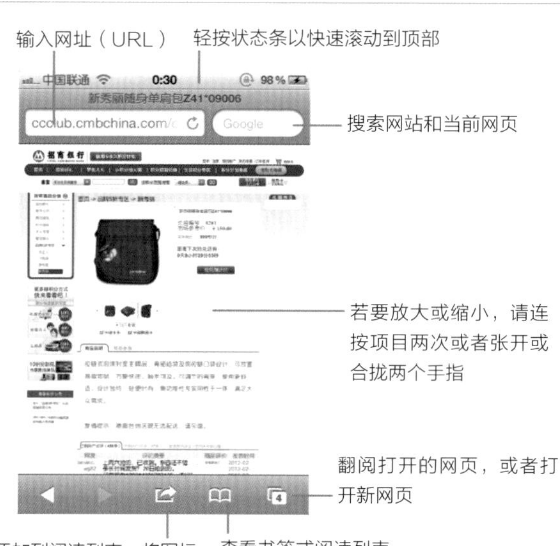

输入网址（URL）
轻按状态条以快速滚动到顶部
中国联通
0:30
98 %
ccclub.cmbchina.com/
Google
搜索网站和当前网页
若要放大或缩小，请连按项目两次或者张开或合拢两个手指
翻阅打开的网页，或者打开新网页
添加书签、添加到阅读列表、将图标添加到主屏幕，或者共享或打印页面
查看书签或阅读列表

1. 浏览网页

打开 Safari 浏览器以后，首先点击上方的地址栏，即可弹出键盘。输入想要访问的网址，然后点击右下角的“前往”开始网络冲浪。如果要抹掉地址栏中的文本，只需轻按地址栏，然后轻按⊗即可。

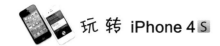

打开网页后，网页上的链接通常会带你到网上的其他位置。轻按链接可以打开网页中的新链接。

查看链接的目的地址	按住链接不放。地址将在你的手指旁弹出。你可以轻触并按住图像，来查看它是否有链接
阻止网页载入	轻按✖
重新载入网页	轻按↻
返回上一页或下一页	轻按◀或屏幕底部的▶
返回到最近查看的页面	轻按📖，然后轻按“历史记录”。若要清除历史记录列表，请轻按“清除”
创建一则预先指定地址的 Mail 邮件	按住电子邮件 Web 链接不放，然后轻按“新邮件”
创建新联系人或添加到现有联系人	按住包含联络信息的 Web 链接不放，然后轻按“创建新联系人”或“添加到现有联系人”
用电子邮件发送网页 URL	轻按↗并轻按“邮寄此网页的链接”
将图像或照片存储到“相机胶卷”相簿	按住图像不放，然后轻按“存储图像”

2. 网页缩放

在浏览网页的过程中，可以用一只手指按住屏幕不放来实现网页的拖动，连按网页上的一个栏目两次以展开该栏。再次连按两次以缩小。

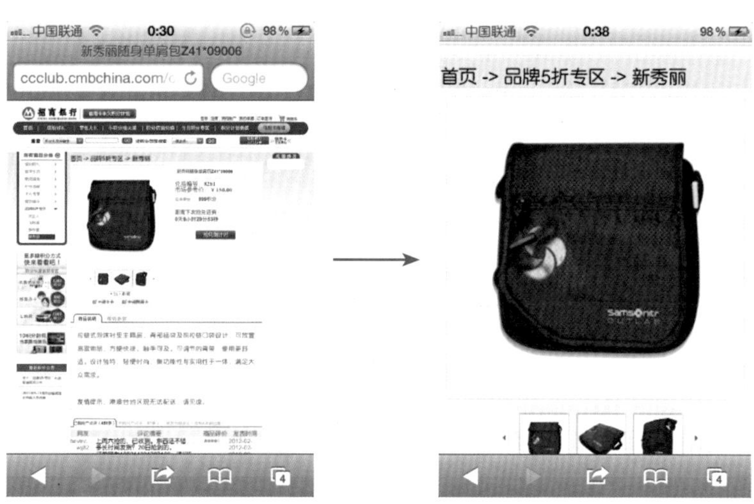

也可以通过多点触摸来实现网页的放大或缩小，具体操作方法是：两手指同时在屏幕上放大或缩小的动作，网页的页面同时也相应的放大或缩小。

滚动网页	上下左右拖移。滚动时，你可以触摸并拖移页面上的任何地方，而不激活任何链接
滚动网页上一个框架里的内容	用两个手指滚动网页上一个框架里的内容。用一个手指滚动整个网页
快速滚动到网页的顶部	轻按位于 iPhone 屏幕顶部的状态栏

3. 搜索

使用搜索栏来输入词和短语，以搜索 Web 和当前网页。在你在搜索栏键入关键词时，会出现建议搜索及最近搜索。

01 轻按搜索栏（在标题栏右边）。

02 键入一个能够描述你要搜索的内容的单词或词组，然后轻按列表中的建议或者轻按“搜索”。

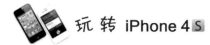

03 轻按搜索结果列表中的链接，以打开网页。如果想在当前网页上查找搜索词或搜索短语，滚动到结果列表底部，然后轻按“在此页”下方的条目，以查找搜索词或搜索短语的第一个实例。若要查找后续实例，请轻按“下一个”。

**提示**

默认情况下，Safari 会使用 Google 来搜索。也可以在 Safari 设置中更改其他搜索引擎。

4. 打开多个页面

若此时还想浏览其他网站，又不想关闭当前网页，则点击右下角的层叠窗口。此时当前的网页会缩小居中显示，这里可以轻触新网页打开新的网页，如果同时打开了几个页面，这里可以通过左右滑动的方式来进行选择。

iPhone 4S 中一次最多可以打开 8 个页面。某些链接自动打开新页面，而不是替换当前页面。

屏幕底部的 ⧉ 内的数字表示已打开了多少个页面。如果图标内无数字，则表示只打开了一个页面。例如：⧉ 表示已打开一个页面；⧉3 表示已打开三个页面。

打开新页面：轻按 ⧉，然后轻按“新网页”。

前往其他页面：轻按 ⧉，然后快速向左或向右滑动手指。轻按你想要浏览的页面。

关闭页面：轻按 ⧉，然后在需要关闭的页面上按 ⊗。

5．添加网页书签

01 若遇到喜欢的网站，可以直接点击屏幕下方的“ ”进入收藏页面。然后点击“添加书签”

注意

iPhone 4S 的添加功能得到了加强，除了可以添加书签外，还可以添加到阅读列表、添加到主屏幕等。

02 在弹出的页面中点击右上角的存储按钮，然后浏览器会回到原来的网页，这样就可以继续浏览了。

03 若想查看当前书签内容，可以点击下方的书本型按钮。点击相应书签即进入该网站。

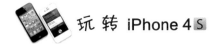

04 在网页书签页面中，点击下方的“编辑”可以删除已经保存的书签。点击红色的“–”，使其变为“I”，然后就可以看到右侧出现了“删除”两个字。直接点击就可以删除当前的书签。

6. Safari 浏览器设置

01 在 iPhone 4S 的“设置”里面，有一个选项专门用于设置 Safari 浏览器，在主界面中选择“设置”，再选择“Safari”将进入 Safari 浏览器设置界面。

02 Safari 设置可让你选择互联网搜索引擎及设定安全选项，并为开发人员打开调试功能。首先介绍搜索引擎，选择“搜索引擎”，Safari 可以使用 Google、Yahoo!、Bing 来执行互联网搜索。

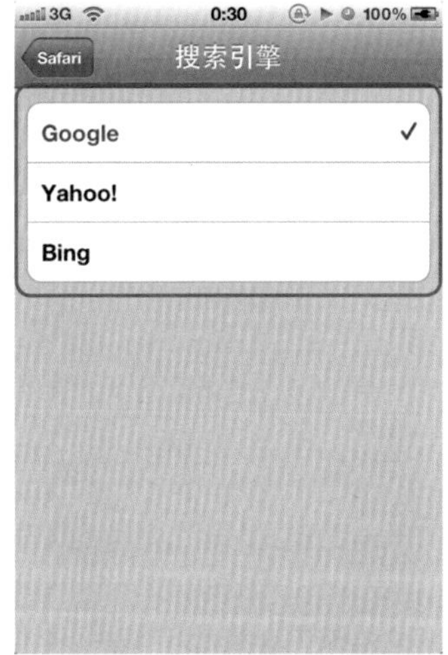

03 设定 Safari 的自动填充功能，输入的联系信息、名称和密码（或者两者）自动填充 Web 表单。打开“使用联络信息”，然后选取“我的信息”并选择你想要使用的联络信息。Safari 使用“通讯录”中的信息来填充 Web 表单上的联络信息栏。

要使名称和密码信息，请打开“名称与密码”。此功能打开后，Safari 会记住你访问的网站的名称和密码，并在你访问该网站时自动填写信息。

要删除所有自动填充信息，请轻按“清除全部”。

04 要启用或停用 JavaScript，请打开或关闭 JavaScript。JavaScript 可让 Web 程序控制页面的元素，例如使用 JavaScript 的页面可能会显示当前日期与时间或使链接的页面出现在新的弹出式页面中。

要阻止或允许弹出式页面，请打开或关闭“阻止弹出式页面”。阻止弹出式页面只会停止你关闭页面时出现的弹出式页面，或通过键入其地址来打开页面时出现的弹出式页面。这不会阻止在你轻按一个链接时打开的弹出式页面。要设定 Safari 是否接受 Cookie，请轻按“接受 Cookie”并选取“永不”、“从访问过的网页”或“总是”。

05 要清除访问过的页面的历史记录，请轻按“清除历史记录”。要清除 Safari 中的所有 Cookie，请轻按“清除 Cookie”。要清空浏览器缓存，则要轻按“清除缓存”。

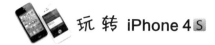

浏览器缓存储存页面的内容，以便下次访问这些页面时打开的速度更快。如果你打开的页面不显示新内容，则清除缓存可能会有所帮助。

7. Safari 其他使用技巧

技巧 1： 浏览网页时，点击手机状态栏（即显示时间、电池容量的部分），网页就会回到顶端。

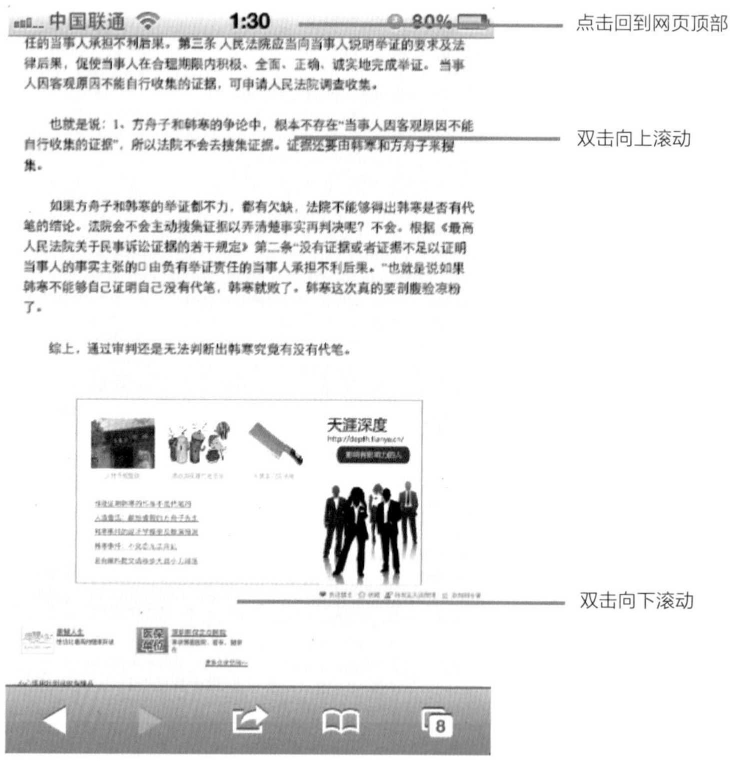

技巧 2： 浏览网页时，用手指双击屏幕的上部，也就是页面内容上面 1/3 的部分，屏幕会上移，双击的位置越靠近顶端，移动得就越多。同理，双击下部，屏幕会向下移。

技巧 3： 双击网页上的某个部分，屏幕会自动缩放大到该点的最适合浏览大小。例如双击淘宝网的产品分类，那产品分类部分的页面会自动调整到和页面一样的宽度，无需左右移动来观看。十分的方便。调节图片同样如此。

技巧 4： 在 iPhone 4S 需要输入地址或文本时，将 iPhone 4S 横过来，此时会出现横向大键盘，比竖直键盘输入更方便。

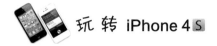

技巧 5：按住网页里的某个链接不放，会弹出一个命令菜单，这里会显示这个链接真正指向的网址，以及让你决定是否在新页面中打开。

技巧 6：如果要保存网页中的图片，可用手指按住图片，在弹出的命令菜单中选择存储图像，图片就保存到照片文件夹中了。

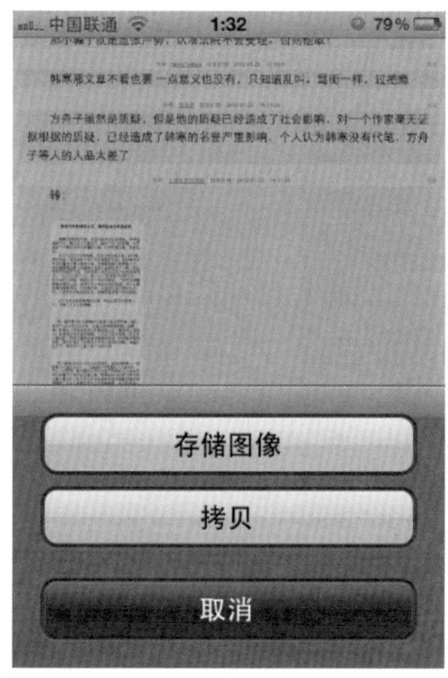

第 13 章

用 iPhone 4S 收发电子邮件

电子邮件（Email）是人们最常用的互联网应用之一。电子邮件在 iPhone 4S 上的显示及运作与在计算机上完全相同。iPhone 4S 支持许多常见电邮服务器及供货商，包括 Mobile Me、Microsoft Exchange、Yahoo! Mail、Google Gmail 及 AOL，以及大部分符合业界标准的 IMAP 或 POP 电邮系统，所有电邮都能放入口袋中。

iPhone 4S 支持丰富格式的 HTML 电邮，图片与照片可正常显示于文字旁边，而且所有电邮附件均以原有格式呈现，你不会看到支离破碎的画面。可任意旋转、放大缩小及滑动式浏览多达十数种标准格式的档案及图片，包括 PDF、Microsoft Word、Excel 及 PowerPoint 等，还可以看 iWork 附件。

13.1 邮件帐户设置

下面就以 Gmail 和 QQ 邮件为例，向大家介绍如何在 iPhone 4S 上设置邮件帐户。

1．Gmail

Gmail 是世界著名的免费邮件服务，也率先在 iPhone 4S 上实现了邮件推送（Push Mail）。

注意

Push Mail，是指面向互联网个人邮箱和企业邮箱系统的邮件推送业务，即将新到达邮件服务器的邮件准时地推送到用户移动终端上的业务形式。

那么 Push Mail 相对于传统的邮件 POP3（Post Office Protocol）模式，有什么优点呢？打个简单的比方，POP3 模式收信时需要你定期去邮局问，有信吗；Push Mail 则相当于 Email 快递员送货上门。Push Mail 是实时的，有了邮件就会自动推送，它无需再像传统邮件一样，每隔一段时间去检测一次邮件服务器。并且，Gmail 及推送服务都是免费的。

01 在 iPhone 4S 上设置 Gmail 帐户之前，请确保你在 Gmail 设置中启用了 IMAP。

02 接下来在 iPhone 4S 中设置邮件收发服务。依次进入“设置”→“邮件、通讯录、日历”→“帐户”→“添加帐户”。这里可以有两种选择：Microsoft Exchange 和 Gmail。

注意

如果选择 Gmail，则只能用来管理邮件；如果选择 Microsoft Exchange，则不但能管理邮件，还能同步通讯录和日历，还能实现邮件推送。

04 设置的最后一步就是选择同步的类，Gmail 邮件帐号不仅可以收发邮件，还能同步通讯录和日历，这里只需要开启通讯录开关，就能自动将 Gmail 上的通讯录同步到 iPhone 4S 上。

03 因此，选择 Microsoft Exchange，设置 Exchange 服务相比设置 Gmail 需要多填写一项内容：服务器。Gmail 的 Exchange 服务器地址是：m.google.com。然后还需要填写电子邮件地址、密码等信息。

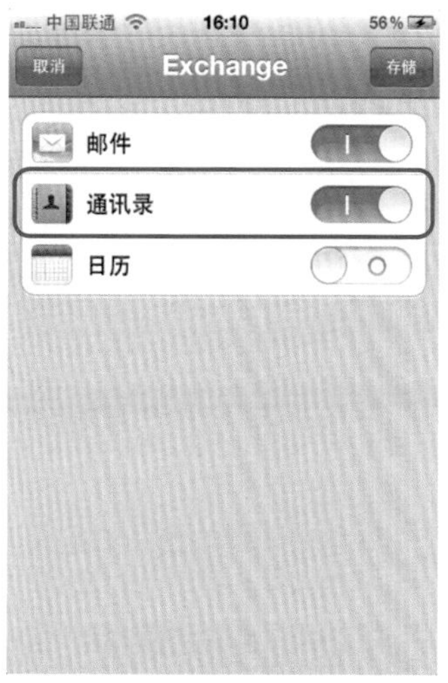

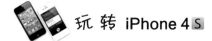

完成以上设置后，Gmail 邮件帐户就添加完成了，接着就可以通过 iPhone 4S 的邮件（Mail）程序来收发邮件了。

2. QQ 邮件

接下来介绍添加 QQ 邮件帐户。国内的 QQ 邮箱也支持 Push Mail，其设置方法与 Gmail 相似。

01 在 iPhone 4S 上设置 QQ 邮件帐户之前，请先进入网页版的 QQ 邮箱，在邮箱的“帐户”设置中，开启“POP3/SMTP 服务”和“IMAP/SMPT 服务”。

POP3/IMAP/SMTP服务

☑ 开启POP3/SMTP服务

收取 最近30天 的邮件

☑ 开启IMAP/SMTP服务（什么是 IMAP，它又是如何设置？）

（POP3/IMAP/SMTP服务均支持SSL连接。如何设置？）

02 接下来在 iPhone 4S 中设置邮件收发服务。一次进入“设置”→“邮件、通讯录、日历”→“帐户”→“添加帐户”。这里选择 Microsoft Exchange。

03“电子邮件”需要填写完整的 Email 地址，“用户名”只需填写 QQ 号码，“域”一项可不填，完成点击下一步。

04 “服务器”一项则填写 ex.qq.com，然后点击下一步。

05 接下来选择需要同步的项目：“邮件”、“通讯录”和“日历”(通讯录同步至 QQ 邮箱“手机联系人”，日历将同步至 QQ 邮箱“提醒”)。点击“存储”即完成设置。

13.2 3 步搞定收发电子邮件

第 1 步：检查和阅读电子邮件

01 主屏幕上的“Mail”图标会显示收件箱中未读邮件的数量。其他邮箱中可能还有其他未读邮件。

02 在 Mail 中，“邮箱”屏幕可让你快速地访问你的所有收件箱及其他邮箱。轻按一个帐户的收件箱以查看其邮件。若要查看你所有帐户的传入邮件，请轻按“所有收件箱”。如果你只设置并打开了一个邮件帐户，那么在“邮箱”屏幕上只能看到一个收件箱。

03 当打开邮箱时，Mail 会显示最新邮件，并在屏幕顶部显示未读邮件数。未读邮件旁会有一个蓝色圆点。

04 如果按主题整理邮件，则相关的邮件会在邮箱中显示为一个单独的条目。邮箱主题右箭头的旁边显示有一个数字，指示该主题下的邮件数量。蓝色圆点指示主题中的一封或多封邮件是未读邮件。所显示的邮件是最旧的未读邮件，或者是最近的邮件（如果所有邮件都是已读邮件）。

05 在邮箱中轻按主题，即可查看该主题中的邮件。在邮件中，轻按▲或▼以查看下一封或上一封邮件。

06 如果你设置了多个帐户，则“邮箱”屏幕的“帐户”部分可让你访问你的多个帐户。轻按帐户以查看它的文件夹和邮箱，包括它的收件箱。如果只设置了一个帐户，则“邮箱”屏幕会显示该帐户的文件夹和邮箱。

07 选取一个邮箱，或轻按 ，Mail 会自动检查新邮件。

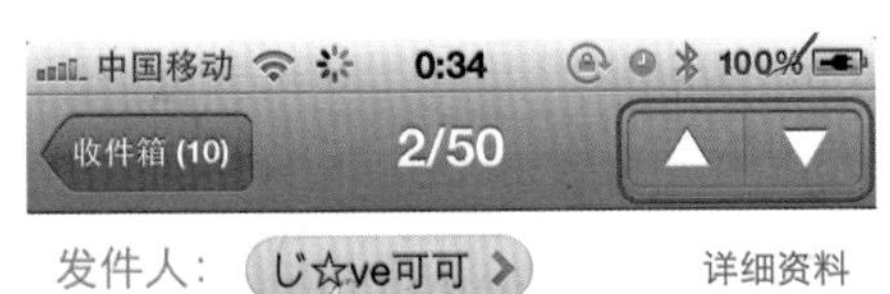

功　能	说　　明
局部放大邮件	连按两次邮件中的某个区域。再次连按两次以缩小。或者张开或合拢两个手指以放大或缩小
调整任意文本栏以适合屏幕	连按两次文本
查看邮件的所有收件人	轻按“详细信息”。轻按一个姓名或电子邮件地址以查看收件人的联络信息。然后轻按一个电话号码，电子邮件地址，或短信连联系某人。轻按“隐藏”以隐藏收件人
将电子邮件收件人添加到通讯录列表	轻按邮件并（如果需要的话）轻按“详细信息”以查看收件人。然后轻按姓名或电子邮件地址，再轻按“创建新联系人”或“添加到现有联系人”
将邮件标记为未读	打开邮件并轻按“标记为未读”。在邮箱列表中，邮件在再次打开之前，它旁边会一直显示一个蓝色圆点

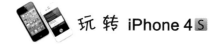

第2步：查看附件

iPhone 4S 可显示内嵌在电子邮件信息文本中的多种常用格式（JPEG、GIF 和 TIFF）的图像附件。iPhone 4S 可播放多种类型的音频附件，如 MP3、AAC、WAV 和 AIFF。你可以下载并查看收到的邮件所附带的文件。

打开附带的文件：轻按附件。它会下载到 iPhone 4S，然后在“快速查看”中打开。

如果附带的文件的格式不被 iPhone 4S 支持，则你可以查看文件的名称，但不能打开它。iPhone 4S 支持如下文稿类型。

名　称	类　型	名　称	类　型
.doc	Microsoft Word	.ppt	Microsoft PowerPoint
.docx	Microsoft Word（XML）	.pptx	Microsoft PowerPoint（XML）
.htm	网页	.rtf	多信息文本格式
.html	网页	.txt	文本
.key	Keynote	.vcf	联络信息
.numbers	Numbers	.xls	Microsoft Excel
.pages	Pages	.xlsx	Microsoft Excel（XML）
.pdf	“预览”和 Adobe Acrobat		

用另一个应用程序打开附带的文件：触摸附件并按住不放，然后选取应用程序。如果没有可用的应用程序，则可以选取在“快速查看”中打开该附件。

将附带的照片存储到“相机胶卷”相簿：轻按照片，然后轻按“存储图像”。如果照片尚未被下载，请先轻按下载通知。

将附带的视频存储到“相机胶卷”相簿：触摸附件并按住不放，然后轻按“存储视频”。如果视频尚未被下载，请先轻按下载通知。

第 3 步：发送电子邮件

下面介绍如何发送邮件，使用 iPhone 4S 编写和发送邮件的步骤为：

01 点击 Mail 图标进入到邮箱界面，再在界面中找到 ，轻按该图标。

02 在弹出的“收件人”栏中键入姓名或电子邮件地址，或者轻按 以从通讯录添加一个姓名。

03 当键入电子邮件地址时，通讯录列表中匹配的电子邮件地址将显示在下方。轻按一个地址以添加它。若要添加更多姓名，请轻按 Return 键或 。

04 如果你想要将邮件拷贝或密送给其他人，或者更改你用来发送该邮件的帐户，请轻按“抄送”、“密送”或“从”。如果你有多个电子邮件帐户，或者你的 MobileMe 帐户有电子邮件别名，则可以轻按“发件人”栏以更改你用来发送邮件的帐户或别名。

05 然后输入邮件主题及邮件内容，输入完毕后再轻按“发送”。

功　　能	说　　明
用电子邮件信息发送照片和视频	在"照片"中，选取一张照片或一个视频，轻按，然后轻按"用电子邮件发送照片"或"用电子邮件发送视频"。你还可以拷贝和粘贴照片和视频。 若要发送多张照片或多个视频，请在相簿中查看缩略图时轻按。轻按以选择照片和视频，轻按"共享"，然后轻按"电子邮件"
将照片或视频粘贴到电子邮件信息中并发送	在"照片"中，按住照片或视频不放，直到"拷贝"命令出现。轻按"拷贝"。前往 Mail 并创建一封新邮件。轻按以将插入点放在你想要放置视频的位置，然后轻按该插入点以显示编辑命令，再轻按"粘贴"。 若要拷贝多个视频，请在"照片"中打开相簿，轻按，轻按以选择照片和视频，然后轻按"拷贝"
存储邮件的草稿以稍后再完成	轻按"取消"，然后轻按"存储"。邮件会被存储在"草稿"邮箱中
打开最近存储的草稿	触碰并按住以打开上次工作的帐户中最近存储的草稿
回复邮件	轻按。轻按"回复"以仅回复发件人，或轻按"回复全部"以回复发件人和所有收件人。键入你的回复邮件，然后轻按"发送"。 原始邮件附带的文件或图像不会被发送回
转发邮件	打开一封邮件，轻按，然后轻按"转发"。添加一个或多个电子邮件地址，键入你的邮件，然后轻按"发送"。 转发邮件时，可以包括原始邮件附带的文件或图像
共享联络信息	在"通讯录"中，选取一个联系人，在"简介"屏幕底部轻按"共享联系人"，然后轻按"用电子邮件发送"

13.3　邮件推送设置

要实现邮件的推送，除了需要邮件服务商的支持外，还要在 iPhone 4S 上作一定的设置，进入 iPhone 4S 的"设置"→"邮件、通讯录、日历"下，找到"获取新数据"选项。进入该选项后，可以开启"推送"功能，当关闭"推送"功能或应用程序不支持"推送"时，可以分别设置获取数据的时间。

注意

若要延长电池寿命，则应减少获取数据的频率。

第 14 章

网络聊天与微博应用

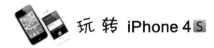

有了网络就有社交，iPhone 4S 上的社交应用可真不少。QQ、微信、微博……一切精彩尽在 iPhone 4S。

14.1 QQ

QQ iPhone 客户端有非常漂亮的界面，好友列表、聊天窗口简洁且直观。更重要的是 iPhone 版 QQ 有非常强大的聊天功能，无论是传统的文字、图片，还是流行的语音、视频。QQ 都可以很好地进行沟通。并且，iPhone 版 QQ 的视频聊天效果可以和 FaceTime 媲美，不过易用性更好。FaceTime 只有在两个 iOS 设备之间才可以。iPhone 版的 QQ 可以和电脑 QQ、安卓版 QQ 等其他 QQ 客户端之间进行视频通话。

iPhone 版 QQ 的聊天界面十分直观，聊天的同时可以发送表情、图片、照片、语音，还可以传送文件。

iPhone 版 QQ 的好友分组和群列表与电脑版本完全一致，它们的功能也是完全相同的，此外，iPhone 版 QQ 还有一个十分贴心的设计，只有在 Wi-Fi 网络下才会自动收取图片，否则必须要用户亲自确认了才接收图片，充分节约上网流量。

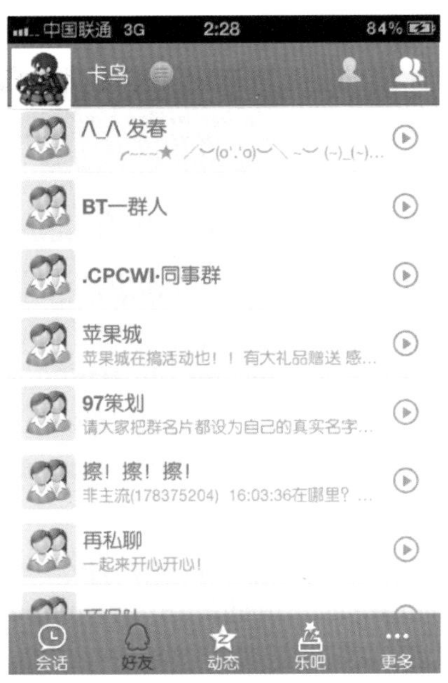

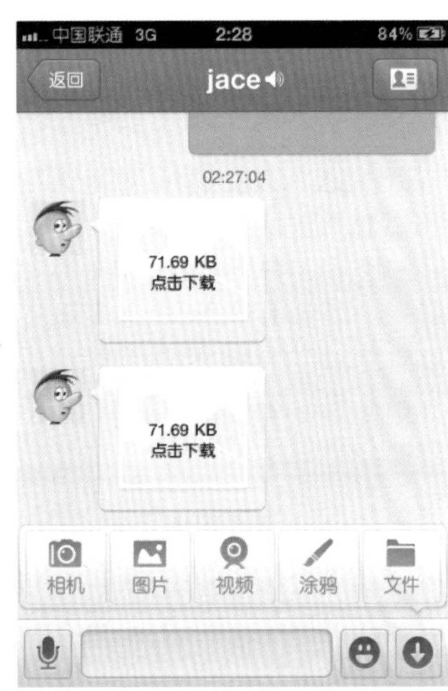

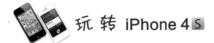

iPhone 4S 版 QQ 的设置中可以设置签名、资料、状态、界面主题等内容。另外还有 QQ 空间、腾讯微博、腾讯网、搜搜、QQ 阅读、微信、QQ 浏览器、QQ 手机管家、QQ 游戏大厅、QQ 邮箱等各种应用，功能可谓是异常的强大。

14.2 新浪微博

微博是微型博客（MicroBlog）的简称，大家还取了"围脖"的昵称。通过微博，人们可以以轻松便捷的方式记录生活、获取信息、表达观点。微博现以风靡全球，国内也有多家网站提供微博服务，如新浪、腾讯、搜狐、网易等。

新浪是国内门户网站中第一家提供微博服务的网站，凭借新浪网的人气，新浪微博如今非常红火，不但有传统的网页方式登录，还有 iPhone 4S 客户端，甚至可以通过短信、MSN 等方式来发布微博。不过通过新浪微博 iPhone 4S 客户端，大家可以非常方便地发布、查看、交流各种文字、图片、音频、视频信息，充分享受微博的乐趣。

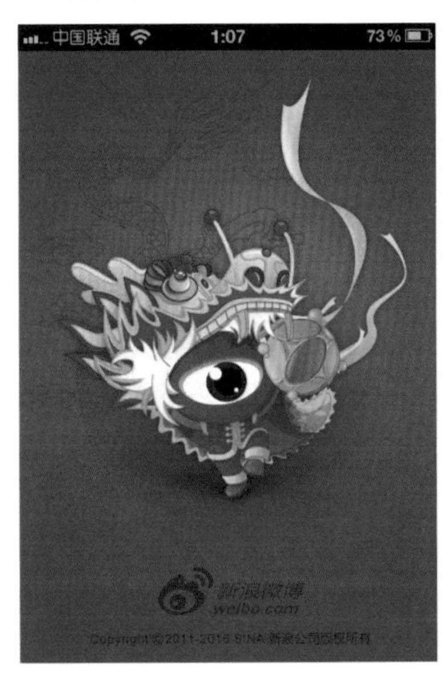

下面介绍新浪微博的应用，进入新浪微博 iPhone 4S 客户端后，下方有 5 个选项。你的所有关注的好友写的微博都在首页上显示。每条微博后，可以看到发布的时间、回复和转发的条数以及来自什么客户端等信息。

点击任意一条微博后可以看到更详细的信息，微博来源的网址、图片等。这时界面下面有 5 个按钮，可以很方便的对该微博进行刷新、评论、转发、收藏以及短信、邮件分享。

微博的“消息”栏是粉丝给你的留言或 @ 你或给你私信的内容。这里可以点击每一条消息进行回复，当你回复消息时就进入了即使通信状态，这里就可以像 QQ 一样进行聊天了。

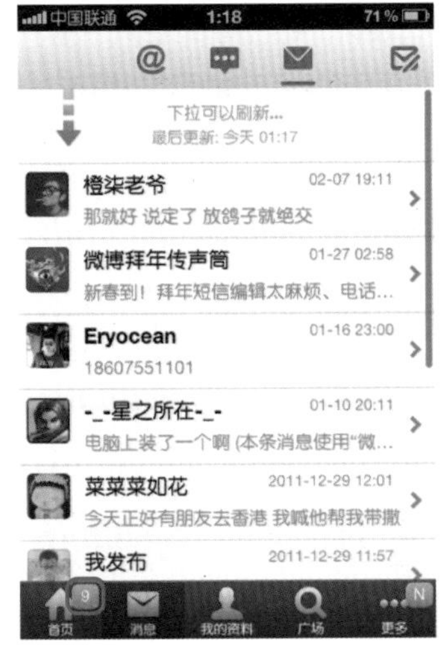

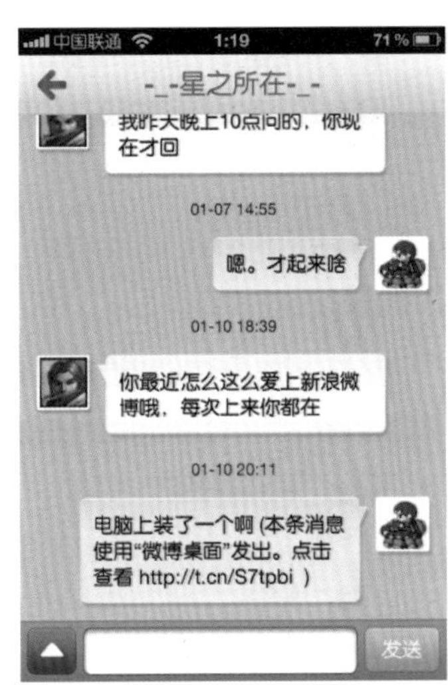

注意

在微博的“首页”和“消息”选项下常有一个小的数字，这个数字代表了你有多少条未读消息。

在“我的资料”中，可以设置个人信息、照片、签名等。经常更新好头像、好名字、好内容，就容易给你带来更多的粉丝哦。

通过微博广场，可以查看各类热门话题、评论、转发微博，也可以看看名人、草根们都在干些什么，或者关注下各微群的讨论。

提示

在广场中还有一个特别的应用是微博应用，这里有很多的微博扩展功能，例如另一个微博客户端 Weico、PoMe 微博杂志、小嘴巴微博等，能够充分满足喜欢探索和发现的你。

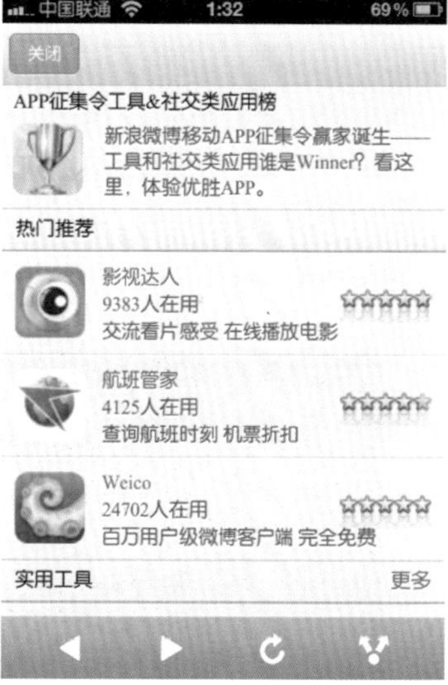

14.3 微信

微信是一种快速的即时通信工具，具有零资费、跨平台沟通、显示实时输入状态等功能，与传统的短信沟通方式相比，更灵活、智能，且节省资费。

微信常规的应用和 QQ 相似，可以语音文字聊天，下面重点介绍几个微信的特色功能。

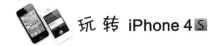

功能 1： 摇一摇加好友！现在我们的人际圈子很小，每天上班下班没有什么机会去认识新的朋友。在微信，只需要通过摇晃手机就能找到在手机另一端也同时使用微信摇晃手机寻找好友的人们。

除了可以查找陌生人然后添加为好友之外，手机摇一摇还能够把身边的人加为好友。在聚会的时候就特别好用，这么多人在一起不必一个个的记住电话号码了，只要晃动你的手机就能取得联系方式。在摇晃的过程中还可以更换背景图片哦！

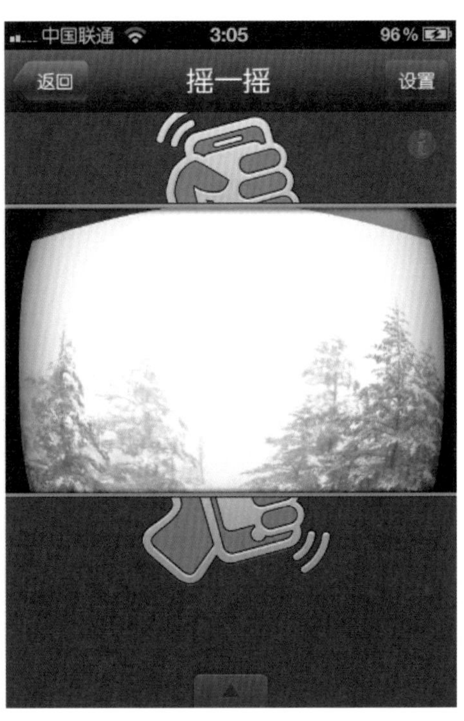

功能 2： 漂流瓶。它原本是 QQ 邮箱里的一种插件，用户通过写一段自己想说的话然后把漂流瓶扔出去，有缘捡到的人自然会回这个漂流瓶。现在微信把这个功能也搬过来了，并且更加完善。我们可以通过微信发送一段语音或者是一段文字，扔出去就会有陌生的朋友捡到，如果他（她）对你的话题有兴趣就会有回复。

漂流瓶功能其实非常好玩的。虽然摇一摇能够很快的加上好友，但是漂流瓶具有另外一种神秘的气息存在着。来自或远或近的陌生人，在这个时间捡到了你的漂流瓶，还跟你联系了。

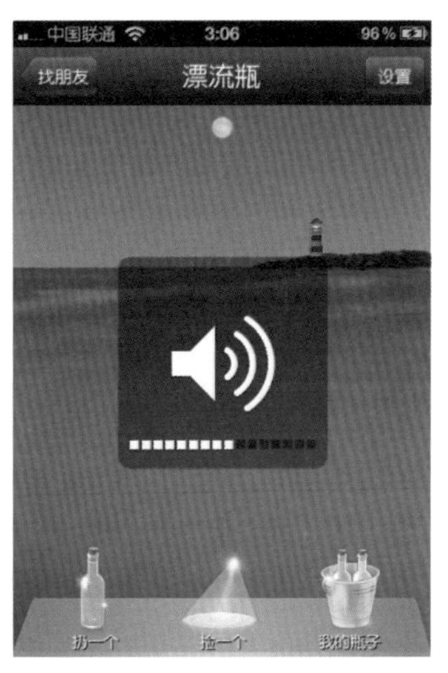

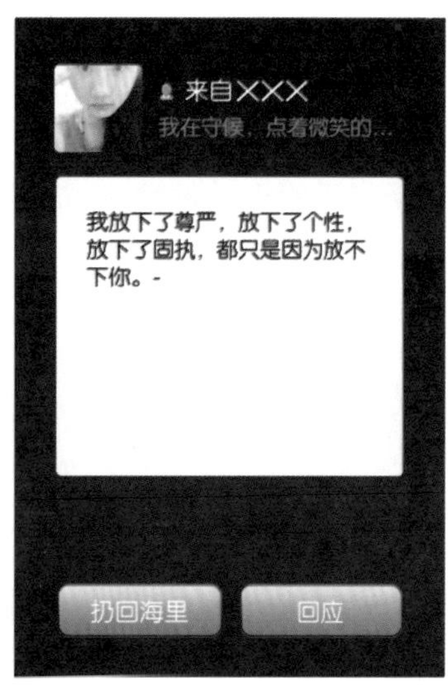

功能 3： QQ 同步助手。与原来的 QQ 同步助手一样备份通讯录，在功能上并没有太大的区别。

功能 4： 语音记事本。这个功能非常实用，除了通过微信语音录到记事本以外，语音记事本还支持文字信息录入的。我们只要像平时发信息一样输入想要记录的文字就能轻松记录备忘内容了。另外，语音记事本还可以支持照片和视频记录，详情需要点击语音记事本记录界面的加号按钮。

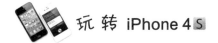

14.4 其他社交软件

除了以上介绍的 3 款社交程序外，iPhone 4S 客户端精彩的社交程序还有很多，这里就为大家推荐 4 款，相信一定能满足你的各种需要。

1. 米聊

米聊是一款实时沟通的新型聊天工具、图文、声音都支持，可以与朋友聊天、玩对讲、发涂鸦照片，还能语音群聊。

2. 开心网

开心网是一个社交网络，通过它你可以与朋友、同学、同事、家人保持更紧密的联系，及时了解他们的动态，与他们分享你的生活与快乐。

3. Skype

下载 Skype 到 iPhone 4S 中，可以和你的 Skype 好友进行免费的语音视频通话和及时消息聊天。还可以以低廉的价格打电话或发短信。

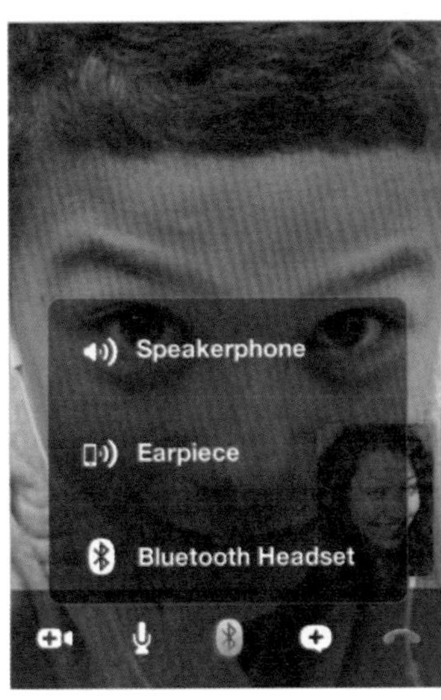

4. 爱飞信

爱飞信是一个基于中国移动飞信的一个免费客户端，使用爱飞信可以在线收发消息，同时支持邮箱注册的飞信号登录飞信，完全没有任何限制。

爱飞信支持大多数的网络类型，而且支持几乎所有的 iOS 设备。打开爱飞信，登录你的飞信帐号，然后会获取到你的飞信好友，选择一个即可免费发送短信，非常方便。

第 15 章
电子书的下载与阅读

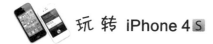

iBooks 是用来阅读和购买书籍的极佳途径。iBooks 并不是 iPhone 4S 中内置的默认程序，不过可以在 App Store 中免费下载。

从 App Store 下载免费的 iBooks 应用程序，然后从内建 iBookstore 中获取各种书籍（从经典作品到畅销书）。一旦下载了书籍，它就会显示在你的书架上。

15.1 同步书籍和 PDF

使用 iTunes 在 iPhone 4S 和电脑之间同步书籍和 PDF。如果 iPhone 4S 已连接在电脑上，“图书”面板可让你选择要同步的项目。

你可以同步从 iBookstore 下载或购买的书籍。你还可以将不受 DRM 保护的 ePub 图书和 PDF 添加到 iTunes 资料库。

15.2 使用 iBookstore

在 iBooks 应用程序中，轻按“书店”以打开 iBookstore。在那里，你可以浏览精选的图书或畅销书，以及按作者或主题浏览以查找图书。在找到喜欢的图书之后，你可以购买并下载该图书。

获得更多信息：在 iBookstore 中，你可以在购买图书之前，阅读图书的摘要，阅读或撰写评论，并下载样章。

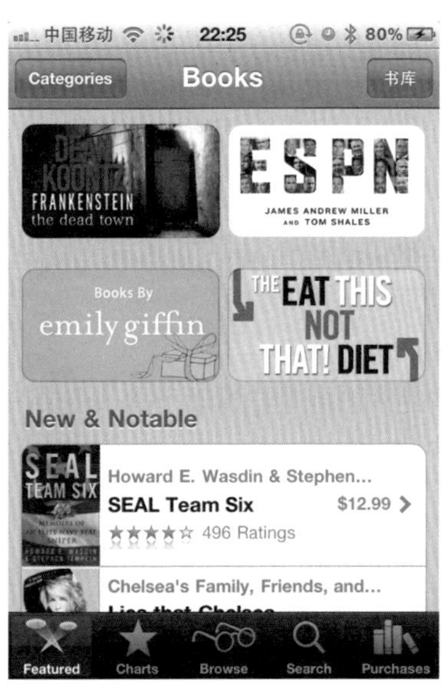

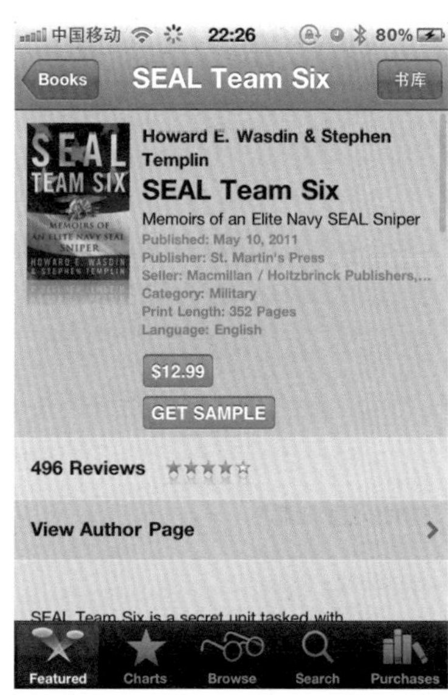

购买书籍：找到所需书籍，轻按价格，然后轻按“马上购买”。登录到 Apple 帐户，然后轻按“好”。有些图书可免费下载。

如果你已经购买书籍，但想要重新下载它，请轻按 iBookstore 中的“Purchase”并在列表中找到该书籍。然后轻按“重新下载”。

下次使 iPhone 4S 与电脑同步时，会将你所购买的图书同步到 iTunes 资料库。这样，在你将图书从 iPhone 4S 中删除之后，可以使用此备份来恢复。

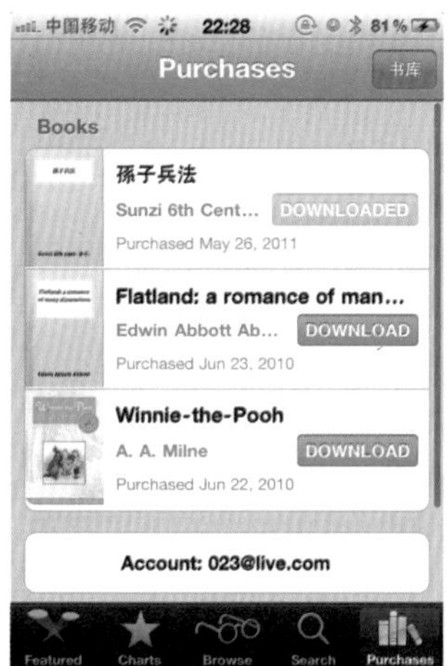

15.3 阅读书籍

使用 iTunes 将 ePub 图书和 PDF 添加到书架。或者在 iBookstore 下载书籍后轻按图书或 PDF 即可开始阅读。iBooks 会记住你停止阅读时所在的位置，这样，你稍后可以轻松地继续阅读后续内容。各种显示选项使阅读图书很容易。

01 翻书：在页面的右或左页边空白附近轻按，或者快速向左或向右滑动手指。若要在轻按左页边空白时更改翻书方向，请前往“设置”→“iBooks”。

02 前往特定页面：在当前页面中间位置附近轻按以显示控制。将屏幕底部的页面导航控制拖到所需要的页面，然后前往该页面。

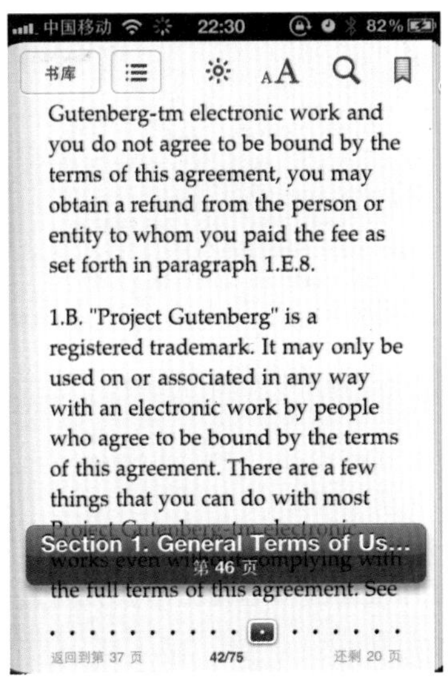

03 前往目录：在当前页面中间位置附近轻按以显示控制，然后轻按☰。轻按一个条目以跳转到该位置，或轻按“继续”以返回到当前页面。

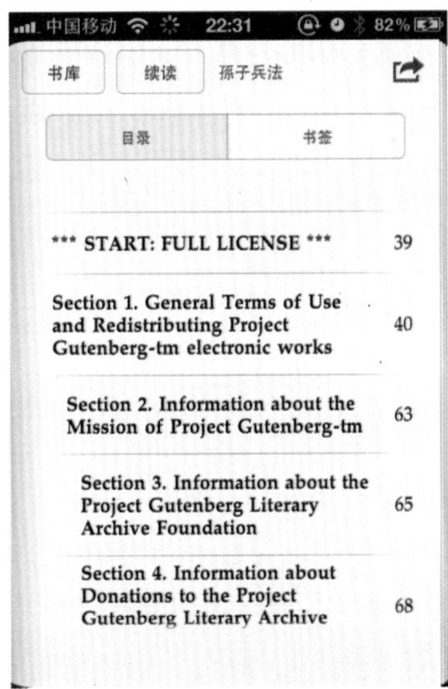

04 添加或移除书签：轻按带状按钮以设定书签。你可以有多个书签。若要移除书签，请轻按它。在你合上书籍时，不需要设定书签，iBooks 会记住你离开时所在的页面，并在你重新打开该书籍时返回到该页面。

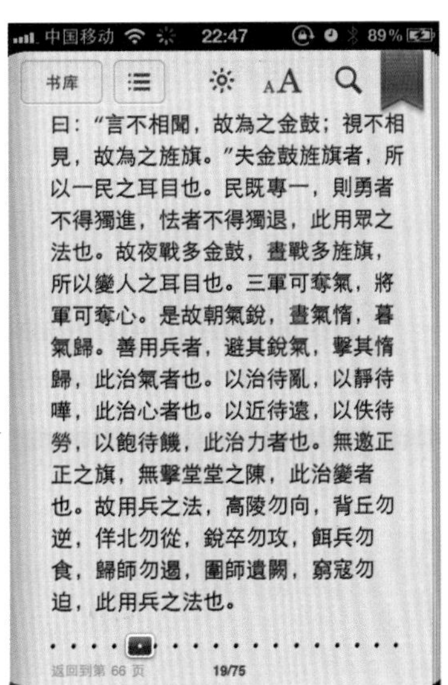

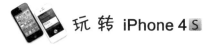

05 添加、移除或编辑高亮显示：按住任一单词不放，直到它被选定。使用抓取点调整所选内容，然后轻按“高亮显示”。若要移除高亮显示，请轻按高亮显示的文本，然后轻按“移除高亮显示”。若要更改高亮显示的颜色，请轻按高亮显示的文本，然后轻按“颜色”并从菜单中选择一种颜色。

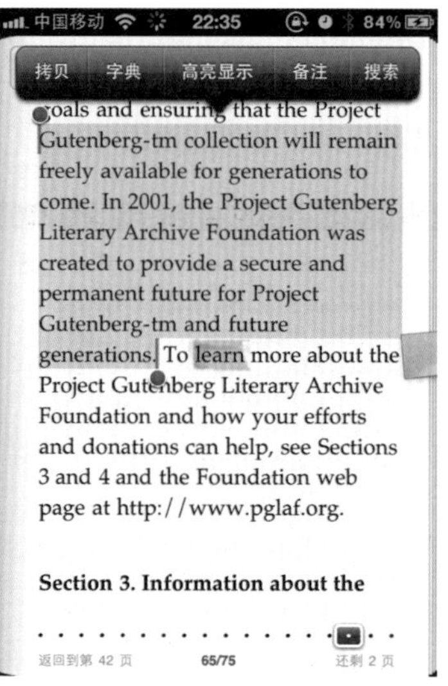

06 添加、移除或编辑注释：按住任一单词不放，直到它被选定。使用抓取点调整所选内容，然后轻按“备注”。键入一些文本，然后轻按“完成”。若要查看注释，请轻按高亮显示文本附近的页边空白中的指示符。若要移除备注，请轻按高亮显示的文本，然后轻按“删除注释”。若要更改注释的颜色，请轻按高亮显示的文本，然后轻按“颜色”并从菜单中选择一种颜色。

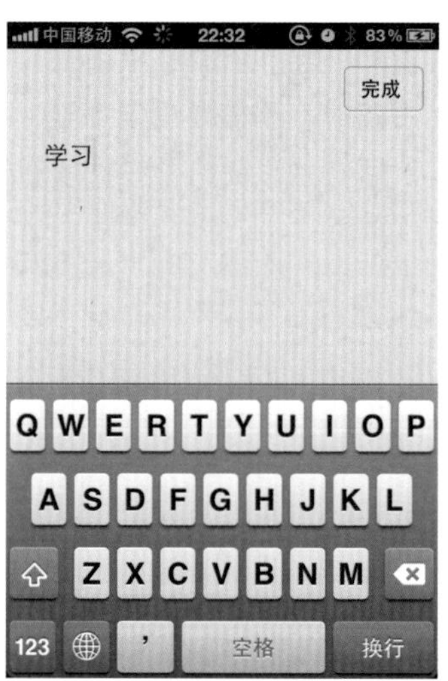

07 查看你的所有书签、高亮显示和注释：若要查看你添加的书签、高亮显示和注释，请轻按☰，然后轻按“书签”。若要查看注释，请轻按其指示符。

08 放大图像：连按图像两次。

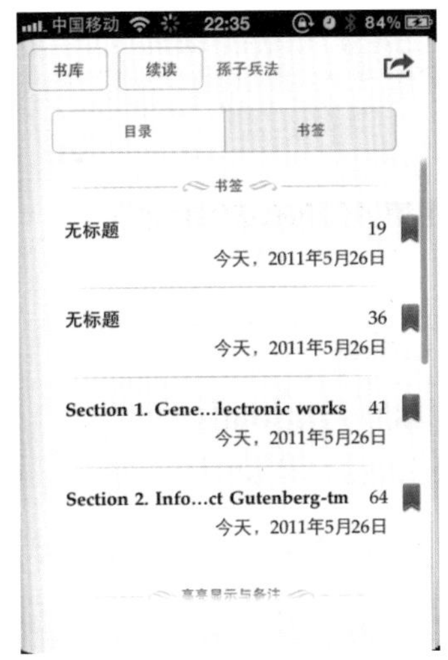

15.4 更改书籍的外观

若要更改图书的外观，请在页面中间位置附近轻按以访问控制。

01 更改字体或字号：轻按AA，然后在出现的列表中，轻按 A 或 A 以缩小或放大字号。若要更改字体，请轻按“字体”，然后从列表中选择一种字体。更改字体和大小也会更改文本格式。

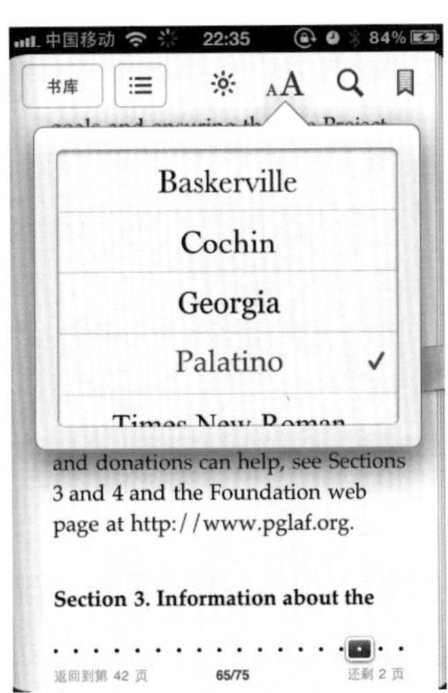

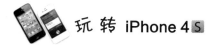

02 更改亮度：轻按☼，然后调整亮度。

03 更改页面和类型的颜色：轻按 $_{A}$A，然后打开“棕褐色”选项，以将其更改为页面和类型的颜色。此设置会应用到所有图书。

04 另外还可以在“设置”→“iBooks”中更改 iBooks 对段落文本进行两边对齐的方式。

15.5 搜索图书和 PDF

你可以搜索书籍的标题或作者，以在书架中快速地找到该书籍的位置；可以搜索书籍的内容以查找你感兴趣的一个单词或短语的所有参考；可以将搜索发送到 Wikipedia 或 Google，以查找其他相关资源。

01 搜索书籍：前往书架。如果需要的话，请更改为你想要搜索的精选。轻按状态栏以滚动到屏幕顶部，然后轻按放大镜。输入书籍标题中出现的一个单词，或者作者的姓名，然后轻按“搜索”。书架上会显示匹配的书籍。

02 在书籍中搜索：打开书籍，并在页面中间位置附近轻按以显示控制。轻按放大镜，然后输入搜索短语并轻按“搜索”。轻按一个搜索结果，以前往书籍中的该页面。

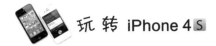

03 若要将搜索发送到 Google 或 Wikipedia，请轻按“在 Google 中搜索”或“在 Wikipedia 中搜索”。Safari 会打开，并显示结果。

04 若要在图书中快速搜索一个单词，请按住该单词不放，然后轻按“搜索”。

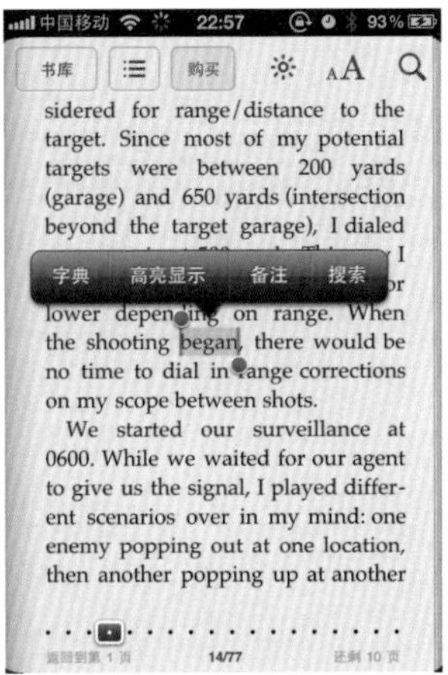

15.6 整理书架

使用书架来浏览图书和 PDF。你还可以将项目整理到精选中。

01 排列书架：前往书架并轻按状态栏以滚动到屏幕顶部，然后轻按并从屏幕底部的选项中选择一种排序方式。

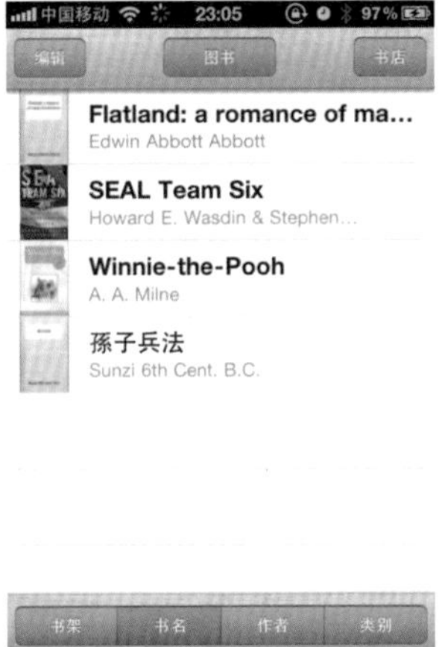

02 重新排列书架上的项目：按住图书或 PDF 不放，然后将它拖到书架上的新位置。

03 从书架上删除项目：前往书架并轻按“编辑”。分别轻按你想要删除的图书或 PDF，让勾号出现，然后轻按“删除”。完成删除后，请轻按“完成”。如果删除了你所购买的图书，你可以从 iBookstore 的“购买记录”中重新下载它。如果你已将设备与电脑同步，则图书也会保留在 iTunes 资料库中。

04 创建、重新命名或删除精选：轻按你所查看的当前精选的名称，如“图书”或“PDF”，以显示精选列表。轻按“新建”以添加新精选。若要删除精选，请轻按“编辑”，然后轻按“删除”。你不能编辑或移除内建的“图书”和“PDF”精选。若要编辑精选名称，请轻按它。完成后，轻按“完成”即可。

05 将图书或 PDF 移到精选：前往书架并轻按“编辑”。分别轻按你想要移动的图书或 PDF，让勾号出现，然后轻按“移动”并选择精选。项目只能逐一出现在一个精选中。首次将图书或 PDF 添加到书架时，会将它放入“图书”或“PDF”精选中。从那里，你可以将它移到其他精选。你可能想要创建精选，例如，供上班和上课时参考及消闲阅读之用。

06 查看精选：轻按屏幕顶部的当前精选的名称，然后从出现的列表中挑选新精选。

15.7 书签和注释同步

iBooks 会将你的书签、注释以及当前页面信息存储在你的 Apple 帐户中，以便它们总是最新的，并且你可以无缝地在多个设备上阅读书籍。对于 PDF，会同步书签及当前页面信息。

打开或关闭书签同步：前往“设置”→“iBooks”，然后打开或关闭“同步书签”。

必须接入互联网才能同步设置。当你打开和退出 iBooks 时，该应用程序会同步所有图书的信息。打开或关闭单本书时，也会同步其信息。

第 16 章

地图与导航

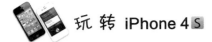

地图无疑是最重要的出行帮手，iPhone 4S 内置 Google（谷歌）地图，可以提供全球大部分国家的地图信息，包括街道地图、卫星地图和混合视图，一些城市还可以显示实时交通状况。

注意

1. 如果打开“地图”时定位服务已关闭，系统可能会要求你打开它。
2. 地图程序需要即时获得信息，因此网络的支持很重要，在有 3G 网络的情况下使用才比较流畅。

16.1 搜索位置

搜索位置的方法有许多种，如键入地址、十字路口、区域、标志性内容、书签、联系人或邮政编码。下面介绍查找位置并查看地图。

01 轻按搜索栏以调出键盘。

02 键入地址或其他搜索信息，轻按“搜索”。

03 大头针图标会标示出位置。

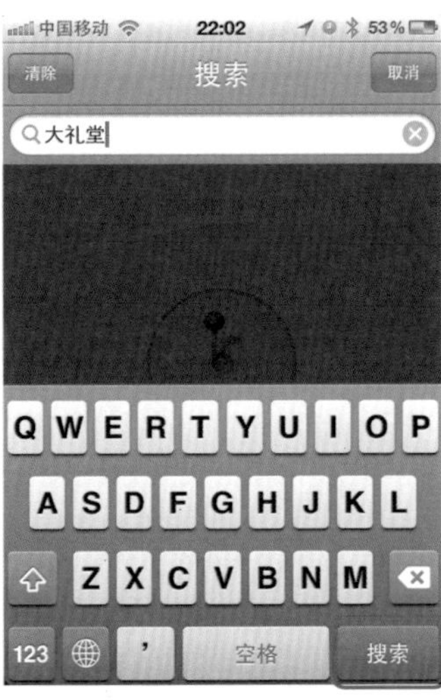

功　能	操作方法
局部放大地图	在地图上张开两个手指。或连按你想要放大的部分两次。再次连按两次以放得更大
缩小	在地图上合拢两个手指。或用两个手指轻按地图。用两个手指再次轻按以缩得更小
移动或滚动到地图的其他部分	向上、向下、向左或向右拖移

16.2 查找你当前的位置

01 快速轻按可找到你当前的位置（大致位置）。你当前的位置以蓝色标记表示。如果不能准确确定你的位置，标记周围还会出现一个蓝色圆圈。圆圈的大小取决于可以确定你所在位置的准确度：圆圈越小，精确度越高。

02 当四处走动时，iPhone 4S 会更新你的位置并调整地图以便使位置指示符保持在屏幕中央。注意：如果再次轻按直到它不再高亮显示，或者拖移地图，则 iPhone 4S 会继续更新你的位置，但不再以你的位置为中心。

03 iPhone 4S 使用定位服务来确定你所在的位置。定位服务使用的可用信息来自蜂窝网络数据、本地无线局域网（如果已打开无线局域网）以及 GPS（并非在所有地区都可用）。应用程序正在使用定位服务时，会出现在状态栏中。定位服务并非在所有国家或地区都可用。

04 显示你面朝的方向：再次轻按。（该图标会更改为。）地图使用内建指南针来确定你面朝的方向。角度显示指南针读数的准确度：角度越小，准确度越高。

注意

地图使用正北来确定你的方位，指南针中设定使用磁北。如果指南针需要校准，iPhone 4S 会要求你以 8 字形晃动手机。如果有干扰，可能会要求你离开干扰源。

16.3 通过放置大头针来标示位置

01 通过放置大头针，可让你用手标示位置。在地图上你触摸的位置会出现放置大头针。

02 当然也可以点击，在弹出的菜单中选择“放置大头针”。

03 移动放置大头针：按住不放，然后将大头针拖到新位置，或者按住新位置不放直到新的大头针完成放置（会替换先前的大头针）。

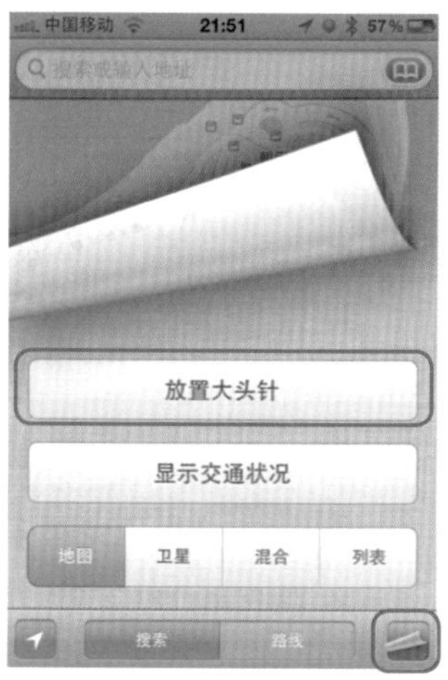

16.4 卫星视图和街景

可以查看地图的卫星视图，或者卫星视图和街道地图的组合视图。也可以查看某个位置的 Google Street View（Google 街景视图）。

查看卫星视图或混合视图：轻按，然后轻按“卫星”或“混合”以只查看卫星照片或混合在一起的街道地图和卫星照片。

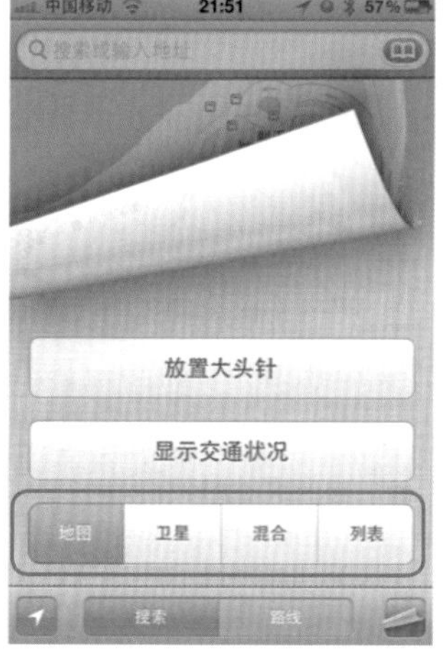

如果该地区支持 Google Street View（Google 街景视图），则图标会变亮，轻按。快速向左或向右滑动手指以移动 360° 全景视图。（插图显示当前视图。）轻按箭头以向下移动街道。若要返回到地图视图，请轻按右下角的地图插图。

注意

不是所有地区都有街景。

16.5 获得路线

通过路线模式，可以查找两地之间的行径路线，更妙的是，iPhone 4S 的谷歌地图提供了 3 种导航模式，开车、公交和步行。

01 轻按“路线”。

02 在“起点”和“终点”栏位中输入起始和终点位置。默认情况下，iPhone 4S 会从你当前的大致位置开始。

03 轻按“路线”(如果你手动输入位置)，然后选择行车路线()、公共交通路线()或步行路线()。

04 若要查看列表中的所有路线，请轻按，然后轻按“列表”。轻按列表中的任何一项以查看该段旅程的地图。轻按“路线概览”以返回到概览屏幕。

05 如果是驾车或步行，大致的距离和行程时间显示在屏幕顶部。如果交通数据可用，驾驶时间会相应调整。

06 如果你是乘坐公交车，概览屏幕显示各段旅途和交通方式，包括你需要步行的位置。屏幕顶部显示首站公交车或火车发车时间、预计到达时间和总费用。轻按🕒以设定你的出发或到达时间，并选取旅程时间表。轻按车站处的图标以查看那趟公共汽车或火车的出发时间，并获得公共交通服务商网址和联络信息的链接。当你轻按“起点”并逐步查看路线时，各段旅途的详细信息显示在屏幕顶部。

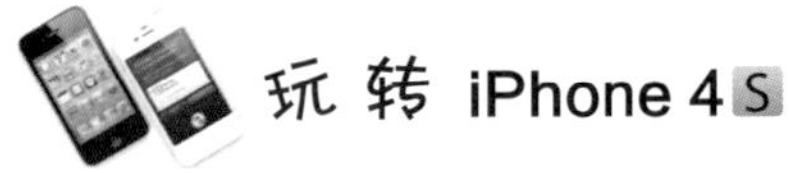

16.6 显示交通状况

你可以在地图上显示各条主干街道和主干路的交通状况（如果可用的话）。

显示或隐藏交通状况：轻按，然后轻按“显示交通状况”或“隐藏交通状况”。

街道和公路会被标上颜色，以指示车流量：

绿色表示有限速标志；黄色表示比标志上的限速慢；灰色表示当前无可用数据；红色表示塞车，只能步行。

如果看不到交通状况，你不妨将地图缩小到可以看到主干路的级别。并非在所有区域都可以查看交通状况。

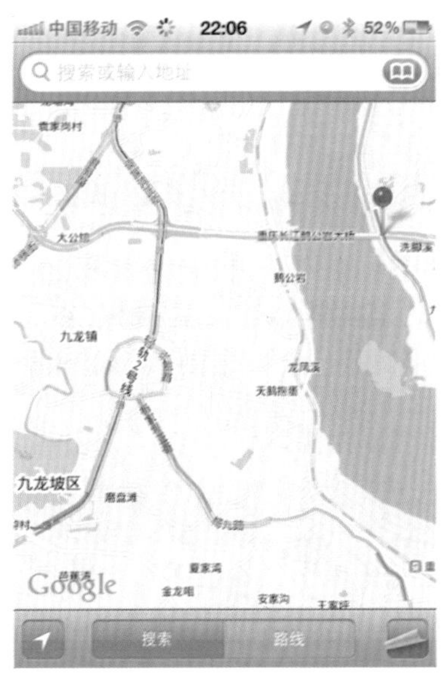

第 17 章
备忘录与提醒事项

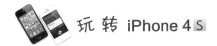

当你想记录某些东西的时候，再也不用到处找纸和笔了，iPhone 4S 备忘录可以轻松搞定这一切。

17.1 文字备忘录

iPhone 4S 内置了一个备忘录，备忘录界面模仿了黄色的笔记本纸，所有的记录按照记录时间先后顺序排列，没有复杂的分类和标签，虽然简单，但却实用。

提示

可以通过录入文字来记录各种事情，还可以将备忘录与联机帐户同步。

01 当你使“备忘录”与电脑上的应用程序或者联机帐户同步时，“帐户”屏幕会分别显示这些帐户，以及一个按钮，轻按该按钮会在单个列表中显示所有备忘录。

02 轻按 +，然后键入备忘录并轻按“完成”。这样可以新增一条备忘录，新的备忘录会被添加到“备忘录”设置中所指定的默认帐户。

注意

备忘录按上次修改日期列出，最近修改的备忘录位于最前面。在列表中，你可以看到每条备忘录的前几个字。转动 iPhone 4S 以横排模式查看备忘录，并使用较大的键盘进行键入。

03 轻按备忘录。轻按➡或⬅以查看下一条备忘录或上一条备忘录。轻按备忘录的任何位置以调出键盘，这样就可以对备忘录进行编辑。

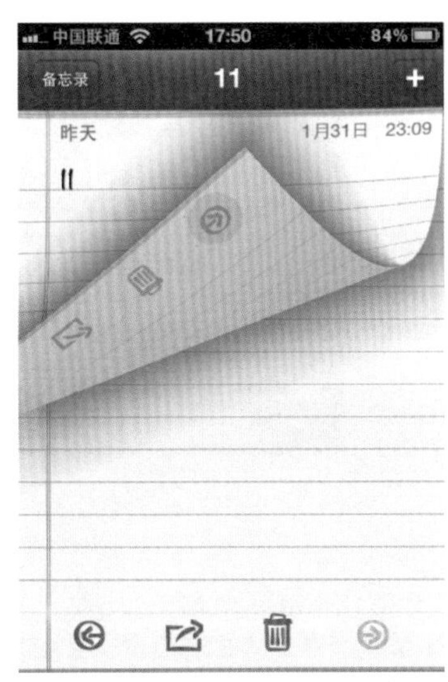

04 如果需要删除某条备忘录，轻按🗑即可。

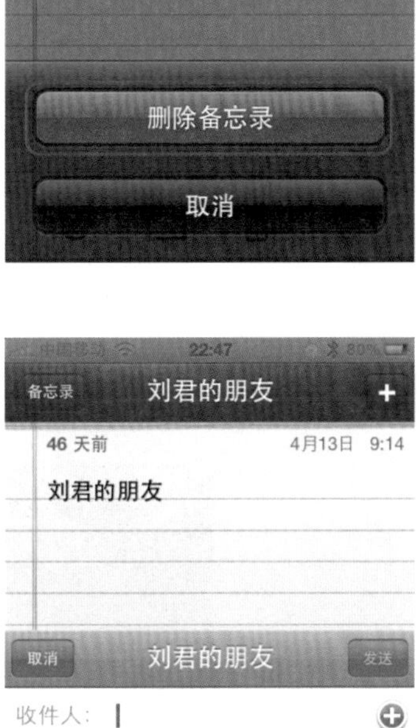

05 如果在 iPhone 4S 上设置了电子邮件帐户，选择一条备忘录，轻按✉，这样就可以通过邮件发送备忘录。

注意

备忘录和邮箱紧密的联系在一起，记录的消息也可以作为邮件的草稿，当需要时，随时可以发送。

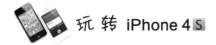

17.2 语音备忘录

iPhone 4S 内置了一个语音备忘录。语音备忘录是一种音频形式的备忘录，它记录了音频信息，能与文字备忘录起到互补作用。

“语音备忘录”可让你使用 iPhone 4S 的内建麦克风、蓝牙耳机麦克风或支持的外部麦克风，将 iPhone 4S 用作便携式录音设备。

01 语音备忘录的界面十分直观，一个老式麦克风的形象就知道需要对着它讲话，轻按●开始录音，轻按Ⅱ暂停录音或轻按■停止录音。如果佩戴了耳机，也可以按下 iPhone 4S 耳机中央的按钮。

注意

1. 使用内建麦克风的录音是单声道，但可以使用外置立体声麦克风来录制立体声。

2. 可以通过将麦克风移近或远离录音源来调节录音音量。若要获得较好的录音质量，音量指示器上的最大音量应该位于 -3~0dB 之间。

02 轻按☰，会列出所有的语音备忘录，备忘录会按时间顺序排序，最近的备忘录排在第一位。轻按▶，就会播放你刚刚录制的语音备忘录。

03 轻按备忘录旁边的◎。会显示备忘录更多的信息，“简介”屏幕列出关于时间长度、录制时间和日期的信息，并提供附加的编辑和共享功能。

04 轻按“修剪语音备忘录”，拖移音频片段的边缘以调整语音备忘录的开头和结尾。轻按“共享”则可以将该语音通过电子邮件发送。

05 在“简介”屏幕上轻按向右的箭头，可以给备忘录添加标签，在“标签”屏幕上的列表中选择一个标签。若要创建自定标签，请在列表底部选取“自定”，然后键入标签的名称。

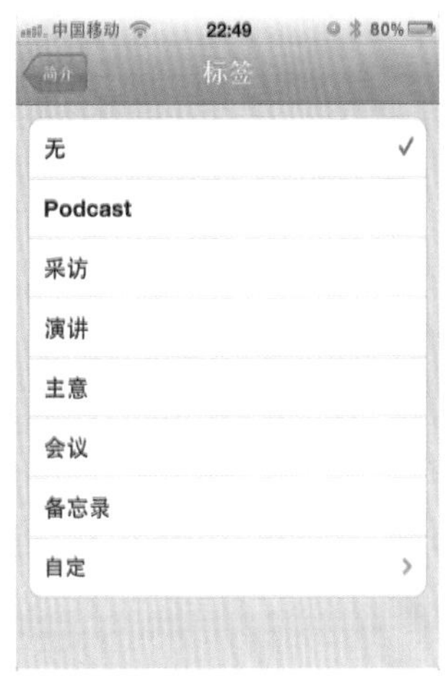

注意

有了语音备忘录，iPhone 4S 就变身为一支录音笔，不仅如此，还可以很方便地存档和共享。

17.3 提醒事项

iPhone 4S 将提醒功能单独提了出来成为一个应用放在了桌面上，想必对越来越繁忙的人们来说，提醒功能变得很重要，使用也更频繁。事实上 iPhone 4S 的提醒是非常智能的，不仅可以按时间来提醒你，还可以根据你的位置变化来提醒你干什么了！

01 首先进入“提醒事项”应用。

02 按+号添加一个“提醒事项”，例如“还信用卡”，然后点击完成。

03 然后点击这个提醒进行设置，首先要打开提醒。

04 设置提醒方式有两种，分别是日期提醒和位置提醒，日期提醒就是在设定的时间提醒。位置提醒又分为两种，离开时提醒和到达时提醒。

05 如果在家里，获取当前位置并设置离开时提醒就可以了。

06 现在就设置好了，提醒事项会在你设置的时间提醒还信用卡，而且当我离开家时也会提醒我，这下就不会再忘记了。

第 18 章

语音控制 Siri

Siri（读作 C 瑞）是 iPhone 4S 的一项语音控制功能。它最主要的特点就是可以理解自然语序从而做出相应的改变。

18.1 Siri 和语音命令的区别

1. 首先它明白你说什么

Siri 不像传统的枯燥而单调的语音命令，你可以说“告诉我的朋友，我迟到了。”Siri 知道你说的什么，并回答你。这就像你和 iPhone 4S 在谈话。

2. 它知道你的意思

Siri 不仅能听明白你说的话，它还足够聪明，能理解你的意思，知道你的意图。因此，当你问“在这里有没有好点的汉堡？”Siri 会回答：“我发现你附近的汉堡餐厅。”那你可以说“嗯。玉米饼怎么样呢？”Siri 记得你刚才问的和餐厅有关，所以它会在附近寻找肯德基。Siri 会积极的想办法解决你的问题。

3. 它能帮助你做很多的事

Siri 可以提醒你打电话，帮助你寻找方向，并计算出使用哪些程序和你谈论。通过定位服务，它知道你住在哪里，你在哪里工作。你说你要回家，它就能根据你当前的位置计算最佳的路线。它还能读懂你的联系人的详细信息，它知道你的朋友，家人，老板和你的同事。所以，你可以告诉 Siri“到我工作时间的时候提醒我”或“叫一辆出租车来”。

4. Siri 的意义相当重大

Siri 直接发源于美国五角大楼的 CALO 项目。CALO 是“Cognitive Assistant that Learns and Organizes”的缩写（会学习和组织的认知助理），这个项目汇聚了全球人工智能方面的顶尖科研人员。

整个 CALO 计划的带头人名叫 Adam Cheyer，他现在也是苹果 iPhone 团队的工程总监。

他形容说，Siri 计划就是寻求在一件消费产品中做同样的事情。其实，在过去的四年里，Cheyer 和他的团队一直在钻研如何优化 CALO，使其能够在一台强大的移动电话中发挥效用，每天都能被成千上万的用户使用。在过去一年半中，他们把主要精力放在 Siri 技术和 iOS 及其应用程序的整合上。

关于 Siri，最伟大的事情并非人工智能本身。而是苹果通过 Siri 把人工智能带进了现实生活中。

苹果将 Siri 做成了 iPhone 4S 的一个核心组成部分，并且让它成为手机使用的主流，让每个用户都觉得除了使用很方便之外，更想时时刻刻都尝试使用它。

当然，目前它尚未达到完美，苹果目前将其定位在“beta”阶段。并且，它也还不是你在科幻电影里看到的那种无限高能的人工智能。但它的步伐远未停止。iPhone 4S 里的 Siri 只是一个开端。相信以后会有更加复杂的版本出现。

18.2 Siri 的 5 个应用实战

长按 Home 键就能启动 iPhone 4S。Siri 可以令 iPhone 4S 变身为一台智能化机器人。

当你看到屏幕下方出现一个紫色的麦克风时，就已经启动了 Siri。下面来看看 Siri 的几种状态。

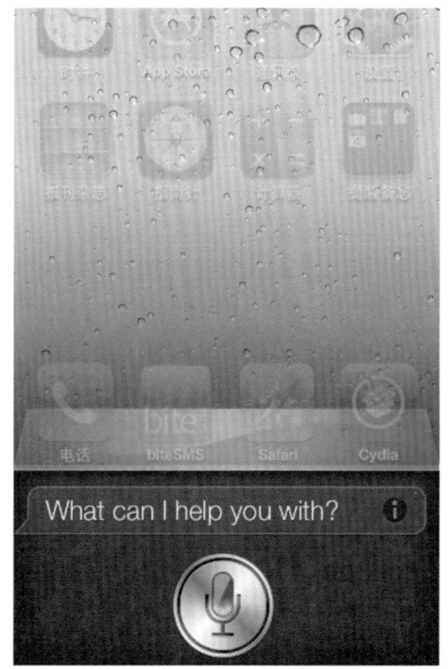

待机状态，Siri 的图标是灰色的，这时对 iPhone 说话是没有反应的。你需要轻点该图标。

说话状态，轻点 Siri 图标后，你会听到“叮叮”两声，Siri 的麦克风会变亮，并且会根据说话的音调闪烁。

思考状态，当你说话完毕后，会再次听到“叮叮”两声，这时 Siri 的麦克风会变暗，但它外面一圈会转动，这代表 Siri 正在思考，随后做出回复。

1. 设闹铃

用 Siri 不仅可以查询时间日期，还可以很简单的设置闹铃。

设置闹铃只需要对 Siri 说“Wake up at 6 o’ clock tomorrow morning”。Siri 立刻就能设置明早的闹铃。

2. 查看天气

查看天气，这个似乎很多智能手机都能做到，Siri 神奇之处在于，它不但能听懂你的意思，还能领会你的意图，例如询问 Siri，“What will the weather”。Siri 能告诉你未来一周的天气情况。

3. 发短信

要查询联通手机的套餐余额，需要发送 797 到 10010，因此可以这样对 Siri 说：

我：Send a new message to 10010

Siri：What do you want to say to 10010?

我：797

Siri 立刻就会发送 797 到 10010，而我马上就可以收到查询的信息。

当然，不仅如此，我们可以直接说电话号码，也可以选择通讯录里的联系人。

我：Send a message to Tom

Siri：What do you want to say to Tom?

我：Longtime no see miss you. Much

Siri：I updated your message. Ready to send it?

我：Sure

Siri：OK，I' ll send it.

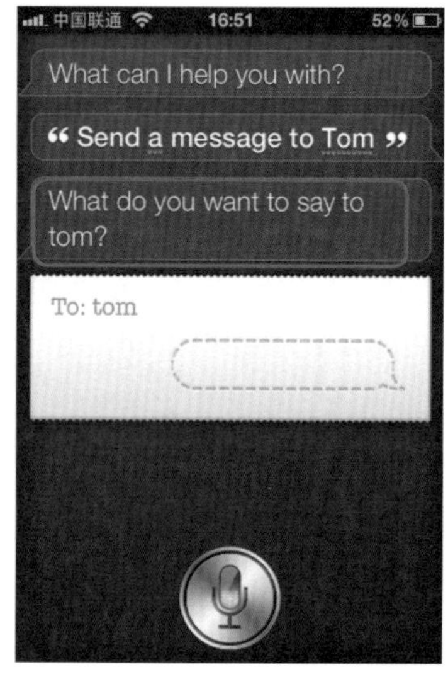

4. 建立提醒事项

下面再来看看建立提醒事项的应用。

我：Remind me

Siri：OK, just tell me what you want to be reminded about.

我：Credit card payments tomorrow

Siri：When would you like me to remind you?

我：Tomorrow morning

Siri：Here’ s you reminder for tomorrow at 7 am.

我：No, at 10 am

Siri：Here’ s you reminder for tomorrow at 10 am.

我：Confirm

Siri：OK, I’ ll remind you.

我：Thank you

Siri：You’ re most certainly welcome.

我：Goodbye

Siri：Nice talking with you...

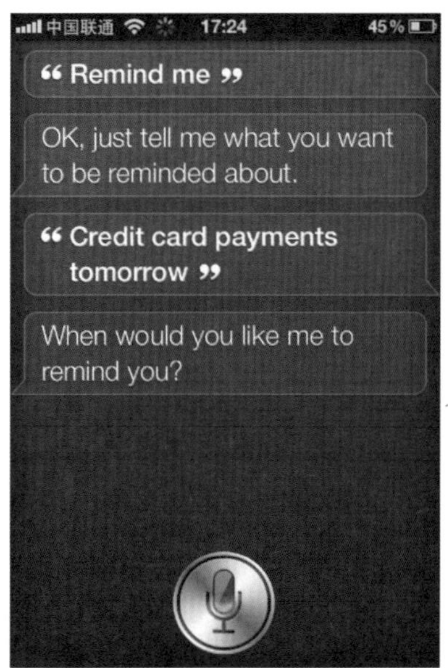
中国联通 17:24 45%
“Remind me”
OK, just tell me what you want to be reminded about.
“Credit card payments tomorrow”
When would you like me to remind you?

中国联通 17:25 45%
“Tomorrow morning”
Here's your reminder for tomorrow at 7 am:
5日 星期日 2012年2月
Credit card payments tomorrow
明天
Cancel
Confirm

中国联通 17:25 45%
Here's your reminder for tomorrow at 10 am:
5日 星期日 2012年2月
Credit card payment tomorrow
明天
Cancel
Confirm

中国联通 17:25 45%
OK, I'll remind you.
5日 星期日 2012年2月
Credit card payments tomorrow
明天

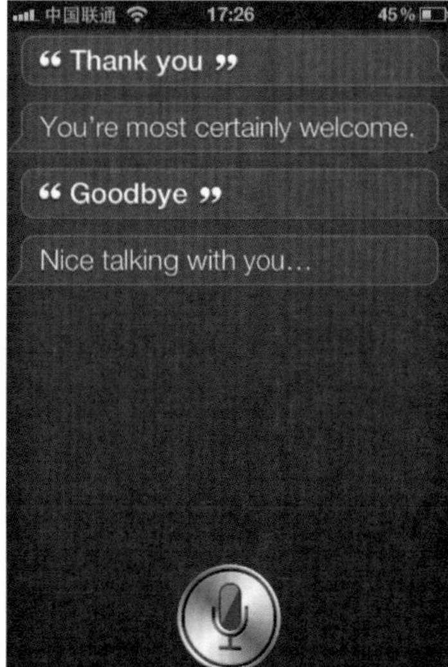
中国联通 17:26 45%
“Thank you”
You're most certainly welcome.
“Goodbye”
Nice talking with you...

5. 人机对话

再来看看几段精彩的对话：

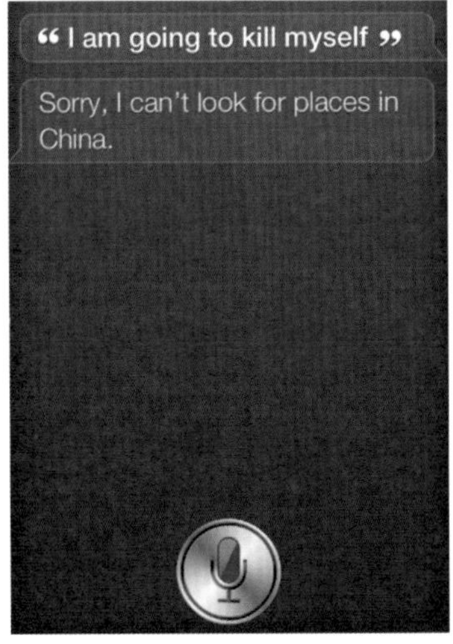

从这个应用我们已经可以看到苹果的 Siri 语音系统已经具备了和人交流的过程。这套系统的推出让人机交互多了一个途径——语音，这也是人类最自然的交流方式。

第 19 章

轻松玩转 iTunes

iTunes 是什么？音乐播放器、多媒体管理器、iOS 设备同步工具、家庭共享工具还是数字内容商店。对，iTunes 就是集以上功能为一体的供 Mac 和 PC 使用的一款免费应用程序。

iTunes 可以备份和还原 iPhone 4S，让 iPhone 4S 的数据永无丢失。iTunes 还能升级和恢复 iPhone 4S，让 iPhone 4S 的系统健康无忧。

19.1 电脑上的 iTunes Store

个人电脑上的 iTunes 首先是苹果公司的一款媒体播放器，我们可以从苹果公司的官网（http://www.apple.com.cn/itunes/）下载 iTunes 的最新版本。它和其他媒体播放器类似，可以用来播放和管理电脑的音乐和视频。

更重要的是，iTunes Store 包含了 3 大在线数字内容商店，iTunes（音乐商店）、App Store（程序商店）和 iBook Store（图书商店）。iPhone 4S 手机之所以如此深受喜欢，iTunes Store 中丰富的数字资源就是其成功的秘诀之一。

1. iTunes

iTunes 即原先的 iTunes 音乐商店，现在已包括了音乐、音乐视频、电视节目、影片、有声读物、iTunes U 等多个板块的数字内容。

iTunes 中的数字内容，绝大部分都是英文内容，并且中国区的 Apple ID 是无法下载和购买音乐、电影、电视节目。仅仅只能访问 iTunes U 板块的内容。

打开 iTunes，选择左侧导航栏的 iTunes Store，并选择 iTunes Store 中的 Music，即可进入音乐板块。iTunes 中的音乐（Music）商店是世界上最大的在线音乐零售商店，目前定价分为 0.69 美元、0.99 美元和 1.29 美元 3 个档次，也有少量免费内容。所有音乐的组织、陈列都相当有特色。有单曲、专辑、音乐视频等排行榜，还有各种风格的专辑分类。

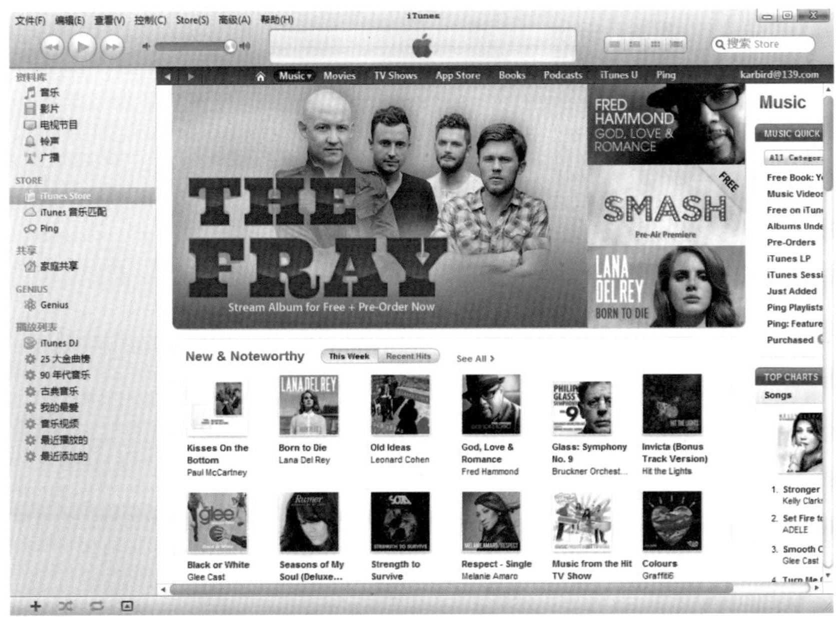

Music 板块每周二会推出“Single of the Week”（本周单曲）和“Discovery Download”（新发现下载）的歌曲，并提供当周内免费下载。

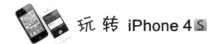

iTunes Store 中有一个非常有意义的教育板块 iTunes U，U 即 University。在 iTunes U 频道中收录了无数的来自各大名校和教育机构的教学媒体，其中包括注明的哈佛大学、斯坦福大学、伯克利大学、杜克大学、麻省理工大学及国内的北京大学、中山大学等全球顶级院校提供的学习资料，包括讲义、语言课程、实验案例等。更重要的是，这些资源都是免费的，这对每个热爱学习的人，无疑都是巨大的财富。

注意

iTunes U 教育商店自 2007 年上线以来，课程总下载量已经突破 6 亿次。说明这项服务越来越受欢迎。

iTunes U 商店将教程划分了“商务”、“工程”、“美术”、“医药卫生”等共计 13 个列表，这些媒体包含课程视频、课程录音以及课件 PDF 等，并且不需要任何地区的 Apple ID 即可下载。

2. App Store

App Store 即 Application Store，通常理解为应用程序商店。App Store 是苹果公司基于 iPhone 4S 的软件应用商店，这也是苹果公司开创的一个让网络与手机相融合的新型经营模式。

2008 年 7 月 11 日，苹果 App Store 正式上线。7 月 14 日，App Store 中可供下载的应用已达 800 个，下载量达到 1 千万次。2009 年 1 月 16 日，应用程序商店超过 15000 个应用，超过 5 亿次下载。App Store 平台上大部分应用价格低于 10 美元，并且有约 20% 的应用是供免费下载的。

到目前为止，App Store 提供了超过 25 万个应用程序，涵盖游戏、实用工具、商务办公和日常生活等各个方面。这些大量的软件极大的扩展了 iPhone 4S 等产品的应用，让 iPhone 4S 不仅仅只是一部手机，几乎变成了无所不能的产品。

App Store 为用户提供了更多的软件，让软件开发商赚到了钱，更提高了 Apple 公司产品的潜在价值，这带来可谓三赢的局面。

苹果公司的 App Store 开创了手机软件业发展的新篇章，App Store 无疑将会成为手机软件业发展史上的一个重要的里程碑。

3. iBooks

iBooks 是应用在各种苹果设备中的一个很棒的阅读和购买书籍工具。从 App Store 下载免费

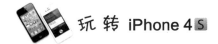

iBooks 应用程序，之后便可以从内置 iBookstore 获得所有经典和畅销书籍。iBooks 程序最早为 iPad 设计，在 iOS 4 发布后，iBooks 登录了 iPhone 平台，现在在 iPhone 4S 上也可以欣赏到精彩的电子图书。

iBook Store 提供了多达数以万计的图书内容，且数量还在与日俱增之中。iBook 图书采用的 EPUB 格式或 PDF 格式。其整合式结构可以让作者轻松制作出自己的书籍。

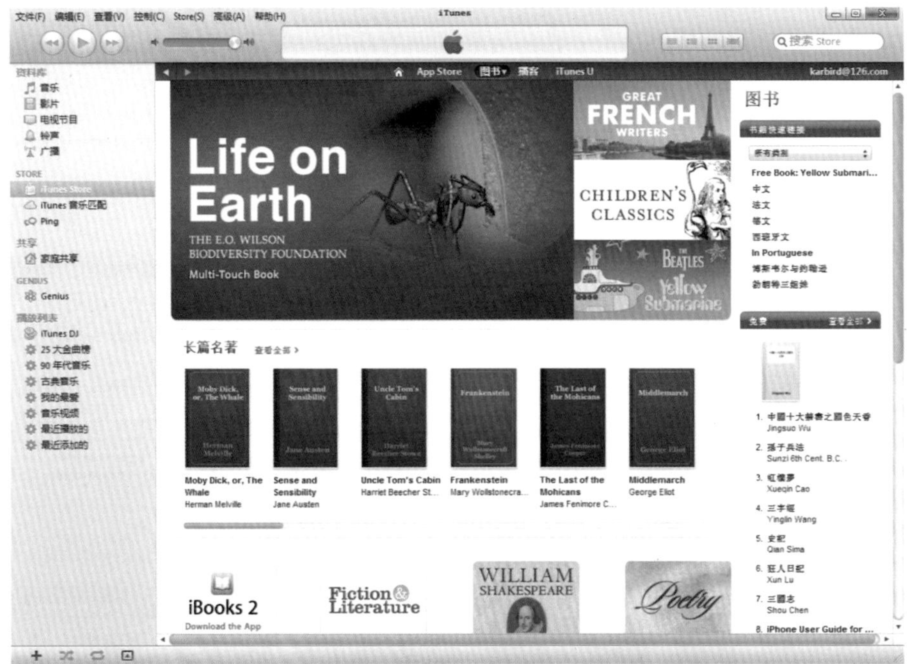

19.2 iPhone 4S 上的 iTunes、App Store 和 iBooks

在 iPhone 4S 上，iTunes 同样存在，而且根据其功能分为了 iTunes、App Store 和 iBooks。同名的 iTunes 相当于电脑上的 iTunes 音乐商店，其中包括了音乐、音乐视频、电视节目、影片和有声读物等数字内容。通过 iTunes 可以直接购买下载这些数字内容到 iPhone 4S 手机上。

App Store 则单独提供了应用程序的购买下载，在 iPhone 4S 手机没有越狱的情况下，通过 App Store 来下载是手机获得应用程序的唯一途径。不过 App Store 中的应用程序涉及工作、生活、娱乐的方方面面，能让 iPhone 4S 实现超乎想象的各种功能。

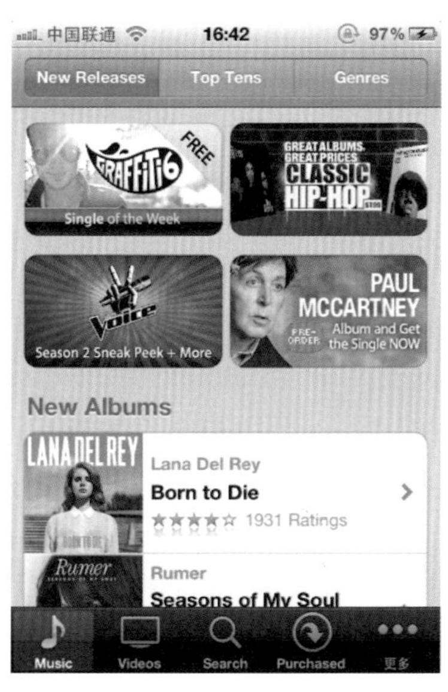

通过 iBooks 可以访问苹果的电子图书商店 iBookstore。iBookstore 中的图书同样是部分免费，部分收费。不过目前中文图书还比较少，当然也可以自己导入 PDF 文档，让 iBooks 成为文档的阅读管理器。

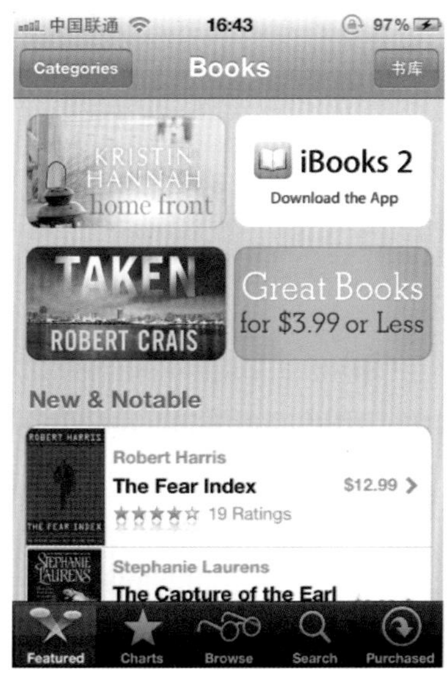

19.3 Apple ID

iTunes Store 中各种精彩丰富的内容，不过在购买或下载这些内容之前还得注册一个 iTunes Store 帐户，这也就是 Apple ID，Apple ID 在 iTunes、App Store 和 iBooks 中 3 店通用，只有通过这个帐户，才能下载或购买数字商店中的内容。

iTunes Store 按照国家和地区的不同，其可供用户下载和购买的内容也是不相同的。根据注册时填写的国家和地区，也将 Apple ID 分为了不同的类型。例如中国区的 Apple ID 就暂时不能下载音乐和视频。

一般来说，美国区的程序是最丰富的，但在中国区里，更容易找到一些适合大陆用户的应用程序，比如微博、QQ、飞信、人人网、开心网等。因此通常建议中国用户分别申请一个美国区的 Apple ID 和一个中国区的 Apple ID。

实际上在前面购买与安装应用程序一章已经介绍了 Apple ID 的注册，通过 iTunes 的 App Store 注册 Apple ID 与通过 iPhone 4S 注册步骤非常相似，但是仍然要注意以下几点：

- 进入 iTunes App Store 界面下，将滚动条移动到右下角，找到国旗标志，然后选择国家和地区，选择不同的国旗，即注册不同地区的 Apple ID。
- 注册 Apple ID 之前，先选择下载一款“Free”标志的免费应用程序，再根据提示注册，这样可以不用填写相关的信用卡信息。
- 对于 iTunes 入门用户来说，iTunes Store 中有足够的免费内容可供下载，如果确实有需要，也可以随时下载付费的内容，只需完善一下付款信息就可以了。

19.4 应用程序的下载与购买

注册好了 Apple ID，就可以进入 iTunes Store 好好逛逛了。看到中意的内容就可以很方便的购买和下载。

对于中国区的 Apple ID，进入 iTunes Store 后首先显示的是 App Store 的页面，App Store 的首页就有着非常丰富的程序资源。

在 App Store 的首页最上方有一条黑色的工具栏，通过该工具栏的各个按钮可以在不同的页面之间快速切换。

iTunes Store 中的操作与网页类似，这里有前进、后退、主页按钮，还有 App Store、图书、播客、iTunes U 的分类，切换十分方便。

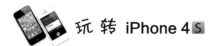

单击 App Store 页面上任何应用程序的图标将进入到该应用程序的详细介绍和下载页面。如果知道某个程序的名字，还可以通过搜索快速定位到该程序。在 iTunes 右上角的搜索框中输入应用程序的名称，例如这里输入“QQ 音乐”，按下回车。

iTunes 会列出搜索结果，这里会搜索到与关键字相关联的所有应用程序。

在搜索结果中找到“QQ 音乐”，点击该图标即可看到该程序的详细介绍。

注意

在 iTunes Store 中，一些应用程序是免费的，定位到该应用程序，直接下载即可。一些应用程序是需要收费的，收费的应用程序需要付费以后才能下载。

由于“QQ 音乐”是免费应用程序，直接单击“下载”按钮即可。

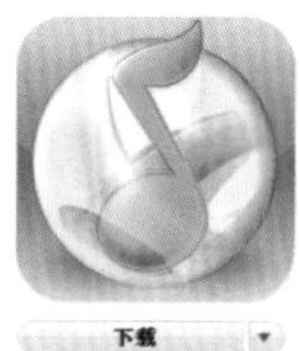

iTunes 会自动判断链接并进行下载。

这时，在 iTunes 左侧的 Store 下会出现一个新的栏目“下载”，单击以后再右侧会出现详细的下载信息。

那对于付费数字内容来说，该如何购买呢？这里以经典游戏“水果忍者”为例进行介绍。

01 进入“Fruit Ninja”水果忍者的介绍页面。这里可以看到该软件的定价是 $0.99 美元。

02 单击“$0.99 购买应用软件”按钮。

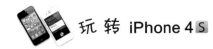

03 系统会提示你的信用卡将被收费用于此次购买，应用程序会立即开始下载。单击“购买”继续。

04 如果在创建帐户的时候没有输入信用卡信息，这里会提示无法完成购买，需要你重新提供付款信息。在输入 Apple ID 和密码后，单击“帐单信息”。

05 接下来重新输入信用卡信息。

付款方式： VISA MasterCard 无

卡号： 安全码： 这是什么？

有效期限： 1 / 2011

注意

这里不用担心绑定了信用卡后有什么影响，在苹果的 App Store 里，都是按下载计费的，如果不购买收费软件，就不会产生任何费用。如果你担心今后出现误操作而被扣费，也可以在支付完成后再次进入 Apple ID 的帐单信息，将付款方式改为无即可。

06 之后该软件图标上的价格信息会消失，直接单击“下载”就可以开始下载该软件了。

到这里，在 iTunes Store 中购买和下载应用程序就全部介绍完毕了，下一步就是把下载下来的各种程序同步到 iPhone 4S 中去。

19.5 iPhone 4S 的同步

同步即是让电脑上的资料与 iPhone 4S 上的资料保持相同。电脑上 iTunes 资料库中的音乐、视频、图片、书签、应用程序、日历、通讯录都可以通过同步的方式导入到 iPhone 4S 中去。因此使用 iTunes 进行设置和管理 iPhone 4S，并向 iPhone 4S 添加内容的操作被称为同步。

注意

同步是让电脑上的资料与 iPhone 4S 保持一致，因此，一个设备只能与一个 iTunes 资料库进行同步。

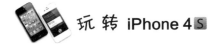

1. 同步应用程序

01 单击左侧的设备后，再单击右侧的“应用程序”按钮。进入该选项卡后，单击勾选“同步应用程序”。然后在窗口的左侧部分勾选想要同步的应用程序。在右侧的窗格中，可以调整各程序的位置。勾选设置完毕后单击“应用”按钮即可。

02 影片、照片、书籍、电视节目同步的方法类似，都需要进入相应的选项卡，然后勾选“同步……”复选框，再进行一系列的设置，单击“应用”按钮即可。

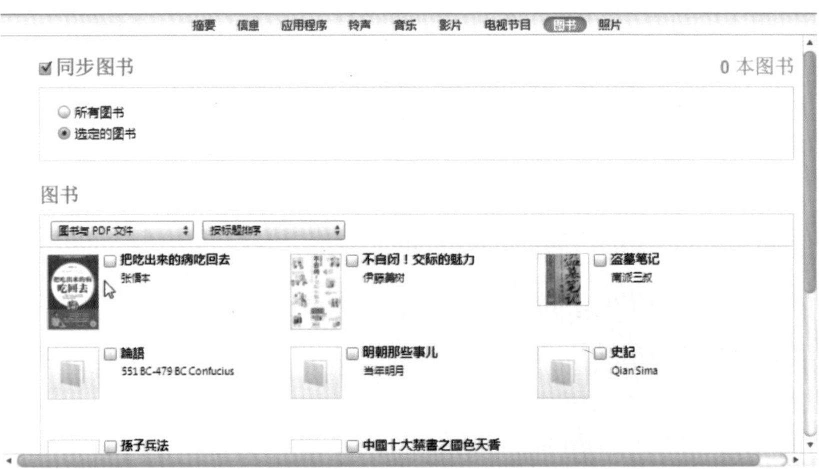

2. 防止没有同步提示

如果设置了自动同步，则无论何时将 iPhone 4S 连接到电脑时，iTunes 都会默认同步。如果不想 iTunes 不经提示就同步设备，则可以更改此设置。

若要防止不经提示就同步特定的 iPhone 4S 可以进行如下操作，将设备连接到电脑。在 iTunes 中“设备”的下面选择你的设备。单击“摘要”按钮，然后取消选择“连接此设备时打开 iTunes”。

若要防止不经提示就同步所有的设备，在 iTunes 中，依次选择“编辑”→“偏好设置”。单击“设备”。勾选“防止 iPod、iPhone 和 iPad 自动同步”。

如果选择此复选框，所连接的任何 iPod、iPhone 或 iPad 都不会不经提示就被同步。

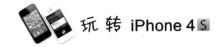

若要在禁用不经提示就同步的功能后同步 iPod、iPhone 或 iPad，请将 iPod、iPhone 或 iPad 连接到电脑，然后选取“文件”→“在 iTunes 中同步‘设备名称’”，或者单击设备（在“设备”下面），然后单击右侧的“同步”。

文件(F) 编辑(E) 查看(V) 控制(C) Store(S) 高级(A) 帮助(H)

新建播放列表(N) Ctrl+N
用所选内容新建播放列表(F) Ctrl+Shift+N
新建播放列表文件夹(L)
新建智能播放列表(S)... Ctrl+Alt+N
编辑智能播放列表(E)
关闭窗口(C) Ctrl+W
将文件添加到资料库(A)... Ctrl+O
将文件夹添加到资料库(D)...
资料库(B)
显示简介(G) Ctrl+I
评价(R)
在 Windows Explorer 中显示(H) Ctrl+Shift+R
显示重复项(I)
同步“iPhone”(Y)
自“iPhone”传输购买项目(T)
页面设置(U)...
打印(P)... Ctrl+P
退出(X)

3. 无线同步

无线激活只是 PC-Free 的一个应用，iCloud 与 iTunes 无线同步都属于 PC-Free。

下面介绍 iPhone 4S 的无线同步功能，在 iOS 5 系统中，只要你的 iPhone 4S 与电脑在同一个无线局域网内，就可以使用无线同步功能。

01 在 iPhone 4S 上，依次进入“设置”→“通用”，可以找到 iTunes Wi-Fi 同步。

02 这里会提示当 iPhone 4S 插入电源并接入 Wi-Fi 时，便可以与电脑上的 iTunes 自动同步。

03 当然，在 iTunes 中，必须也要开启 Wi-Fi 同步功能，即在摘要中勾选“通过 Wi-Fi 与此 iPhone 同步”。

备份

- ◉ 备份到 iCloud
- ○ 备份到这台电脑
  - ☐ 给 iPhone 备份加密 更改密码...

上次备份到 iCloud 的时间：未知

选项

- ☑ 连接此 iPhone 时打开 iTunes
- ☑ 通过 Wi-Fi 与此 iPhone 同步
- ☑ 仅同步选中的歌曲和视频
- ☐ 首选标准清晰度视频
- ☐ 将比特率更高的歌曲转换为 128 kbps AAC
- ☐ 手动管理音乐和视频

配置万能辅助...

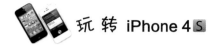

04 当满足无线同步的条件时，即电脑上打开 iTunes 时，iPhone 4S 插上电源，并接入 Wi-Fi 时，便可以与 iTunes 无线同步。

05 无线同步与数据线连接 iTunes 同步完全一样，唯一的区别是当无线同步时，不能通过 iTunes 来更新和恢复软件。当然也完全没这个必要。不过 iPhone 4S 同步不需要连接 USB 线缆已经相当的方便了。

注意

iOS 5 的 PC Free 彻底解放了数据线的功能，当我们都应用了以上功能时，数据线的唯一作用只有给 iPhone 4S 充电了。

第 20 章

iOS 系统备份与升级

20.1 升级 iPhone 固件

同我们的电脑一样，操作系统才是真正的灵魂。光有硬件，没有好的系统支持，硬件是不能发挥出它的功效的。而 iPhone 4S 的操作系统就是 iOS，可以说如果没有 iOS 的支持，iPhone 系列手机绝不可能取得如此大的成功。

1. 认识 iOS 操作系统

iOS 是由苹果公司开发的手持设备操作系统。苹果公司最早于 2007 年 1 月 9 日的 Macworld 大会上公布这个系统，最初是设计给 iPhone 使用的，后来陆续套用到 iPod touch、iPad 以及 Apple TV 等苹果产品上。iOS 与苹果的 Mac OS X 操作系统一样，它也是以 Darwin 为基础的，因此同样属于类 Unix 的商业操作系统。原本这个系统名为 iPhone OS，直到 2010 年 6 月 7 日 WWDC 大会上宣布改名为 iOS。

iOS 系统拥有非常简洁和酷炫的 UI 设计，拥有最广泛的扩展应用，已成为世界上最优秀的手持操作系统。

2. 升级 iPhone 固件

苹果每一次的 iOS 固件升级，都会带来新的功能并解决一些旧的 Bug，并且升级 iOS 固件完全免费，因此通常情况下应该第一时间将 iOS 升级到最高版本。

iTunes 是升级 iPhone 固件的唯一程序，安全且可靠。

20.2 备份与恢复 iPhone 4S

当 iPhone 4S 因为故障丢失数据时，当需要将 iPhone 4S 上的数据复制另一台设备（如 iTouch）上时，通过 iTunes 的备份与恢复，就更可以让这一切变得非常简单和容易。

首先，大家要明白的是 iTunes 对设备到底备份了什么？ iTunes 对 iPhone 备份中包含以下用户信息：

- ❑ 通讯录（联系人及分组信息）。
- ❑ 通话记录（已接来电、未接来电、已拨电话）。
- ❑ 短消息（接收、已发送）。
- ❑ 电子邮件（帐户配置信息）。
- ❑ Safari（收藏夹及设置）。
- ❑ 多媒体（MP3 音乐、MP4 视频、M4r 铃声、播放列表、iPA 应用程序在 PC 上目录位置信息）。

- 照片（拍摄存放在胶卷目录中的照片将完全备份，用户的图库只备份 PC 上的目录信息）。
- 网络配置信息（Wi-Fi、蜂窝数据网、VPN、DaiLi 服务等）。
- 其他配置信息（系统自带的功能选项部分的设置信息，如输入法和系统界面语言等设置信息）。

1. 手动备份

iTunes 的备份是差量备份并覆盖前一次的，经常同步 iTunes，可以起到让这个备份保持最新的效果。其实备份操作是非常简单的，下面我们就进行一次备份操作。

01 将 iPhone 4S 连接到电脑上，在 iTunes 左侧的设备栏找到 iPhone 4S，右键单击，在弹出的右键菜单中选择“备份”命令。

02 随后 iTunes 就开始执行备份操作。

03 当进度条完成以后备份就结束了。

注意

1. iTunes 备份无法备份应用程序本身，也就是说，当重装 iPhone 4S 时候并从备份恢复时，应用程序是不会自动出现的，必须通过再次同步安装。

2. iTunes 备份你是无法直接查看的，必须通过第三方工具。

3. iTunes 只能备份通过其本身对 iPhone 4S 进行操作的内容，如果你使用其他程序（如 91 助手）安装的程序，iTunes 是不会备份的。

4. iTunes 只会备份特定目录的内容，如果你使用其他工具在 iPhone 上创建的内容，是不会备份的。

5. 备份可以恢复到任何一个设备，如其他的 iPhone 4S。

iTunes 将备份文件存放在以下位置：

Windows XP：系统盘 :\Documents and Settings\（用户名）\Application Data\Apple Computer\ MobileSync\Backup\

Windows Vista/7：系统盘 :\Users\（用户名）\AppData\Roaming\Apple Computer\MobileSync\Backup\

如右图所示的文件夹就是设备的备份目录，接下来可以将这个目录复制一份或压缩成压缩文件，然后保存在别的驱动盘或其他储存设备中，以方便以后执行还原操作。

2. 还原 iPhone 4S

对 iPhone 4S 进行备份后，即使电脑系统和 iPhone 4S 系统同时崩溃也不用害怕丢失用户资料了。

下面就看看如何执行恢复操作。

01 在 iTunes 左侧的设备栏找到 iPhone 4S，右键单击，在弹出的右键菜单中选择“从备份恢复”命令。

02 随后会弹出“从备份中恢复”的对话框，这里可以从 iPhone 4S 名称后面的下拉菜单中选择恢复的文件，在单击“恢复”按钮。

03 接下来会出现正在从备份中恢复 iPhone 4S 对话框。

04 备份完成后出现右图所示的对话框，单击“确定”按钮或者等待 10 秒钟后，该对话框会自动消失，iPhone 4S 就会恢复到之前的备份状态了。

注意

在每次恢复固件之前，请先看一下 iTunes 上一次备份的时间，如果备份时间很早，请再同步一下 iTunes，让备份保持最新后再做恢复固件的操作。

3. 查看备份信息

那我们如何确认 iTunes 已对自己的 iPhone 进行过备份了呢？单击 iTunes 菜单栏上的“编辑”按钮，在下拉菜单中选择“偏好设置”，在弹出的对话框中选择“设备”选项卡，这里就可以看出 iTunes 在什么时候做过备份。

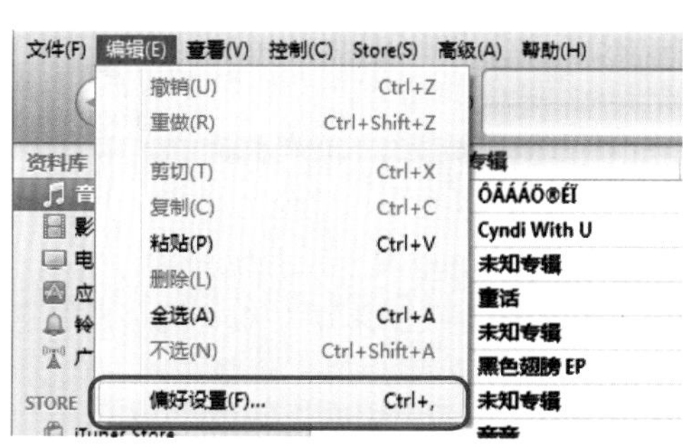

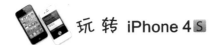

这里可以查看备份的日期，对于多余的备份还可以删除以节省空间。这些备份资料对用户来说，无疑是 iPhone 4S 的灵魂。可是，一些用户往往忽略了 iTunes 强大的备份功能，而去用第三方软件备份。非但效果会差很多，而且存在固件版本之间的兼容性问题。

4. 备份过程中可能存在的问题

某些情况下，iTunes 备份的时间可能会很长，因此，在备份过程中可以随时按下 X，取消备份。导致备份时间过长的原因可能是一些不兼容的第三方软件，删除这些软件即可。

iTunes 进行备份过程中出现"iTunes 无法备份 iPhone"，则可能是因为以下原因所导致：

- 如果硬盘分区还是 FAT32，则有可能出现这样的问题，因为 iTunes 备份目录下存在上万个长名文件，超出了 FAT32 的限制，建议使用 NTFS 格式。
- 可能是异常备份或者 iTunes 的其他故障引起的，删除之前的备份，重装 iTunes 一般能解决问题。
- 可能是备份文件夹损坏造成 iTunes 无法将文件写入，此时则需要使用磁盘修复工具。

20.3 iCloud

苹果公司在 iOS 5 和 iPhone 4S 里新加入了名为 iCloud 的云服务。

1. 什么是 iCloud

所谓的云服务，就是把本该在本机（无论是台式电脑，手提电脑还是手机，平板电脑）上存储的数据或者应用（应用程序，游戏等），放到云端（用服务器集群打造的超级电脑）上。

由于具体数据的运算和存储并不需要客户端参与，因此理论上客户端几乎不需要任何 CPU 运算能力和硬盘存储能力，这也是云服务的初衷。

数据放在云端服务器上运行和储存，客户端仅负责显示结果。这样才能彻底绕开移动智能终端的发展瓶颈，即性能、存储容量与机体大小、电池容量相矛盾的问题。

云服务受目前技术的限制，分为云计算和云存储。而 iCloud 属于云存储服务。

iCloud 是苹果操作系统 iOS 5 中的一项应用功能的名称，英文单词 Cloud 就是云的意思，它就是利用了目前大热的"云端技术"。开通这项功能的每位苹果用户都会免费在网上获得一个 5G

容量的储存空间，用户可以把苹果设备内的通讯录、邮件、日历、照片、应用程序等多项数据储存到该空间里，而且这一储存的过程是可以同步的。

2. iCloud 能做些什么

苹果的 iCloud 主要能提供以下功能：

- ❑ 在线邮件。
- ❑ 在线通讯录。
- ❑ 在线日历。
- ❑ 查找我的 iPhone（查找我的设备）。
- ❑ 在线 iWork（仅提供 iWork 套件的文档在线存储功能）。

这些功能可以通过 www.icloud.com 在线使用。

注意

在个人电脑上使用 iCloud，在浏览器中输入 www.icloud.com 网址即可。不过 iCloud 仅支持最新版本的 Safari、Firefox 或 IE 浏览器。

除此之外，iCloud 还能提供：

- ❑ 书签同步。
- ❑ 照片流。
- ❑ 提醒事项。
- ❑ 应用程序备份。

这些功能集成在了在 iOS 5.0 以上的 iOS 设备中，因此，在 iPhone 4S 才能体验到全部的 iCloud。

3. 在 PC 上使用 iCloud

若要在个人电脑上使用 iCloud，首先需要下载 Windows 版 iCloud。下载地址：http://support.apple.com/kb/DL1455。

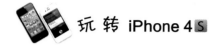

下载安装好 iCloud 后，在电脑任务栏里会出现 iCloud 图标，点击打开“iCloud 控制面板”，就会弹出登录窗，填写好你的 iCloud 帐号，即 Apple ID，即可登录。

登录后，进入 iCloud 详细设置面板，苹果的简洁再一次发挥了作用，用户在这里仅能做的，就是选择开启还是关闭其中的各项功能，而无法对其做更具体的设置。

在 iCloud 底部，还有一个存储空间管理的设定与已占用容量的显示条，对于普通 iCloud 用家来说（免费版 iCloud），苹果无偿提供 5GB 的免费空间。对于仅仅是收发些邮件和同步日程表的用户来说，5GB 空间绰绰有余。

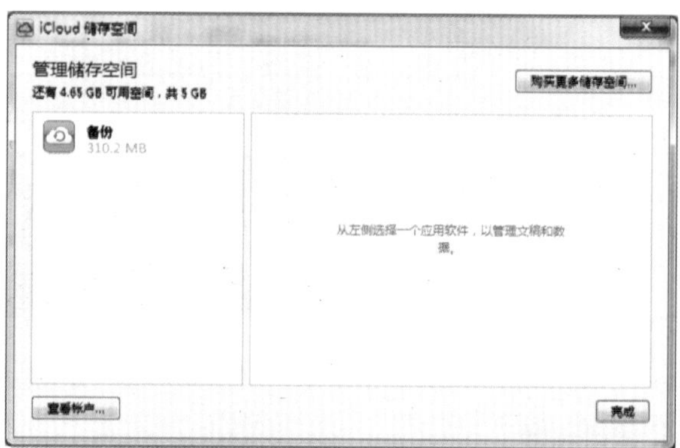

如果需要更多的空间，也可以在苹果那里购买，10GB 的空间的费用是 128 元 / 年，20GB 是 256 元 / 年，50GB 是 640 元 / 年。

注意

由于 Windows 版本的 iCloud 缺少一些必要的组件，因此功能没有苹果 MAC 机上那么全，并且通信录，日历功能都需要系统安装了 Outlook 2007 以上版本方可使用。

4. 在 iPhone 4S 上使用 iCloud

苹果公司在 iPhone 4S 上原生集成 iCloud 服务，而 iOS 4 版本则不提供支持，所以为了使用 iCloud，你首先必须把自己的设备升级到 iOS5 系统，iPhone 4S 手机直接就能使用 iCloud。

当 iPhone 4S 第一次开机进入激活向导时，其中有一步就会提示你是否使用 iCloud。iCloud 帐户使用的是 Apple ID。

如果在第一次开机激活的过程中选择了不使用 iCloud，也可以在手机的设置里随时开启 iCloud。

5. 申请 iCloud 帐户

进入 iPhone 4S 的设置，找到并进入 iCloud 选项，这里可以选择已有 Apple ID 帐号，也可以新申请一个由苹果提供免费的 @me.com 的信箱来使用 iCloud 服务。

01 点击“免费获取 Apple ID”，进入申请流程。首先选择 Apple ID 的区域及申请人的出生日期。

02 选择一个邮件地址作为 Apple ID，如果需要获得一个以 @me.com 的电邮地址，请选择“获取免费 @me.com 电邮地址”，然后阅读并同意 iCloud 服务条款。

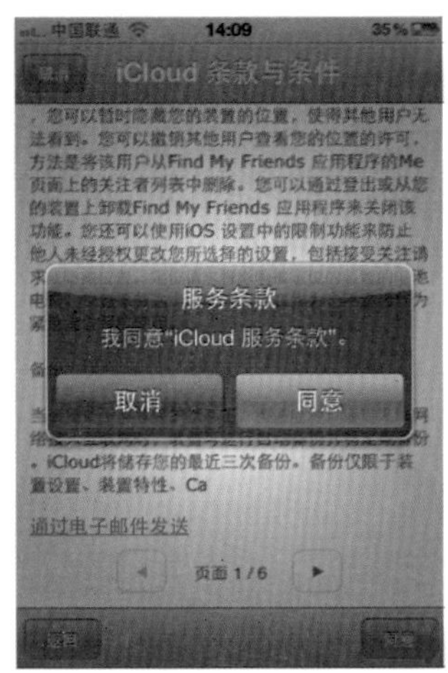

当你将新注册的邮箱与 iCloud 帐户关联后，即开启了 iPhone 4S 上的 iCloud 服务。iPhone 4S 上的 iCloud 由以下几项组成。

- ❑ 邮件：苹果的 push 邮件客户端，与 iPhone 4S 的邮件关联。
- ❑ 通讯录：基于远端苹果 iCloud 服务器上的通信录，与 iPhone 4S 的通讯录关联。
- ❑ 日历：基于远端苹果 iCloud 服务器上的日历行程安排，与 iPhone 4S 的日历关联。
- ❑ 提醒事项：基于远端苹果 iCloud 服务器的提醒事项记录，与 iPhone 4S 的提醒事项关联。
- ❑ 书签：基于远端苹果 iCloud 服务器的书签同步，与 iPhone 4S 的 Safari 收藏夹自动同步。
- ❑ 备忘录：基于远端苹果 iCloud 服务器，与 iPhone 4S 的备忘录关联。
- ❑ 照片流：基于远端苹果 iCloud 服务器，在 Wi-Fi 环境下拍摄的照片，将自动上传图片文件。
- ❑ 文稿与数据：基于远端苹果 iCloud 服务器，需由 iWorks 套件调用。
- ❑ 查找我的 iPhone：基于苹果 GPS 定位服务，由 Find My iPhone 程序调用。

iCloud 可以存放邮件、通讯录、日历、提醒事项、书签、备忘录的同步，并将其推送到你所有的设备上。例如你在 iPhone 4S 上建立了一个日程表，iCloud 将把这个日程推送到所有与你相关的 iCloud 帐户，无论是 MAC，还是个人电脑。如果你收到了一封邮件，iCloud 也会将其推送到所有相关连的 iCloud 帐户。

如果你出门在外，即使没有携带任何 iOS 设备，也可以通过任意一台电脑来访问 www.icloud.com，从而查看你的文档，工作不会受到丝毫影响。

6. 照片流

当开启了 iPhone 4S 上的照片流以后，你通过 iPhone 4S 拍摄的照片，会自动呈现在与你 iCloud 帐户关联的所有设备上，无需同步、无需发送，你的照片就处处闪现，随时随地任你欣赏。

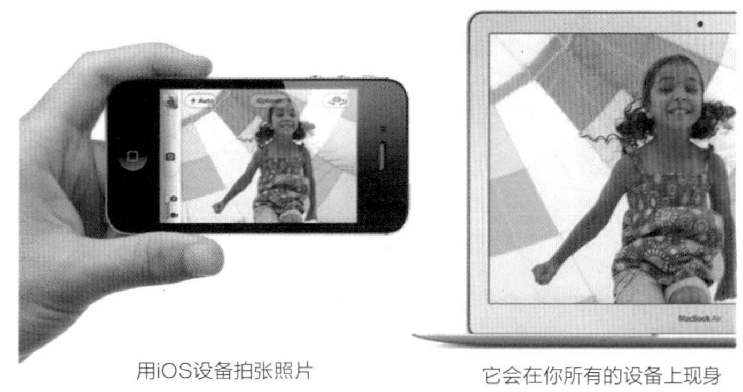

用iOS设备拍张照片　　它会在你所有的设备上现身

你的 iOS 设备能容纳 1000 张照片的照片流，最近拍摄的 1000 张照片均可依次出现在你的 iPhone 4S 上，而你的电脑会自动保存所有来自照片流的作品。

7. 查找我的 iPhone

在 iCloud 中，还加入了查找我的 iPhone 功能，这样当你的手机遗失后，可以迅速定位到你的手机，另外还可以远程锁定你的设备或清除其中的数据，完全保证数据不被泄漏。

使用这项功能需要在 iCloud 中开启“查找我的 iPhone”，若是在电脑上查找我的 iPhone 4S，只需要进入 www.icloud.com，选择“查找我的 iPhone”，即可对开启该功能的设备进行定位。

如果要在其他 iOS 设备上查找我的 iPhone，则需要先安装“查找

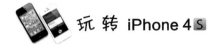

iPhone”这个软件。使用这个软件，需要先填入与iCloud帐号关联的Apple ID，进入后就可以迅速定位到设备的具体位置。

如果需要锁定设备或擦除设备的数据，只需要点击设备上的蓝色箭头，然后选择“远程锁定”或“远程擦除”即可。

8. 存储与备份

iPhone 4S 上的 iCloud 服务还有一个重要的功能“存储与备份”。iCloud 可以确保你所有的设备上都拥有相同的信息、设置、应用软件和电子书。并且可以为所有的这些信息提供备份，这样即使发生意外，如设备损坏或丢失，所有的数据都可以轻松的找回来。

当你打开 iCloud 云备份后，你的 iPhone 4S 会在连上 Wi-Fi 插着电源且锁定的时候，自动在后台上传你短信、通话记录、应用程序、手机设置等所有信息。这一切都不需要亲力亲为。当你晚上睡觉时，并用充电器对 iPhone 4S 充电，只要在有无线网络的覆盖下，iCloud 就会自动备份，快速切高效，让你在毫不知情的情况下就备份了所有的内容。

当你设置一部全新的 iPhone 4S，或者在原设备上恢复资料时，iCloud 云备份都可以担当这一重任。只要将 iPhone 4S 连到网络，再输入 iCloud 的帐号密码，你所有的个人数据和信息都将出现在你的设备上。

注意

开启 iCloud 云备份以后，会提示当 iPhone 4S 连接到 iTunes 同步时将不再自动备份到你的电脑。不过 iCloud 云备份无论是备份的内容还是安全性，都比 iTunes 的备份强大许多了。

9. 从云备份中恢复

当你更换了设备以后，从云备份中恢复是非常简单的事情。

验证你的 Apple ID，接受 Apple 条款和条件。

选择 iCloud 上的一款备份，再单击“恢复”即可开始恢复。这一切，都是从 Apple 的云端进行恢复的。随后，你的设备就可以恢复到和备份前一模一样的状态。

第 21 章

iPhone 4S 越狱完全攻略

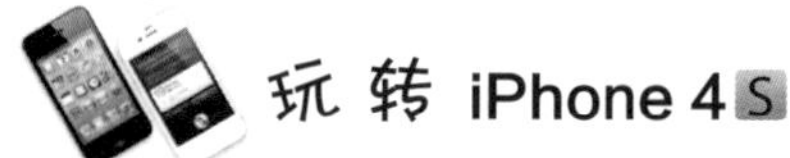

iPhone 4S 手机的 iOS 系统与其他手机系统（如 Symbian，Android 等）最大的区别在于 iOS 用户权限极低，它不能像其他智能手机一样随意安装软件和更改系统。因此，在 iOS 设备上，只允许使用经过苹果验证（Apple Store 中购买或下载）的应用程序。

21.1 越狱的基础知识

1. 什么是越狱

所谓越狱，就是通过破解团队制作、发布的越狱工具，利用系统漏洞将 iOS 设备里的操作权限做出更改。开放用户的操作权限，使 iPhone 4S 的文件系统才处于可读写（RW）状态，用户可以随意擦写任何区域的运行状态。

那么说到底，越狱之后到底能干什么呢？越狱之后可以安装和运行未经过官方认证的第三方程序、插件，以及一些系统级别的软件，例如第三方输入法软件。另外，你还可以完全控制你的 iPhone 4S，修改系统的大部分元素和设置。

2. 越狱的优缺点

越狱的本质是打开的系统的权限，那么越狱后的机器比较越狱前各有什么优点和缺点呢？我们以下面的表格来描述。

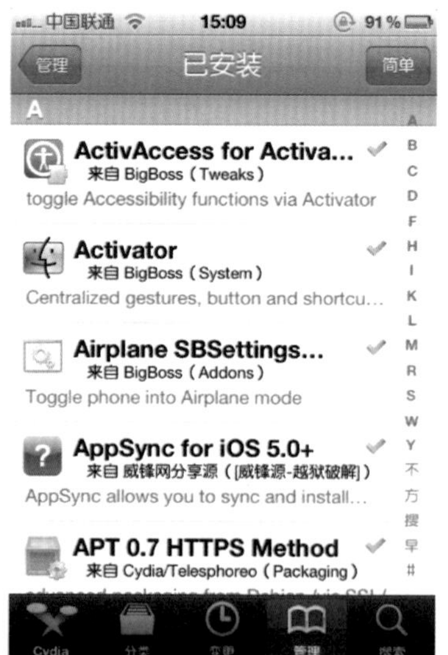

越狱前的 iPhone 4S

功　能	说　　明	备　　注
耗电量	省电	比越狱后的机器较省电
稳定性	相对稳定	不能修改系统，系统相对稳定
兼容性	App Store 中的软件兼容性好	所有程序都通过了苹果的认证
系统权限	极低	不能删掉系统的程序，不能对系统文件和设置进行修改，不能给程序加密
安装软件	只能安装 App Store 中的软件	不能安装任意的第三方软件，购买官方软件的成本高
系统软件	不能安装任意系统级别软件	第三方输入法、短信回执、来电归属地、Flash 插件等系统级别软件均无法安装
个性化	无法更换主题、图标、短信铃声等个性化程序	无法对系统做出任何修改
手机管理	无法下载文件，无法对手机文件进行管理	无法对系统做出任何修改

越狱后的 iPhone 4S

功　能	说　　明	备　　注
耗电量	某些越狱软件会常驻系统进程，可能提高手机耗电量	视安装的软件不同，耗电量略微提高 10% 左右
稳定性	可能造成系统不稳定，随着系统权限的提高，系统崩溃的危险也会增大	开放了修改系统的权限，但不能保证永远正确的修改
兼容性	个别软件兼容性稍差	个别没有通过认证的第三方软件存在兼容性问题
安装软件	既能安装 App Store 中的软件，又能安装破解软件	软件选择广，软件花费低
系统软件	可以安装高系统权限的软件	第三方输入法、蓝牙发送文件、短信回执、来电归属地、去电接听震动、文件管理、浏览器下载插件、Flash 插件、内容管理等软件
个性化	可以更换主题、图标、短信铃声等等，打造个性的手机	可以修改系统设置
手机管理	可以借助第三方管理软件灵活管理系统和文件，甚至可以将 iPhone 4S 变成移动硬盘	可以修改系统设置

通过以上的对比，相信大家对越狱也有了更清楚的认识，越狱后的机器由于开放了更高的权限，可以安装的软件更多了，对系统设置的修改更大了。但系统的稳定性可能会受到一定的影响。

提示

只要注意系统级别的软件宁缺毋滥，在不了解用途的情况下不要乱安装，越狱后的 iPhone 4S 是基本上不会出现问题。

随着 2010 年 7 月 26 日，美国版权法做出修改，iPhone 手机用户进行“越狱（jailbreak）”破解，下载未经苹果批准的软件行为，将被视为合法。同样被认为合法的还包括，用户通过“解锁（unlock）”更换运营商的行为。

越狱不会改变手机的任何硬件，从这个角度来讲越狱并没有风险。越狱前可以运行的程序，越狱后一样可以运行。越狱只是增强了功能。越狱没有风险也不会影响保修。你随时可以用 iTunes 将手机恢复到出厂状态。越狱完全合法，在任何国家都是如此。

21.2 2 步完美越狱 iPhone 4S

所谓越狱就是通过越狱工具开启手机权限的过程。常见的越狱工具有 RedSn0w（红雪）、limera1n（绿雨）、Greenpois0n（绿毒）。不过对于 A5 处理器的设备 iPhone 4S 来说，只有 Absinthe 工具才能完美越狱，并且操作十分简单。

第 1 步：准备工作

- 下载完美越狱工具 Absinthe-0.3 版（Win 版）。
- 下载安装最新版本的 iTunes（10.5 及以上）。
- 将 iPhone 4S 升级到 iOS 5.0.1 固件。
- 用 iTunes 备份好数据，防止重要资料的丢失。
- 关闭防病毒软件，以防越狱工具出现莫名其妙的错误。
- 用台式机的用户尽量将 USB 线缆插在机箱后面的 USB 接口上。
- 保证 iPhone 4S 有充足的电量。

第 2 步：开始越狱

01 将 Absinthe 解压到任意目录，关闭 iTunes 程序，运行 Absinthe。

02 确保 iPhone 4S 已经连接到电脑，然后点击“Jailbreak”按钮开始执行越狱程序。

注意

iPhone 4S 必须开机并连接电脑，如果不开机的话，“Jailbreak”按钮是灰色的。

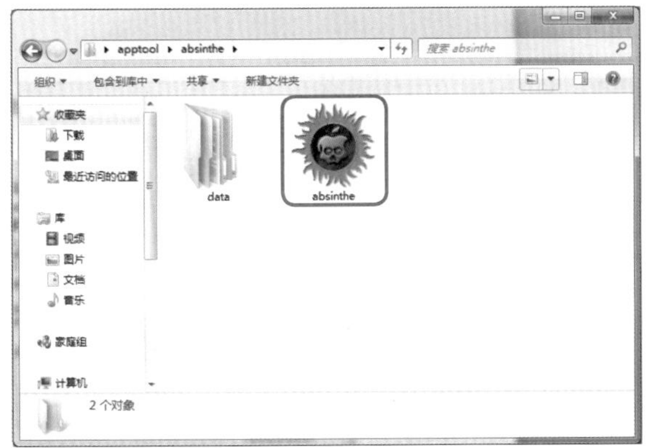

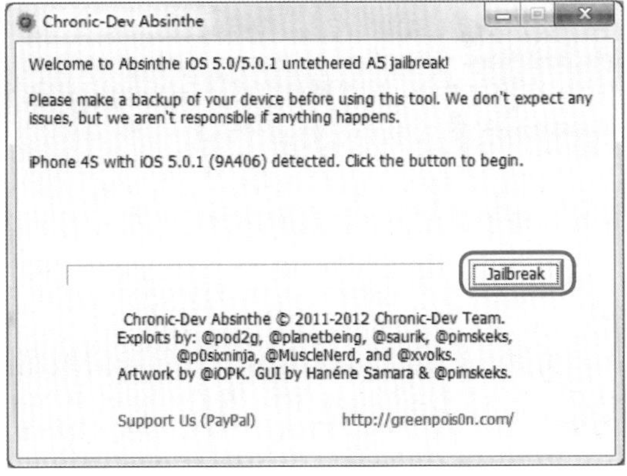

03 Absinthe 程序将自动完成数据写入、重启、引导越狱等步骤，需要几分钟的时间，耐心等待进度条完成。

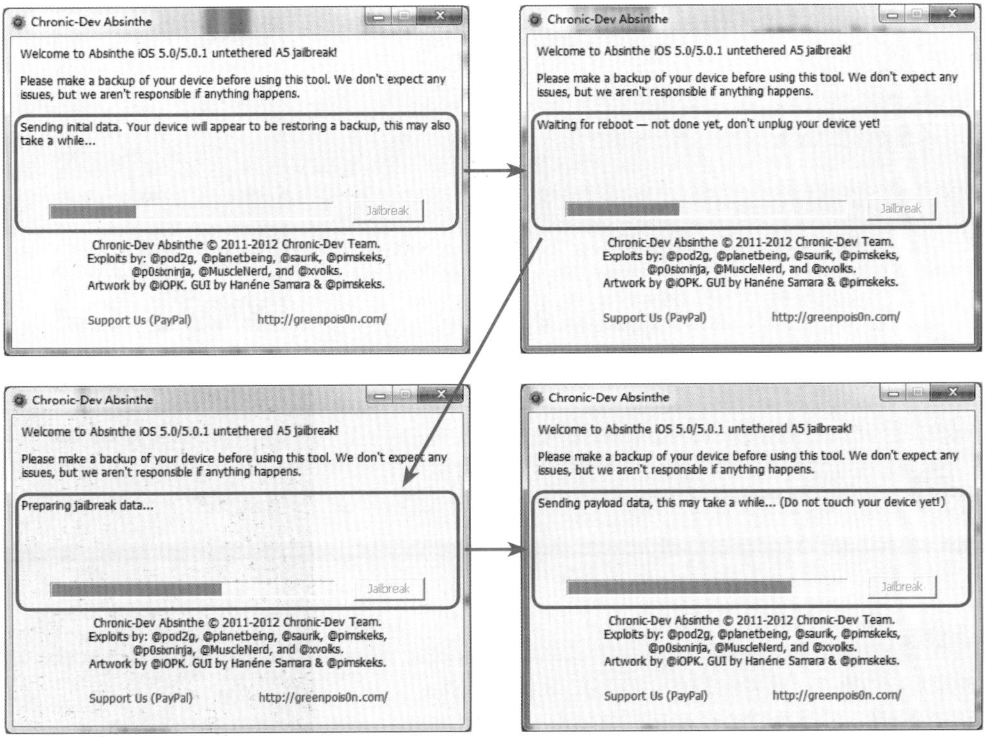

注意

在 Absinthe 的越狱过程中，iPhone 4S 会自动重启，在刷新数据的过程中，请不要拔掉线，更不要在 iPhone 4S 上执行任何操作。

04 当进度条走完后，电脑端的工作就完成了。

此时滑动解锁 iPhone 4S，桌面上会出现绿毒图标，现在可以有两种方法来进行越狱的最后步骤。

方法一：点击绿毒图标，不用任何操作，几秒后设备会自动重启，重启以后桌面的图标会变为 Cydia，越狱完成。

方法二：可以进入手机的设置，这里会出现 VPN 选项，打开 VPN 后越狱程序会自动设置 VPN，稍后系统会提示 VPN 配置错误，几秒钟后 iOS 设备会自动重启，重启以后桌面的图标会变为 Cydia，越狱完成。

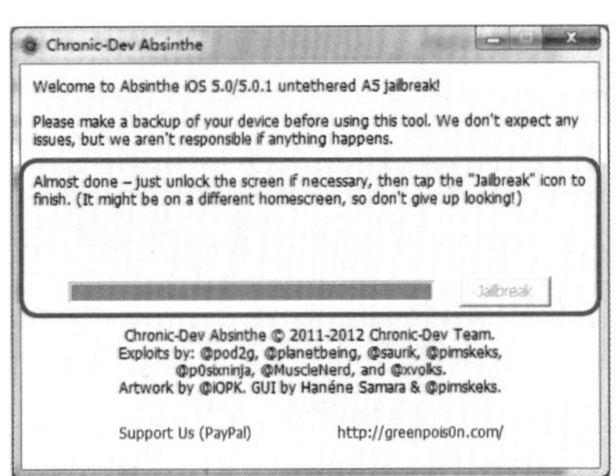

注意

有少部分用户在越狱的过程中，iPhone 4S 会卡在右图这个界面无法跳过去，此时正确的操作方法是拔掉数据线，下载 Absinthe-0.3 版重新进行越狱。

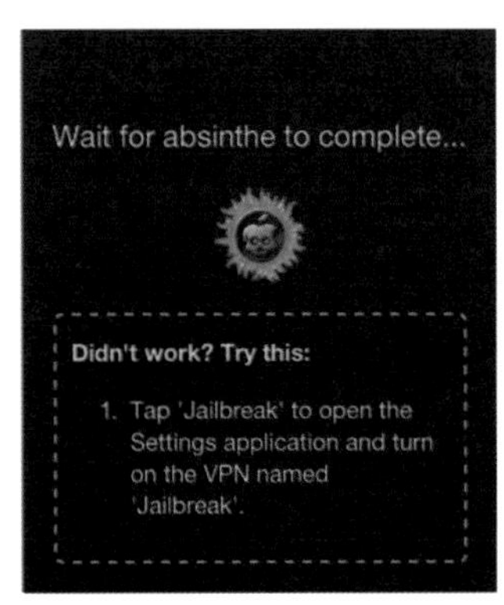

当桌面上出现 Cydia 图标时，越狱就全部完成了。

提示

越狱后，如果需要安装破解的 iPa 软件，还需在 Cydia 中安装 iPa 补丁，具体方法参照下一节的内容。

21.3 Cydia

越狱成功的一个重要标志就是安装了 Cydia，那么 Cydia 到底是什么呢？为什么桌面出现这个图标就代表成功越狱了呢？

1. 认识 Cydia

Cydia 是一个类似苹果在线软件商店 App Store 的软件平台的客户端，Cydia 的原意为 Cydia pomonella 的苹果小卷蛾（Codling Moth），这是一种吃苹果的虫子。只有在越狱后的设备上才能安装该软件，因此 Cydia 是设备越狱成功的一个标志。后来的越狱工具中都集成了 Cydia，在越狱的同时，也自动将 Cydia 安装到了 iPhone 4S 上。

Cydia 中集合 iOS 设备的第三方软件和补丁，通过它可以安装系统级别的软件，还可以安装未经过苹果认证的破解软件。

Cydia 是一个共享软件平台，当然都是跟苹果对立的。Cydia 最重要的功能就是可以针对 iPhone 4S 下载第三方软件，这些基本都是自制软件，在 App Store 是找不到，也不允许销售的。也正是这些软件才能最大限度的发挥 iPhone 4S 的功能。

2. 进入 Cydia

首次进入 Cydia 时，会提示准备文件系统，当准备文件系统完成后，Cydia 会自动退出。我们的 Cydia 旅程就开始啦。

再次进入 Cydia 时会提示选择一个身份，Cydia 中的软件并不是为所有用户而设计，因此明确自己的身份可以帮助 Cydia 过滤掉一些软件包。作为普通用户来说选择“用户”就可以了，然后点击完成进入 Cydia 主界面。

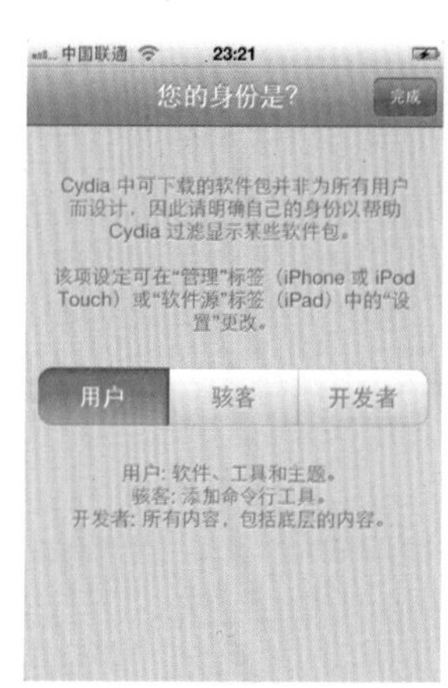

当第一眼看到 Cydia 时，会觉得它与 App Store 非常的相似。在 Cydia 界面顶部中有关于和重新加载。Cydia 的底部则像 App Store 分为了 5 类。

- ❑ Cydia：相当于回到 Cydia 首页。
- ❑ 分类：类似 App Store 的类别，可以进入软件分类页，来查找第三方软件。
- ❑ 变更：类似 App Store 的更新，如果你已安装过的软件出现更新，变更下将会出现该软件的更新信息。

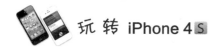

- 管理：这里可以查看安装的软件以及添加源。
- 搜索：提供了软件的搜索功能。

进入分类界面后，会看到所有软件栏目页面，每个栏目下包含着一定数量的第三方软件。例如，Keyboards 为键盘类资源，Message 为通信软件等。

“变更”页面包括现有软件包的升级更新和新推出的软件包。在本页面会根据更新时间归类软件包。当没有要更新的软件包时，只有左上方有一个刷新图标，右上方没有按钮。通常 Cydia 会在每次启动时自动更新软件包列表，但如果此操作被人为中断，用户需要手动更新软件包列表时，可于此页面点击左上方的更新 (2)按钮执行手动更新操作。

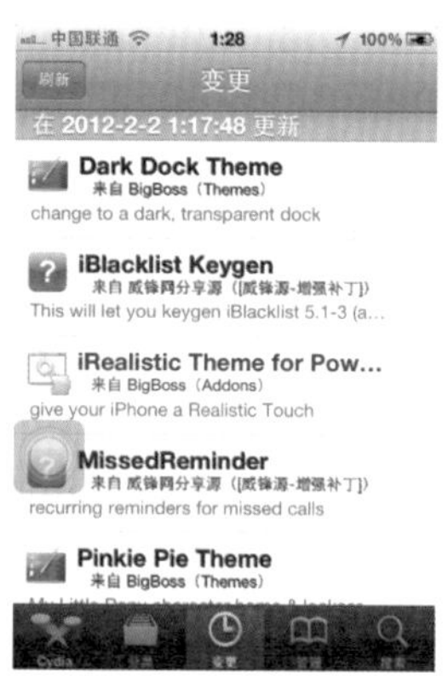

管理类别下则包含了软件包、软件源和存储详情三类。软件包是查看或管理已安装的软件、软件源则是列出现有软件源或添加软件源。

搜索界面与其他搜索界面类似，这里可以迅速寻找需要安装的软件。

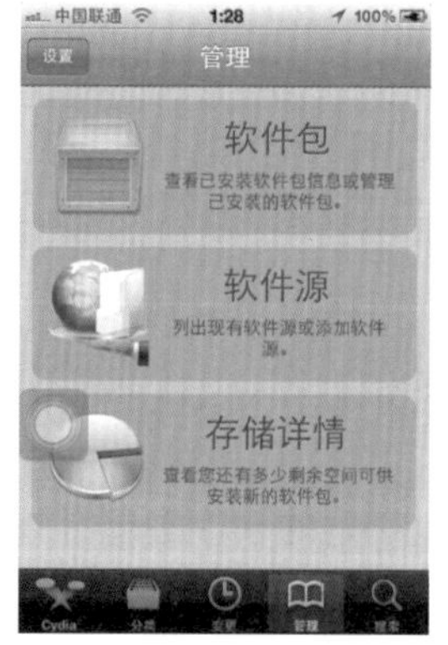

3. 源的添加与管理

软件源，简称为源，是基于 APT 的软件包安装来源，由服务器提供 Debian 格式的安装包（后缀为 deb）及列表。你可以简单将它理解为一个软件管理器，可以同过网络直接下载并安装各类的应用程序。

在 Cydia 中，已经存在 5 个默认源。Cydia 自带的几个源通常已经足够满足绝大多数用户的需求，但由于版权法规限制和地区限制，这 5 个源均没有一些系统类补丁，在本地化方面做的也不是很好。有些第三方源能提供更多资源供下载安装，因此以下就是讲解如何添加第三方源。

01 点击屏幕右上方的编辑按钮，进入到编辑模式。

02 点击屏幕左上方的添加按钮，会出现添加源的文字输入对话框。这里输入需要添加的源地址。

注意

国内常见的中文源有：苹果核软件源（http://apt.app111.com/）、第一中文源（http://apt.178.com）、威锋网分享源（http://apt.weiphone.com）等。

03 输入待添加的源的地址以后，点击“添加源”按钮让 Cydia 处理添加源的操作。如不想添加，可点“取消”按钮退出添加源界面。

04 当出现如图所示的警告时，表示尝试添加的源包含非法资源或含有安全隐患，除非你知道风险，否则不要继续添加！

注意

在更新源列表之前，Cydia 会联网检查地址是否存在，并会检查添加的源是否有违规内容或安全隐患。

05 若通过验证，Cydia 会进行更新源列表的操作。当刷新完时，点击“回到 Cydia”按钮回到源管理页面。

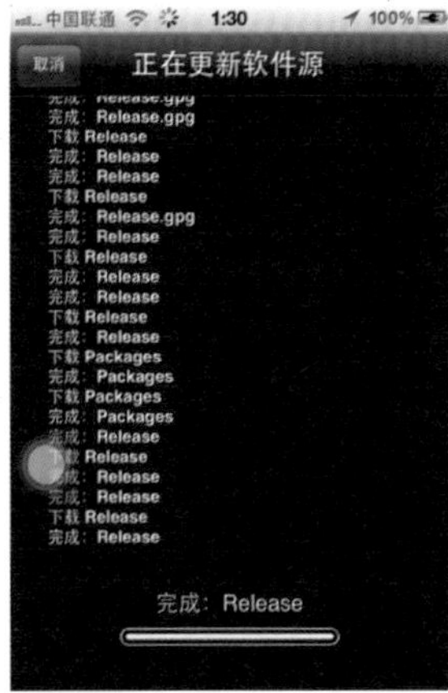

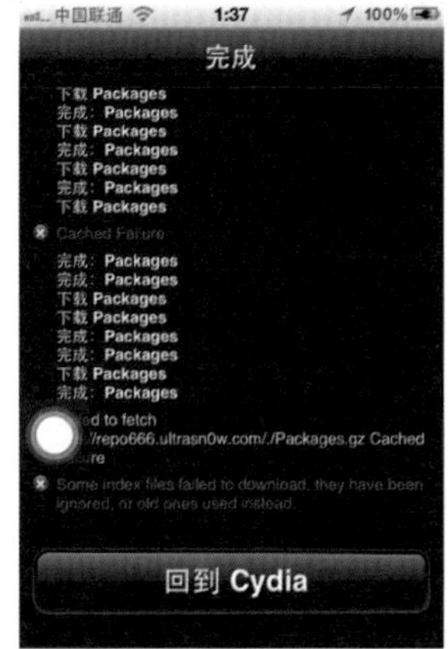

若需删除某个源，在要删除的源上向左或向右滑动手指，右侧会出现删除按钮。当然也可以也可以点击屏幕右上方的编辑按钮进入编辑模式，同样会出现删除按钮。点击删除按钮即可删除源。Cydia 会自动重新刷新列表。当刷新操作完成后，回到源列表界面会发现源已经不在列表之中了。

4. 安装软件

当添加了源以后，接下来就是通过 Cydia 安装软件了。Cydia 里软件类别很多：第三方输入法、蓝牙发送文件、短信回执、来电归属地、去电接听震动、文件管理、浏览器下载插件、Flash 插件、内容管理等软件都可以在 Cydia 中找到。不过越狱后首先需要安装的第一个软件就是 AppSync for iOS5+。

提示

AppSync for iOS（版本号）是 iPa 补丁，这是在越狱之后，通过同步 iTunes 安装破解过的后缀名格式为 .iPa 软件所用到的补丁。也就是说，如果不安装这个补丁，就无法安装所有后缀名格式为 .iPa 破解软件。iPhone 4S 依然只能安装从 App Store 下载的软件，那越狱就变得毫无价值了。所以这是越狱之后必装的一个补丁！

安装 AppSync for iOS5+ 的方法非常简单，当你添加了威锋网分享源（http://apt.weiphone.com）或第一中文源（http://apt.178.com）后，就可以搜索到这个补丁。

01 进入 Cydia 的搜索项，在搜索框中输入 AppSync for iOS5+。

02 在搜索列表中找到 AppSync for iOS5+ 并点击进入。然后按下右上角的“安装”。

03 接下来进入队列确认画面，按下确认继续。

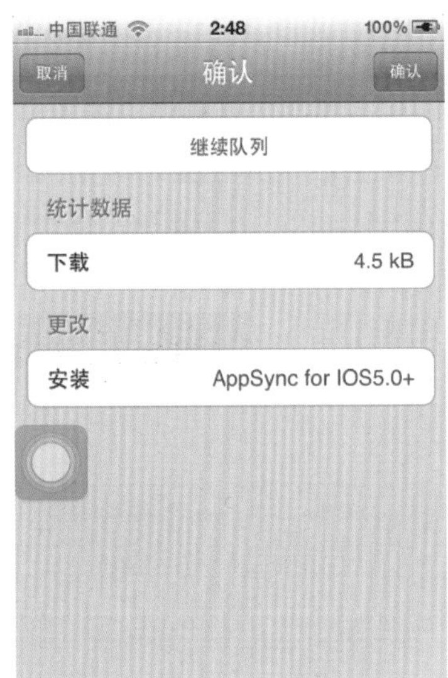

04 在队列确认页面确认后，Cydia 就开始实际的安装、卸载或重新安装操作。可以看到 Cydia 有下载、解包或执行脚本等操作。

05 当重新加载数据完毕之后，根据软件包脚本设定，提示重启 SpringBoard，即重新加载主屏幕（Respring），以使设置或工具生效。

重新加载主屏幕以后，AppSync for iOS5+ 就安装完成了。根据同样的方法，可以安装更多适合自己需要的软件。

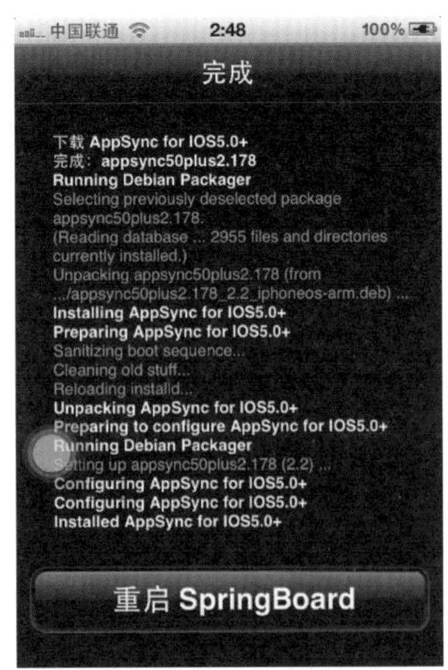

5. 软件的卸载与变更

卸载在 App Store 中下载的软件非常简单，只需长按软件图标，再按下需要删除的软件图标上的小 X，即可完成卸载。那么如何卸载 Cydia 里的软件呢？接下来就看看如何在 Cydia 中删除和重新安装软件。

01 进入 Cydia 后，依次进入“管理”→“软件包”，这里以列举了所有通过 Cydia 安装的软件。

02 找到需要卸载的软件，点击进入，在软件详情的右上角有一个更改选项。

03 点击“更改”后会弹出“重新安装”和“卸载”选项。这里可以根据实际需要进行选择。

04 选择卸载，轻按“卸载”后进入确认界面。点击“确认”继续。

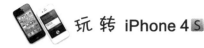

05 卸载程序便开始运行，当出现“回到 Cydia”按钮时，该软件就成功卸载了。

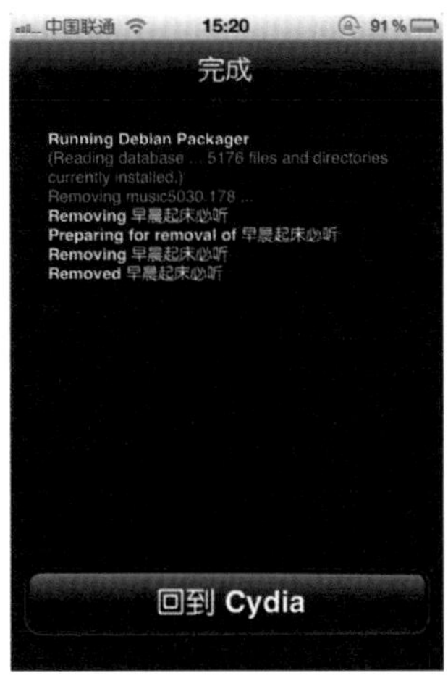

21.4 iFunbox

越狱后乐趣是可以安装很多破解软件。iFunBox 则是一款优秀的通过电脑管理 iPhone 4S 文件的软件。其强大的功能足以取代 iTunes。借助这款软件我们可以实现非常多的功能，下面介绍了几项基本功能：U 盘，照片，铃声，壁纸和软件安装。

01 在电脑上安装 iFunbox 后将 iPhone 4S 连接到电脑上。iFunbox 左侧树状菜单中很快会出现 iPhone 4S 的信息。

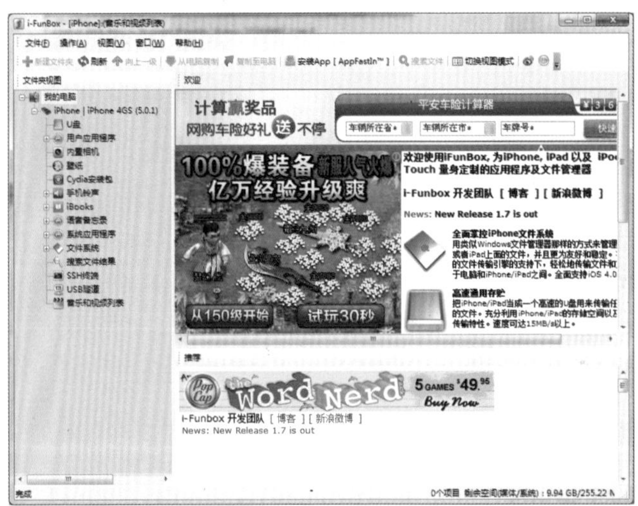

02 在目录中选择 U 盘，现在可以将任意类型文件存储在 iPhone 4S 中了，只需要简单的拖拽操作即可。

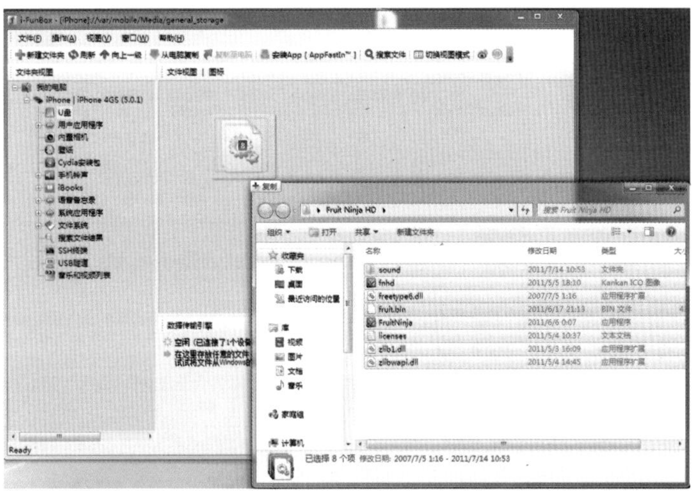

03 内置相机功能可以读取手机拍摄的照片和截图。直接拖拽即可拷贝到电脑上，当然也可以将电脑里的图片拷贝到 iPhone 4S 里。

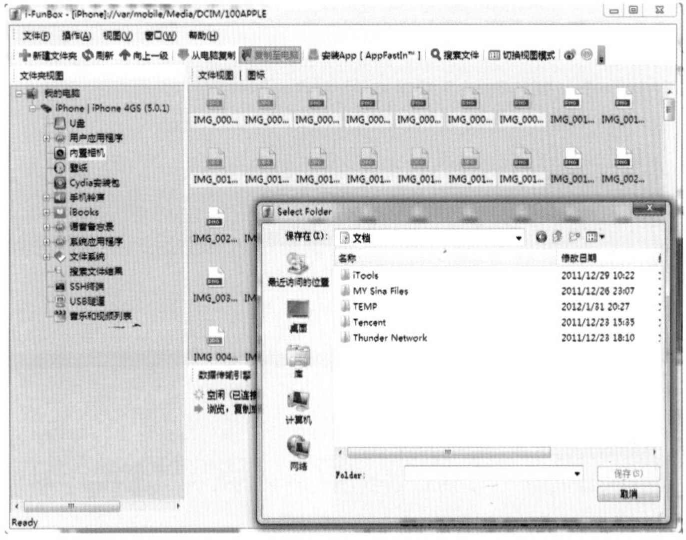

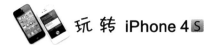

04 壁纸功能比较有用，如果只想更换一张自己感觉漂亮的壁纸，就直接将图片放在右边的壁纸区内，软件会自动为你转换成 iPhone 4S 可以使用的分辨率。

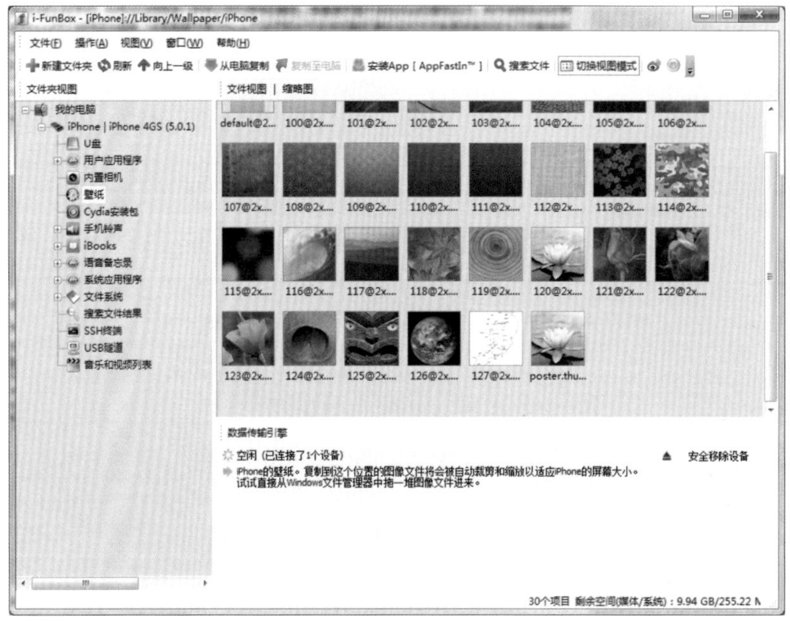

注意

iPhone 4S 不会识别中文名字的壁纸，最安全的方式就是将其改名为三位数字的编号。

05 iPhone 4S 的铃声是比较纠结的地方之一，你不能随意将 MP3 格式的歌曲设置为铃音。在 iFunbox 中，虽然你还是必须使用 iPhone 4S 默认的 m4r 文件作为铃声，但是你可以通过 iFunbox 将你转换好的歌曲直接拷贝至 iPhone 4S 中，再次打开更换铃声界面后，就可以看到自己制作的铃声了。

注意

通过 iTunes 同步铃声有 40 秒的限制，但 iFunbox 可以超越这个限制，只要将转换为 *.m4r 格式的文件拖进 iPhone 4S 即可。

06 主界面选择 user applications 进去可以看到所有安装的软件，很简单。将需要备份的软件直接拖入电脑就好了。

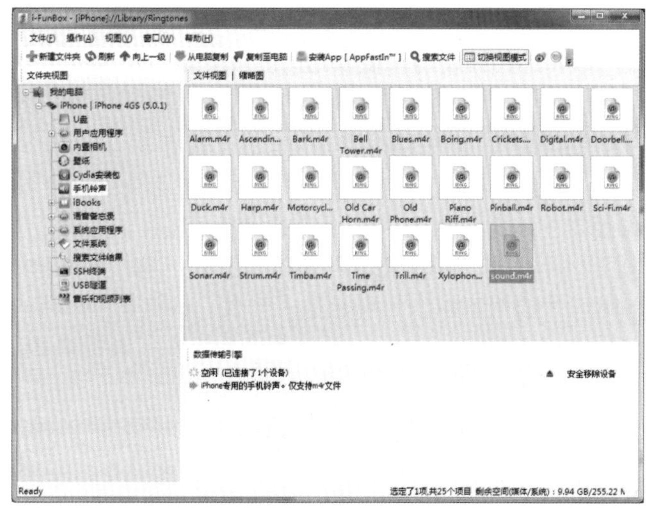

21.5 备份 SHSH

所谓 SHSH，是一个密钥文件，好似一把钥匙。当通过 iTunes 更新 iOS 固件时，iTunes 会根据设备的硬件号从苹果服务器找到对应的唯一 SHSH，“打开”更新固件的“锁”。即使是同一设备，不同 iOS 版本的 SHSH 也不一样。而苹果公司默认情况下是不允许设备降级，因此，备份 SHSH 的意义在于你可以将你的设备随时恢复到以前版本。

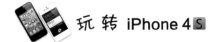

1. 为什么要备份 SHSH

备份 SHSH 的意义在于可以将 iOS 恢复到以前的版本，那么为什么要备份 SHSH，为什么需要将 iOS 恢复到以前的版本呢？这是因为 iOS 系统的越狱并不一直都是一帆风顺的，苹果每次升级 iOS 系统都会修复上一个版本的越狱漏洞，使越狱失效。每个新版本的 iOS 发布以后，破解小组都要花费一定的时间才能顺利越狱，可能是一个月，可能是三个月，甚至还可能等一年。由于苹果默认情况下不允许设备降级，因此一旦将手机升级到了新的系统，而新的越狱工具又没有发布，那么这部手机就再也不能越狱了。

备份了 SHSH 则可以让你第一时间体验到新的系统，也可以随时降级回去，享受精彩的越狱。

2. 查看与备份 SHSH

不管否备份过 SHSH，或者 Cydia 帮你备份过，或者你不确定是否备份过，我们都可以通过下面的方法来进行判断。

01 运行 iTools 软件，下载地址（http://itools.hk/tscms/），并选择 SHSH 管理。

02 单击 SHSH 管理中的“保存 SHSH”，iTools 会自动保存并获取固件列表。

03 下方的信息列表会提示当前 SHSH 的备份情况。每当更新一个新版本固件，对应老版本的 SHSH 就无法备份了，所以会提示：“失败，你的行动已经太晚”。

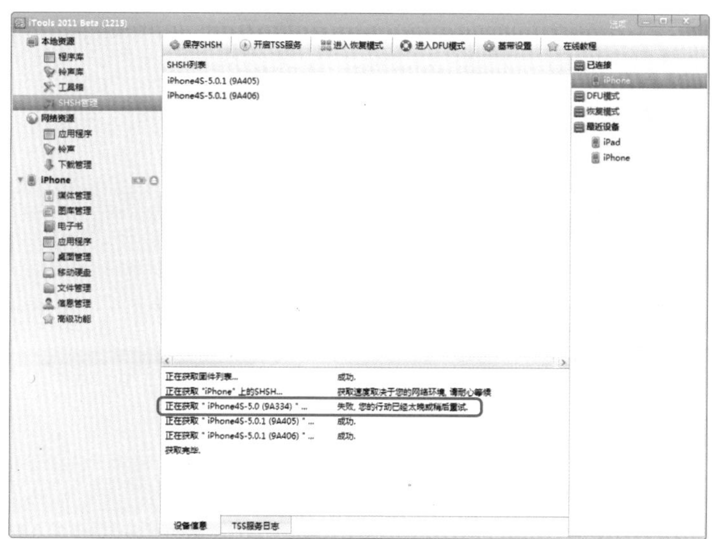

04 而在上方会列出所有成功备份的 SHSH 列表，如图所示的 iPhone 则可以随时降级到 iOS 5.0.1（9A405）、5.0.1（9A406），因此就可以放心的升级 iOS 5.1、5.2 了。即使新的系统不能越狱，也可以随时降级到 5.0.1。

SHSH列表
iPhone4S-5.0.1 (9A405)
iPhone4S-5.0.1 (9A406)

第 22 章

经典软件及游戏推荐

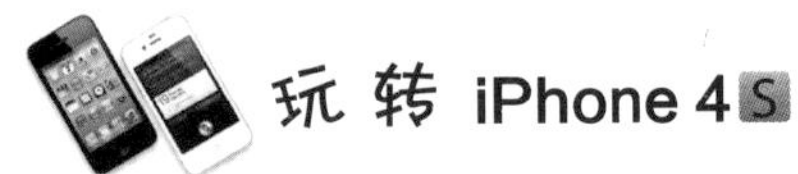

iPhone 4S 之所以如此受到大家的欢迎，这和 APP Store 里精彩的应用程序密切相关，接下来就为大家推荐一些 iPhone 4S 经典的软件和游戏，让大家更能体验到 iPhone 4S 的魅力。

22.1　经典软件应用

1. 星巴克中国 

这是星巴克在中国推出的一款 iPhone 4S 客户端 APP，下载该软件，随时畅享星巴克，开始体验掌中咖啡之旅，一定不要错过该软件吧！

星巴克中国 APP 将为你提供以下服务：

- ❑ GPS 自动定位，快速找到你身边的星巴克门店。
- ❑ 绑定星享俱乐部，随时查询星星和好礼。
- ❑ 记录咖啡心情，分享温馨时刻。
- ❑ 查询产品，发现你的至爱饮品美食。
- ❑ 同步社交网站，和亲友分享点滴乐趣。

2. 我查查－条码扫描比价 

这是一款国内最强大实时的条码扫描软件！是不是撞上“毒饮料”？如何辨别“山寨”茅台？用“我查查”一扫便知。

自动条码扫描功能完美支持自动对焦的 iPhone 4S 手机，以及定焦的 iPad2、iTouch4 和 iPhone3G。

通过“我查查”，照一照商品条码，哪家店有卖、售价多少、店家的电话地址、营业时间、网址等信息，马上会显示在你的手机上。

除此之外，无摄像头设备还支持手工输入条码，也可通过关键字输入品牌和型号，来查询数码家电等产品的价格与商家信息。

我查查收集了国内目前最齐全的线下线上超市百货信息，超过 300 万种商品，商家、价格等信息包括全国各大品牌超市、家电卖场和网络商家等。如欧尚、沃尔玛、家乐福、大润发、好又多、世纪联华、苏宁、永乐、当当、京东商城、网上 1 号店等。

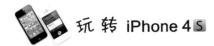

3. 团购大全－专业团购导航

团购大全客户端是团 800（www.tuan800.com）为手机用户推出的免费团购导航应用，每日为你精选上千家团购网站的最新团购信息，覆盖全国两百多个城市，为你带来方便快捷的手机团购体验。

团购大全主要有以下功能：

- ❑ 精选上千家团购网站团购信息，支持全国两百多个城市，一站看遍天下团购。
- ❑ 附近团购自动定位，帮你汇集身边团购信息，更有地图模式，商铺地址一目了然。
- ❑ 搜索功能升级，支持搜索任意地点周边的团购。
- ❑ 独家在线购买标记，方便找到支持手机立即购买的团购。
- ❑ 团友点评、网站评分、参团人数等信息供你参考，买团购拒绝忽悠！
- ❑ 支持使用团 800 帐号登录，轻松管理自己收藏和已买的团购。
- ❑ 支持无图模式，只看文字不下图，流量更少，响应加速。

4. 东方财富通－炒股必备 

东方财富通是 2011 年度最佳手机炒股软件，是一亿投资者的一致选择，并且还永久免费。东方财富通有以下特色：

- ❑ 永久免费、无需注册、体验流畅、用心服务。
- ❑ 最快的行情！ 最全面的资讯！ 中国最大的股票互动社区！
- ❑ 实时资金流向、24 小时滚动新闻、机构研究报告、中国最热股吧等数十项特色服务。
- ❑ 涵盖全球股市、期货、外汇、债券、商品、银行、保险等各个金融领域，拥有最专业的数据。
- ❑ 集行情、新闻、公告、研报、管理于一体，全方位展示自选股的最新动态，最强大的自选股中心。
- ❑ 先进的云计算技术，实时揭露主力资金动向，助你紧跟市场热点，锁定领涨强势股。

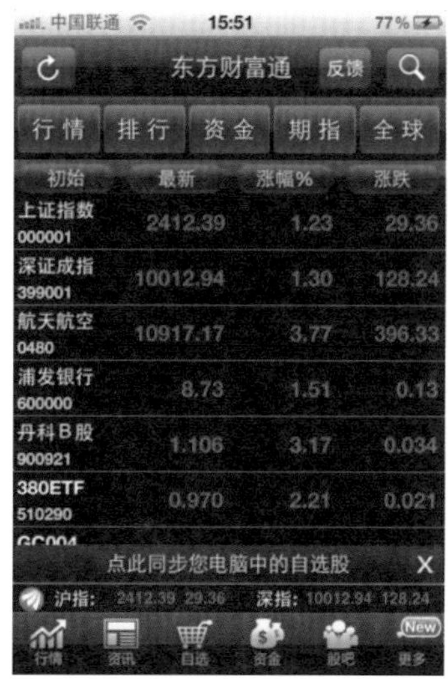

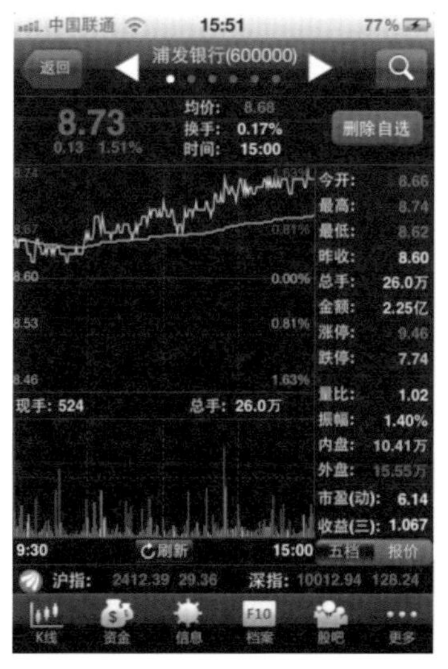

5. POCO 美人相机 

POCO.CN 是国内最大的原创图片社区。“POCO 美人相机”则是针对手机拍照用户群而推出的自恋级手机拍照工具。在它多种拍摄镜头、数样经典 PS 模板以及可自定义后期美化的模式下，让你的美貌更添靓丽姿色，还可通过一键多平台分享等超级功能，将你的图片轻松传播。是让所有美人宠爱自己，让男士取悦红颜的发烧级摄影软件。

POCO 美人相机有以下功能：

- 照片美化：美肌、美白、嫩肤、色调一步到位。只需一按，痘痘不见了，皱纹没有了，肌肤更加亮白细致有光泽。
- 多镜头拍照：内置了适合美女们喜欢的“镜头”（自拍、传统镜头、四格 LOMO、拼图），并具备单反相机单独对焦和测光的高级功能。
- 种拼图方式：手摇拼图、自由拼图，以及首创的“画中画拼图”，满足你对多图片处理的各类需求，让你的微博分享更有吸引力。
- 网络备份云相册：内置网络备份功能，可将图片直接导入 POCO 图片社区提供的免费网络云相册，空间大小不受限制，让更多的他或者她发现你、欣赏你，完美摄影创作。

6. 手机铃音（随意换） 

试想一下，当大家的 iPhone 4S 手机都只能设置那些单调的默认铃声时，你的 iPhone 4S 忽然响起一段超酷超炫的铃声，一股强烈的优越感是不是从你的脚后跟直升至脑门？

手机铃音（随意换）让你告别单调乏味的 iPhone 4S 自带铃声！告别繁琐难懂的同步方式！告别所有无趣、无聊、无力的铃声！

你将拥有一款炫机必备的铃声软件，手机铃音（随意换）有以下特点：

- ❑ 上千首炫彩铃声，每天换一个，3 年不重复！
- ❑ 数百首中文铃声，完全本地化，亲切又搞笑！
- ❑ 10 大分类，清晰明了，让你轻松找到心仪的铃声！
- ❑ 2 分钟的视频教程，简单易懂，一学就会！

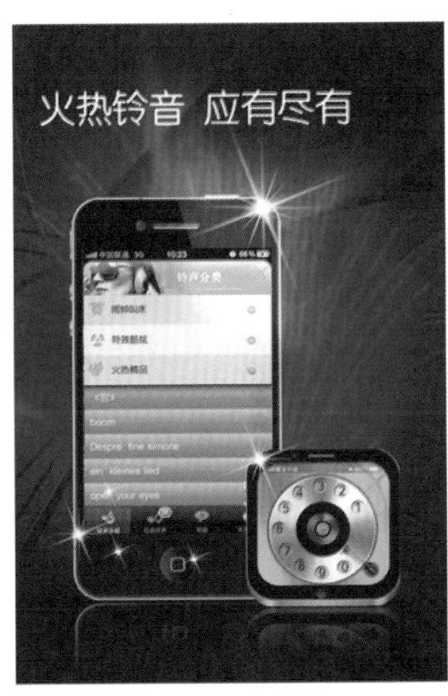

7. 凯立德移动导航系统 

凯立德移动导航系统 V8.0 声控版是凯立德为 iPhone 4S 用户量身定制的专业导航应用。

凯立德移动导航系统有以下特色：

- ❑ 革命性声控体验！ 你只需要像日常交流一样对导航系统说话，即可控制多项导航功能，让你在导航过程中彻底解放双手。
- ❑ 全程精准语音导航。
- ❑ 操作简单、易上手，三步即可完成导航设置。
- ❑ 全新交叉路口放大图，清晰呈现交叉路口的道路关系，复杂路口不再迷茫。
- ❑ 全景 3D 建筑，轻松纵览城市全局。
- ❑ 完全本地导航，无需联网费用。

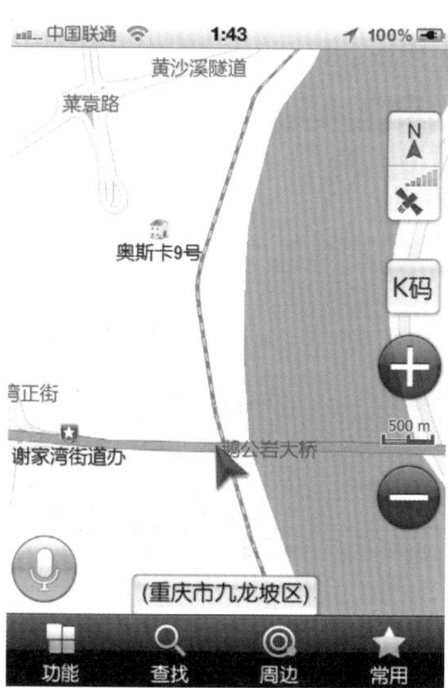

8. 经典随身魔术 

经典随身魔术是一款娱乐性非常强的应用，集合了100个最经典的趣味小魔术，帮助你随时随地开始一场魔术秀，不需要特殊的道具，特殊的场地，高清图解步步指导，更有背后神秘的揭秘图解，让你充分领会魔术魅力，此应用特别适合以下场合：

- ❑ 朋友聚会，活跃氛围，让你成为朋友圈子中的娱乐达人。
- ❑ 异性约会，在不知不觉中变出一朵玫瑰花，或是戒指，制造意外的惊喜。
- ❑ 家庭表演，生活太平淡了，怎么办，那就打开经典随身魔术，给自己的另一半制作一些浪漫吧。
- ❑ 哄孩子开心，充分满足孩子的好奇心，给他们变出喜欢的东西，让孩子更加崇拜你。

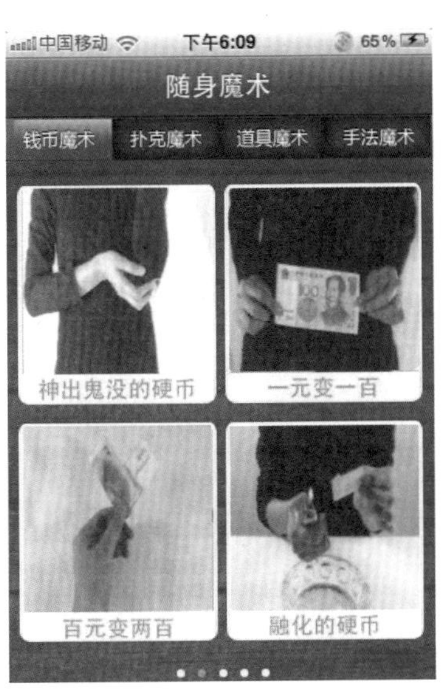

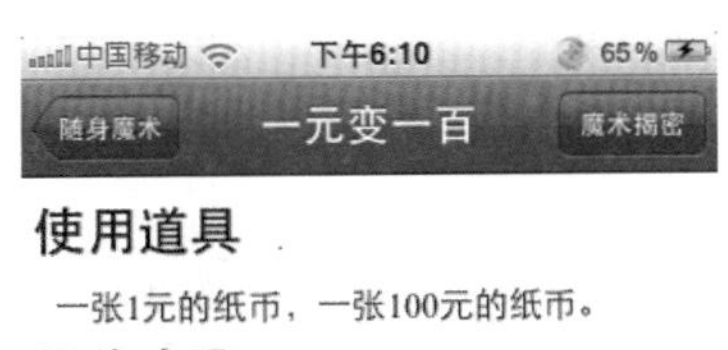

向观众展示，你手中只有1元纸币；

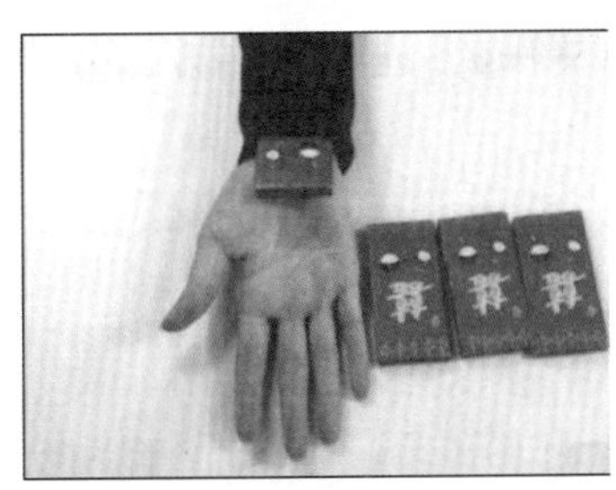

在长袖衣服里放一个火柴盒，盒中放两枚硬币，另外准备三个空的火柴盒，声音是从袖子里的火柴盒里发出来的，不过需要用手的幅度来控制火柴盒里面的硬币是否发出声音。

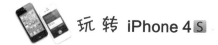

22.2 精彩游戏推荐

iPhone 4S 的 A5 双核处理带来相对于 A4 处理的 2 倍运算能力，7 倍图形处理能力，更强劲的机能自然在游戏中有更杰出的表现。

1. 狂野飙车 6－火线追击 

《狂野飙车 6 – 火线追击》中汇集了来自法拉利、兰博基尼、阿斯顿马丁、杜卡迪等全球知名制造商的 42 辆豪华赛车，玩家将通过动力感应方式操控赛车在不同城市赛道中不断击败对手。在升级至最新版本后，相信苹果 iPhone 4S 将能够完美驾驭《狂野飙车 6 – 火线追击》，拥有出众的全 3D 图形处理游戏画面，玩家将在洛杉矶、东京、巴哈马等知名城市的赛道中体验激情竞速。

2. Dark Meadow 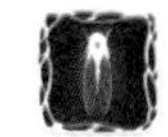

在这座名为“Montclair”的医院中，主角逐渐从昏迷中清醒过来，却发现这座医院中充满了神秘与诡异的气息。面对接踵而至的怪物以及美丽女巫的提示，玩家最终能够逃出升天吗？相信《Dark Meadow》黑暗牧场将会是又一款引人入胜的苹果 iPhone 4S 惊悚动作类游戏。

《Dark Meadow》黑暗牧场采用了大名鼎鼎的虚幻引擎 3，宏大的游戏场景与细腻的细节表现极富视觉冲击力，配合第一人称视角设计能够令玩家大呼过瘾！与此同时，种类繁多的物品道具与极具特色的手势操控相信也将获得众多玩家的青睐。

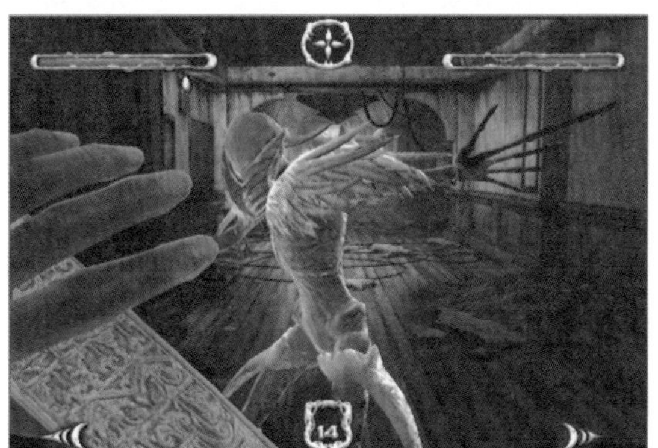

3. 生死9毫米 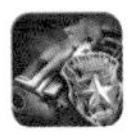

John Kannon，一名“我行我素”的警察特别行动组组长，他与队员们出生入死，久经考验，为完成任务维护正义不惜使用任何手段。然而在一次行动过后，整个行动组却成为黑帮团伙的报复目标。为了维护正义以及生存下去，John Kannon 开始了行动，9 毫米的故事也就此展开。

9 毫米来自知名游戏厂商 Gameloft，因此这款游戏相当值得关注。这款游戏拥有着出色的全 3D 图形处理游戏画面，人物动作、游戏场景以及光影效果非常细腻，在 iPhone 4S 下运行十分流畅。

4. 现代战争 2 

成为一名英勇的美军士兵，在战场的枪林弹雨中与敌人浴血奋战，享受战斗胜利的快感与荣誉，相信 Gameloft 第一人称 FPS 游戏——现代战争 2：黑色飞马将能够令玩家们热血沸腾。

在《Modern Combat 2: Black Pegasus》中，玩家将作为一名士兵辗转于中东、南美等多达 12 个战场与敌人战斗。游戏中不同主题游戏场景、战斗画面以及特殊攻击慢镜头特写刻画得非常出色。除此之外，简单的操控方式也让玩家能够轻易掌握。

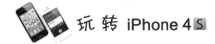

5. 太鼓达人 

太鼓达人是一款非常好玩的触摸音乐类游戏。原作曾在 NDS、PS2、PSP 等游戏机上风靡一时，现在已经完美移植进 iPhone 4S 中，想必不少人会感到非常惊喜吧！

不过这次打鼓可不是用鼓棒，不是用手柄，更不是用触摸笔，而是用你的手指去完成整个音乐敲击过程，别有一番乐趣哦（其实用火腿肠做鼓棒也是个不错的选择）。红色的是鼓面，蓝色代表鼓边，红色的是代表同时敲打鼓面左右两部分，黄色的则代表连续击打。

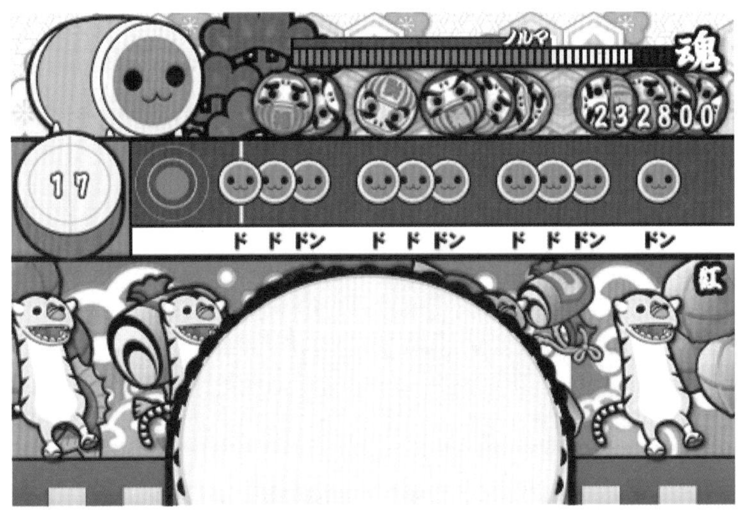

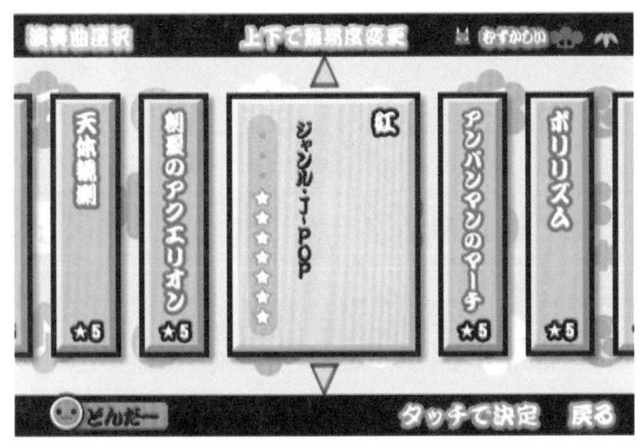

6. 魔物猎人 

知名游戏厂商 CAPCOM 推出的《怪物猎人》系列游戏被众多动作游戏玩家所追捧，《Dynamic Hunting》魔物猎人则是该系列游戏作品的 iPhone 4S 版。尽管采用了全新的游戏名称，不过这款游戏的在规则方面则仍旧与《怪物猎人》系列游戏作品保持一致。

《Dynamic Hunting》魔物猎人采用了全触摸操控设计，玩家们能够轻松做出移动、翻滚、防御以及攻击等动作，全 3D 图形处理游戏画面中凶猛的怪兽与精致的武器装备为玩家们带来了震撼的视觉体验。除此之外，多达 40 种武器与 13 种防具也令这款游戏极具可玩性。

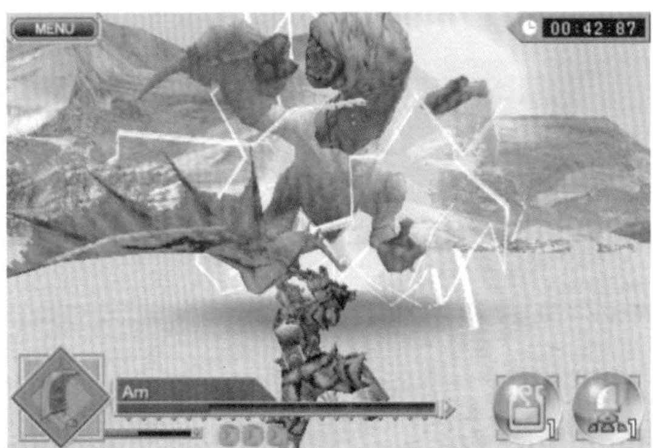

7. 水果忍者：穿靴子的猫 

大名鼎鼎的水果忍者在 iOS 平台上有一个特别版本，以梦工厂 3D 动画片《穿靴子的猫》为主题，充满了精彩别致的玩法和道具等内容，这就是水果忍者：穿靴子的猫。

在《水果忍者：穿靴子的猫》中，你将扮演这只帅气的猫王子，手中握着欧洲中世纪的宝剑，去挑战切割水果的技巧！游戏除了保留了水果忍者原有的精彩魔力外，更是采用了新模式新玩法新道具，力求带给玩家不同的游戏体验。

游戏全新特色如下：

"Bandito"模式，街机模式的升级版，要求玩家在众多连续的困难关卡中生存下来。还有终极 boss 等你去发现！

"Desperado"模式，原作中"经典"（Classic）模式的升级版。

全新的三滴血设定：原先的 3 个红叉变成了"靴猫"的 3 滴血，每掉一个水果就掉一滴血。

救命的"魔法豆"（Magic Bean）：在满血状态下，切割到这颗小豆子能给你加上额外的 25 积分，而当你血不满时这个小豆子能帮你补一滴血。

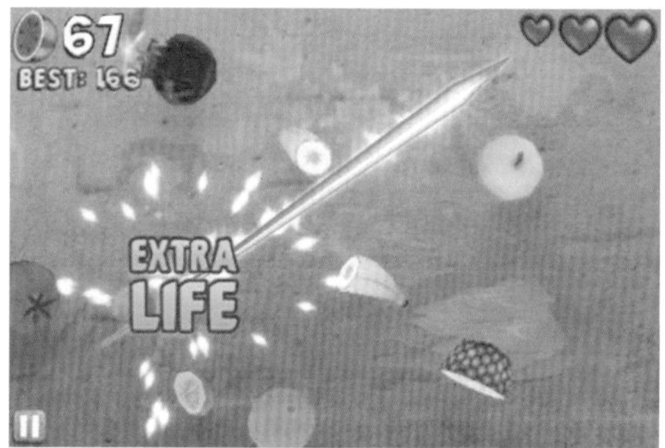